박승의
나는 누구입니까

박승의
나는 누구입니까

**사할린
강제징용 가족의
수난과 극복**

박승의 역사 에세이

구름바다

한·러·일 조선인 이주 경로 지도

빨간 화살표 (조선인 강제 이주), 파란 화살표 (조선인 자발적 이주) 1905~1945
〈쿠진, 사할린 코레이츠들의 역사적인 운명, 제1권 중, 2009년, 사할린도서출판〉

작가의 말

사할린의 조선인들은 대부분 일제에 의해 강제징용으로 끌려간 사람들이었다. 당시 조선은 세상에 없는 나라였고, 사할린 조선인들의 국적은 공식적으로 일본이었다. 그러나 2차 세계대전에서 패한 일본은 사할린의 조선인들을 버렸다. 1946년 '미 · 소 귀환협정'에 의해 사할린에 살던 일본인 29만 명은 일본으로 귀환시켰지만 조선인은 송환대상에서 제외시켰다. 4만 명이 넘는 조선인들이 사할린에 버려졌다.

일본에 의해 징용으로 사할린에 끌려와 좁은 갱도에서 밤낮없이 석탄을 캔 조선인들을 일본은 냉정하게 버렸다. 러시아도 사할린에 남은 조선인들을 자국민으로 인정하지 않고 무국적자로 방치시킨 뒤 철저히 차별했다. 사할린에서 조선인들은 집도 가질 수 없었고, 변변한 직장도 다닐 수 없었다. 1990년까지 45년 동안 러시아 사람과 계급이 달랐다.

"사할린 한인의 문제는 피해 당사자인 식민지 1세대에서 끝나는 문제가 아니다. 단순히 귀환과 미귀환의 문제가 아니라 한-일 청구권 협정에 의해 구별되는 한국 '국민'의 범주가 어디까지인지를 묻는 공동체의 가장 근본적인 문제"다.(한혜인 성균관대 동아시아역사연구소)

더구나 대한민국 헌법은 "국가는 법률이 정하는 바에 의해 재외국민을 보호할 의무를 진다"(제2조 2항)고 명시하고 있다. 하물며 개인의 선택이 아닌 국가의 무능력과 방치에 의해 강제로 끌려간 재외동포들에게 대한민국 국민으로서 지위를 누릴 수 있도록 보장하는 건 너무나 당연한 국가의 의무가 아닐까?

2019년 9월 10일

박승의 쓰다.

차례

만고풍상

강순예(1922~2006)

나는 적었노라 만고풍상을
내가 이 세상에 태어난 지 육 개월 만에
어머님 돌아가시고
한쪽 다리 잘 못 쓰는
할머니 나를 키웠으니
그의 고생 어찌 다 말하리오

어린 아기 보듬고 이웃집 다니면서
어미 없는 내 손녀 젖 좀 주소…
동냥젖 얻어먹고 자란 이 소생
그 은공 못 갚고 떠나온 죄 많은 이 인생
할머님, 용서하세요!

내가 철들어 내 눈으로 보았노라
일제가 우리 조국에 들어와
농민들이 지어놓은 쌀
공출이다, 도조다 빼앗아 가
농민들이 겨울에 굶주리는 것을

의복도 검정 것 입어라
성조차 일본 성을 가져라 했고
학교에선 모국어 한 시간, 일어 두 시간
이 얼마나 억울했던가
아~ 이것도 만고풍상이겠지

내 눈으로 보았네
조국 청년 강제 모집 끌려와
탄광 산판에서 마소처럼 부려먹고
노임 제때 주지 않고 저금 강제 시켰고
고된 노동에 시달려

이팔청춘에 이 세상 떠난 것을

두 손 모아 하느님 앞에 비나이다
10년이면 강산도 변하는데
세월은 흘러 어언 50년이 되었건만
우리 조국 언제나 통일되려는지
우리 1세 살아생전 볼 수 있을까?
기다려보세.

새고려신문, 1995년, '무궁화' 문학 최우수상
〈만고풍상〉 시는 내 어머니 강순예의 시다. 18세에 강제징용으로 이별한 남편을 찾아 화태[1]로 이주해 와서 팔남매를 낳아 키웠다.

---

1 사할린 섬의 일본식 명칭인 가라후토(樺太)를 한국식으로 음차한 이름이다.

1.
가라후토[2]에서 태어난 일본국적의 조선아이

내 부모는 1939년 일제가 공포한 《국가총동원법》에 의거하여 청년 시절에 조선 전라북도 무주군 안성면 공진리에서 낯선 이국땅인 가라후토(현 남부 사할린)에 끌려왔다. 이곳저곳 다니면서 돈을 한 푼이라도 더 벌려고 애썼지만 근근이 생계를 유지할 정도였다. 방랑 끝에 사할린 가운데에 위치한 조그마한 니또이 촌에 정착하게 되었다. 바닷가의 오막살이집 한 채를 얻어서 살게 되었는데 아버지는 벌목장에서 일하였고 어머니는 채소와 감자를 재배하여 생계비를 마련하였다. 나는 1942년 2월 26일 사할린Сахалин 니또이(현 노보예, Новое) 촌에서 태어났다. 일제강

2 북위 50° 이남의 사할린 지역

점기시대 이 마을에는 많은 일본사람들과 조선인들이 살았다.

내 부모는 왜 모국의 품을 떠나 이역만리 타향에 와서 기나긴 50여 년 동안 부모형제와 이별하여 살아왔을까? 어떤 이유로 일제의 압박과 천대를 받고, 공산주의 체제 아래 인종차별을 당하고, 한 맺힌 채로 차디찬 사할린 땅속에 묻히게 되었는가?

19세기 말~20세기 초 무렵 조선의 국내사정은 계속되는 흉작과 기근 속에서 세도정치와 탐관오리들의 횡포로 민란이 잦아져서 사회가 극도로 불안해진 상태였다. 이로 인해 많은 조선인, 특히 빈곤 농민들이 조국을 떠나 만주, 일본, 러시아 영토로 이주하기 시작했다.

1910년, 일본이 조선을 침략함으로써 조선총독부가 설치되어 식민지 통치정책을 강행하고 탄압하였다. 외교 · 내정 · 군사지배 · 토지약탈, 풍습 · 역사 · 언어 · 성명 등 민족문화를 박탈했다. 1930년 이후부터 일제가 대외침략전쟁을 수행하기 위해 인적동원을 시행했으며 조선총독부는 인권과 자유를 무시한 강제연행을 대대적으로 감행했다. 일제는 1938년 〈국가총동원령〉을 내렸고, 1939년 〈국민직업능력신고령〉과 〈국민징용령〉을 공포하였다. 1940년 조선총독부의 〈조선직업소개소령〉, 1944년 9월 〈징용령〉으로 대량의 조선인들이 당시 가라후토로 들어오게 되었다.

1930~40년대 일제는 부족한 노동력을 채우기 위해 많은 조

선인들을 가라후토로 강제 연행했다. 일본경제는 1932년 이후 전시경제와 인플레이션 경제로 변화하기 시작했다. 그 결과 조선인 노동력이 필요해졌다. 목재, 석탄, 석유 등 자원이 풍부한 사할린에서 조선 사람들은 철도부설, 벌목사업, 탄광, 군사기지 건설에서 주로 일하게 되었다.

사할린 니또이 촌은 비교적 살기 좋은 조건을 갖추었다. 1912년 가라후토 일본총독부(1905년 러일 전쟁 후 일제가 남사할린을 점령함)는 해안 주변에 흩어져 살고 있는 아이누 족들을 농업 및 양어업에 적당한 특정지역에 집중하기로 결정했다. 이를 위해 사할린 섬 동해안에 9 곳을 확정했는데 니또이강 하류에 위치한 작은 촌이 그 중의 하나다. 니또이강 하류의 촌에는 어장이 있었고 남북을 꿰뚫는 철도가 경유하여 교통이 편리했다. 강 하류의 분지는 농사짓는 데 유리했다.

그 당시 사할린 섬 여러 곳에는 삼림이 울창해서 벌목장들이 많았다. 일제는 전쟁 준비를 하고 있었기에 대량 목재가 필요했다. 그래서 가라후토 여러 곳에 제지 공장들이 세워졌다. 니또이 촌에서 멀지 않은 시스카(현 포로나이스크시, Поронайск)와 시리도리(현 마카로브시, Макаров)에 제지 공장들이 있었다. 이로 인하여 많은 조선 가족들이 니또이에 와서 살게 되었다. 세월이 지나면서 조선 사람들은 여기에 뿌리를 박고 가족과 친척들, 고향 사람들을 불러와서 생을 이어갔다. 점차 어린아이들도 많아졌다.

니또이 신사 앞에서 일본학생들이 찍은 기념사진 (사마린 소장)

나는 가정에서 조선말을 썼지만 밖에서는 일본말을 써야 했다.

노보예[3] 촌은 사할린 주 마카로브 구역 니또이 강변에 위치한다. 1945년까지 가라후토 총독부에 속하였으며 니이또이新問라고 불리었다. 촌 명칭은 아이누어에서 유래한다. 구역 중심도시인 마카로브에서 북쪽으로 32 킬로미터 떨어진 곳에 자리 잡고 있다. 1947년 10월 15일 러시아 소비에트 사회주의 연방 공화국 최고 소비에트 명령에 따라 니또이 마을 주민들의 제의로 촌 명칭을 대륙에서 이주해 온 러시아인들이 염원하는 새 삶의 뜻을 표시한 노보예 촌으로 바뀌었고 같은 해 촌의 소비에트가 형

3 노보예(러: Новое): 새것이란 뜻.

성됐다.

1925년 촌의 인구수는 749명, 1935년 3238명, 2002년에는 1052명이었다. 그중 531명이 남자, 521명이 여자였고 90%가 러시아인이었다. 일제강점기시대 촌에는 일본인, 조선인과 아이누 족이 살고 있었다. 촌 주민들은 니또이 강변에 집을 짓고 텃밭에서 야채와 감자를 재배하여 자급자족했다. 조선인들은 주로 단타이라는 구역에서 자리 잡았는데 1945년 해방 무렵 약 100가구에 달했다.

그 무렵 나는 3살의 어린 나이로 아직 학교에는 다니지 않았다. 일본식 성 '다카하라'와 이름 '가쯔요시'를 가졌으며 매일 촌 중앙에 자리 잡은 일본 소학교 옆에 있는 오데라 (절) 마당에서 일본 애들과 놀았다. 그래서 당연히 일본말을 배우게 되었고 점차 가정에서도 일본어로 부모님들과 교제했다. 우리 식구는 할머니, 아버지, 어머니, 누나, 나와 1살짜리 남동생으로 여섯 명이었다.

우리 마을에서는 주로 일본인과 조선 사람들이 살고 있었다. 이웃끼리 서로 도우면서 사이좋게 지냈다. 나는 할머니로부터 내가 2살 때 버짐에 감염되었다는 말을 전해 들었다. 물집이 터져서 고름이 흘러나와 온 몸을 적셨다. 내 주변에는 숨을 못 쉴 정도로 악취가 심했다. 여러 방법으로 치료를 해보았지만 효과는 없었다. 부모는 절망에 빠졌다. 그 때 한 일본인 이웃이 북해도에 가면 완치될 수 있다고 알려주었다. 동네사람들이 돈을 모아서 기부했고 전문의도 추천해 주었다.

내가 일본으로 가는 배안에서 아파서 끊임없이 울고 고름 때문에 독한 냄새를 풍기자 손님들이 불만을 표시했다. 절망에 빠진 아버지가 할머니에게 말했다.

"얘는 못 살아날 테니까 바다에 내던져버리죠!"

그러자 할머니가 나를 꼭 끌어안고 내주지 않았다. 북해도에 가서도 내 모습을 보기만 하면 어느 누구도 숙소를 주지 않았다. 마침내 한 인자한 노부부가 우리를 집에 들였다. 그들은 우리를 유명한 온천에 데려다주었고 집에서도 나를 돌봐주었다. 몇 달 후에 나는 완치되었고 화태로 돌아올 수 있었다.

그 이후 나는 피부 색깔에 관계없이 어디에든지 우리가 어려운 처지에 처해 있을 때 기꺼이 동정해주고, 원조해줄 평범한 사람이 있다는 것을 확신한다.

1942년, 우리 부모는 더 나은 삶의 터전을 찾아 황해도에서 가라후토에 왔다. '가와카미'(현 시네고르스크, Синегорск) 탄광에서 자리를 잡았다. 아버지와 삼촌은 탄광에서 일하였고 어머니는 집안일을 도맡았다. 우리는 나가야[4] 함바[5]에서 살다가 해방 후 강기슭에 있는 낡은 집으로 이사가 자그마한 텃밭에서 야채를 재배하며 생계를 근근이 유지하였다. 그 때 삼촌이 갱내에서 가스 폭발 사고로 사망했다. 아버지도 다쳐서 탄광 일을 그만두고 막노동을 했다. 우리 식구는 부모와 삼남매까지 다섯 명이었다. 어렸을 때 우리는 가끔 밥을 굶은 적도 있던 걸 기억한다. 그럴 때에는 이웃 일본사람들이 우리를 도왔다. 옷도 식량도 우리에게 주었다.

(김소자, 75세, 문산 거주)

1938년, 내 아버지는 고향에 가족을 두고 현해탄을 건넜다. 일본 정부의 징용 명령으로《가라후토》기따나요시《도요하따》탄광으로 강제 연행되어 혹한의 이국땅에서 힘겨운 탄광 노동자로 고역을 당하였다. 우리 가족은 그 때 어린 아이들 뿐이었으며 어머니 혼자서 5명의 자녀들을 먹이고 입혀 살릴 길이 없었다. 우리는 헐벗고 굶주린 아버지 없는 생활을 했다. 그러다가 1939년 6월 어머니는 어린 우리 형제자매 5명 다 데리고 아버지가 계시는《화태-가라후토》나요시《도요하따》탄산으로 오게 되었다.

(안명복, 82세, 안산 거주)

4 나가야(일본어): 일본식 연립 주택 또는 다세대 주택의 일종.

5 함바(일본어)함바: 일제강점기 토목 공사장, 광산의 현장에 있는 노무자 합숙소.

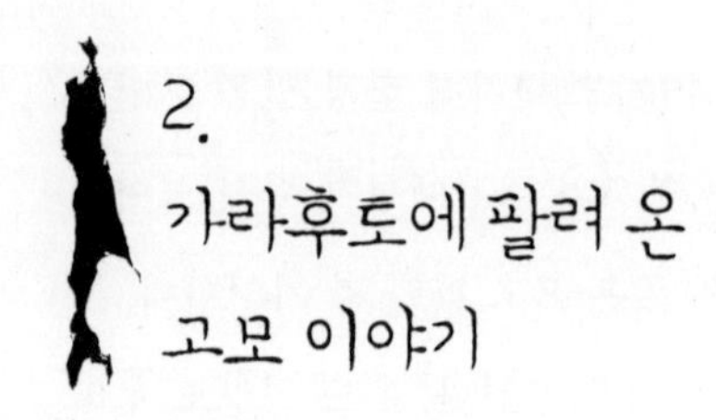

2. 가라후토에 팔려 온 고모 이야기

해방 후 고모 가족은 마누이 촌에서 니토이 촌으로 이사 왔다. 집은 2층짜리였고 앞에 자그마한 텃밭이 있었으며 뒤에는 냇물이 흘러갔다. 그 집에는 고모부 리밀선, 고모 박봉순과 고모가 조선에서 데려온 딸 박정인, 그리고 일찍이 부모를 여읜 손자 이경오가 살았다. 나는 어릴 때부터 경오와 친척보다 더 가까운 친구 사이였다.

경오는 어렸을 때부터 할머니를 '어머이'라고 불렀다. 일찍이 부모를 여의어서 할아버지, 할머니가 길렀다. 경오 아버지는 27살 젊은 나이에 일본 본토에서 현장 사고로 사망했다. 경오 어머니는 남편과 사별 4년 만에 다른 남자와 연분이 생겨 멀리 떠났다. 경오는 부모의 얼굴을 기억하지 못했다.

우리는 일제강점기 사할린에서 태어나 맨발의 소년시대를 형제처럼 같이 지냈다. 여름에는 온종일 밖에서 놀다보니 얼굴이 시커멓게 햇볕에 타고 겨울에는 고모 집 2층에서 시끄럽게 놀다가 고모부가 욕을 하면 '왕꼬, 왕꼬!'라고 놀리며 도망치기도 했다.

별다른 주전부리가 없던 시절, 막대 같은 흰 엿과 갈색의 호박엿을 고모 집에서 자주 만들었다. 그 때는 우리 식구가 고모 집에 가서 같이 일했다. 우리들은 즐거운 마음으로 뛰어 다니면서 놀았다. 어느 순간 내가 뜨거운 엿에 주저앉았다. 허벅지와 엉덩이를 데어 화상을 입었다. 이로 인해 나는 병상에 누웠고 경오는 할아버지한테서 반죽음되도록 두들겨 맞았다. 그러나 경오는 매를 맞아 아팠지만 내 옆을 떠나지 않았다.

고모부는 일제강점기시대 마누이 촌에서 농사를 지었는데 돈을 꽤 벌었다. 나는 어머니에게 물어봤다.

— 어머니! 고모는 여기 오기 전에 어디 살았어요?

— 내가 화태 처음 왔을 때, 너희 아버지 누님 집에 가니까 농사를 크게 짓고 외딴 집에 살고 있더라. 거기서 말 두 마리를 먹이고, 밀을 심어서 팔았어. 산판에 사는 일본사람들이 말을 먹이려고 사갔단다. 그래서 고모 집은 괜찮게 살았다. 돌린스크Долинск, 그 당시 오치아이서 한 130리 들어가는 깊은 산중의 농촌인데 일본사람들이 한국에서 조선 사람들을 모집해 와서 벌목시켰단다. 나무

베는 일이었다. 네 고모 네는 산판 가는 중간에 외딴집을 사가지고 남편이랑 거기서 농사짓고 살고 있었다. 그렇게 농사 진 걸 저기 벌목하는 데 돌려보내서 돈을 벌었단다.

어머니가 고모 이야기를 했다. 고모의 생애는 특이하고 슬펐다.

봉순이는 조선에 있을 때 시집갔는데 처음에는 행복했다. 남편은 똑똑하고 교양 있고 문화 수준 높은 사람으로 보였다. 그는 누에공장에서 기계 수리공으로 일했다. 봉순이도 그 공장에서 18살까지 근무했는데 아마 그의 눈에 띄었던 모양이다. 하루는 봉순이가 퇴근해서 집에 가는데 그 남자가 뒤따라왔다. 대문 앞에서 서 있다가 아무 말도 없이 그냥 가버렸다. 그 총각은 봉순이의 동네에서 20리 떨어진 촌에서 살았다. 며칠 후 그는 용기를 내서 봉순이 집 마당에 들어갔다.

— 아가씨! 냉수 한 그릇 줘요!

그 총각이 부탁했지만 봉순이는 자신에게 관심보이는 눈치를 알아채고 안 나갔다. 그 후 매일같이 저녁 때 자전거를 타고 다녔다. 냉수는 못 마셨지만 사내의 소원은 이뤄졌다. 몇 달 후 봉순이는 그 남자한테 시집을 갔는데 몇 년이 지나 젊은 가족에게 불행이 찾아왔다. 딸 둘 낳고 시부모와 농사를 지으면서 살았는데 남편이 집에 안 붙어 있고 자꾸 돌아다니기 시작했다.

집에서 나가면 반 년 만에 돌아오고, 두 달, 석 달 만에도 오고, 노름해서 돈을 따면 그 돈으로 살아 나갔다. 그렇잖으면 농사로 여섯 식구를 먹여 살리기 어려웠다. 나중에는 남편이 논도 집도 다 팔아먹었다. 그래서 봉순이는 이전에 다니던 누에공장에 나가서 돈 벌어 식구를 부양했다. 정말로 먹고 살기 힘들었다. 그렇게 살다가 나중에는 남편이 어디에서 무엇을 하는지 일 년씩 안 들어오니까 봉순이는 낙담했다.

봉순이는 딸 하나를 시부모한테 맡기고 다른 딸을 업고 고향을 떠났다. 그때만 해도 일본 땅에 가면 좋은 일이 있다고, 일본에 가면 돈 많이 벌어 올 수 있다는 소문이 남조선을 휘돌았다. 그래서 봉순이는 면사무소에 갔다. 거기서 한기호라는 조선 사람이 일본으로 보낼 젊은 여자들을 모집하고 있었다. 한기호는 봉순이를 본 순간 백방으로 설득하기 시작했다.

— 일본 땅 가면 엄청 좋은 일 있으니까 한 2년 벌어 가지고 오면 좋지 않은가? 아이 하나 있는 사람까지는 데려가겠다고 약속했네.

— 어차피 이판사판이니까 가봅시다!

봉순이는 생각하고 또 하다 아이 하나 데리고 모집에 응하여 며칠 후 모집 장소로 나갔다. 거기에는 다른 여자 두 명이 기다리고 있었다. 기차가 무주 역을 떠날 무렵 창밖 플랫폼에서 시부모들이 손을 흔들며 말했다.

— 아프지 말고 꼭 돌아오너라.

봉순이는 흐르는 눈물을 감추지 못했다. 기차 안에서 봉순이와 딸 정인이 엉엉 울었다.

— 아버님, 어머님! 안녕히 계세요! 정님아! 우리 올 때까지 밥 잘 먹고, 공부 잘하고, 할아버지 할머니 말 잘 들어!

기차는 검은 연기를 하늘 높이 내뿜으면서 마지못해 정거장을 떠나는 듯 천천히 움직이기 시작했다. 역사의 소용돌이가 그들을 영원히 갈라놓았다.

한기호는 약속을 지키지 않았다. 일본 본토가 아닌 가라후토로 세 여성을 데려갔다. 무정한 사기꾼 한기호가 생전 처음 기차를 타 본 시골뜨기 아낙네들을 화태에 끌고 가서 팔아먹을 작전이었다.

그때는 한겨울이었다. 오도마리(현 코르사코프 Корсаков) 항은 봉순이 일행을 풍설로 맞이했다. 부두는 조선에서 온 친척들을 맞이하러 나온 사람들로 꽉 찼다. 한기호는 여자들을 기차로 도요하라에 데려와 도시 변두리에 있는 다 찌그러진 오막살이집에 배치했다.

그 집에는 여자를 사러 온 홀아비들이 기다리고 있었다. 인신매매는 오래 걸리지 않았다. 봉순이가 마지막으로 팔렸다. 16살 더 먹은 40대 노총각이 아이 딸린 봉순이를 큰돈 주고 샀다.

다음날 리밀선은 봉순이와 딸을 데리고 오치아이(현 돌린스크 До

линск)에서 130리 떨어진 깊은 산골짜기에 갔다. 속아 넘어간 봉순이는 노예의 삶을 살게 됐다. 안 살겠다고 울고불고 했지만 소용없었다. 남편이 돈을 안 주었기 때문에 도망가고 싶어도 못 가는 신세가 돼버렸다. 그래서 봉순이는 할 수 없이 살았다.

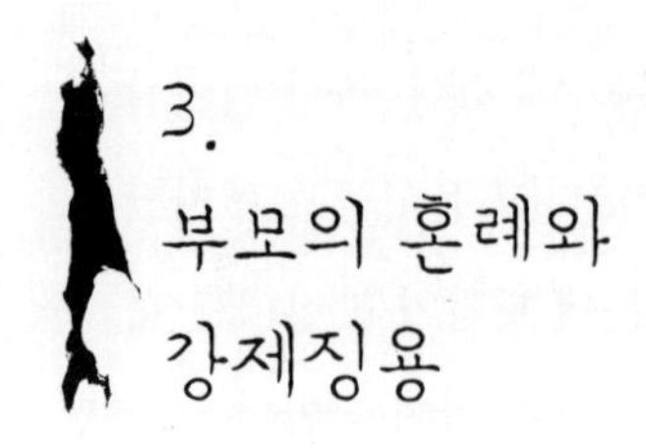

3. 부모의 혼례와 강제징용

아버지 박득수는 1915년 전라북도 무주군 안성면 공진리에서 태어났다. 16세 되는 1931년에 누님(박봉순)을 따라 화태에 들어왔다. 그 당시 비교적 지식 정도가 높았다. 조선 소학교(6년제)에서 일본어와 조선어를 배웠고 서당에서 2년간 한문도 공부했다. 어머니 강순예는 충청남도(그 당시 전라북도) 금산에서 1922년에 태어났다. 어머니 역시 조선에서 소학교를 마쳤다. 1939년에 아버지와 중매결혼을 하였으나 곧바로 징용령이 내려진 아버지를 뒤따라서 두 달 뒤 화태에 왔다.

아버지는 1939년 3월 가라후토에 강제 연행되어 오치아이 구역 마누이(현재 없음) 삼판에 배치됐다. 조선에 꼭 나가야 한다고 여겼기 때문에 할머니 김씨(1883년 생)와 부모는 집에서 조선말로 우리와 의사소통하였다.

어머니는 17세까지 금산인삼조합에서 인삼을 검사하여 상자 안에 넣어 포장하고 도장 찍는 일을 하였다. 18세 되어서는 그런 일을 더 이상 못하였다. 그 당시 조선에서 처녀들은 18살부터 집에 앉아서 자수刺繡같은 것을 놓고 살아야 했고 낮에 바깥출입은 금지됐다. 그렇게 지내다가 중매결혼을 해서 아이를 낳고 평생 주부생활로 세월을 보냈다. 내 어머니도 예외가 아니었다.

금산에서 한 이십 리 떨어진 곳에 내 아버지의 백부님이 살았다. 그 집에 사할린에서 고향집을 다니러 온 한 25세쯤 되는 청년이 인사하러 방문했다. 친척들은 잘생긴 예비 신랑감이 참 마음에 들었다. 거기서 어머니의 혼사 말이 나왔다. 그때 처녀들은 나이 열여덟 살 돼도 아무것도 모르고 시집가라면 가고, 남자 얼굴도 못 보고 결혼하였다.

그래도 아버지는 지식인이고 교양 있는 젊은이로서 "처녀 얼굴은 보고 장가가야지, 그렇지 않으면 안 가겠다." 고 딱 잡아뗐다. 며칠 후 어머니 집에 그 '총각이 보러 온다'는 통지가 왔다.

"아, 난 심장이 두근거려 부끄러워서 죽겠어요. 그가 온다는 날에 왔대요. 어무니하고 아부지하고 그 중신하는 할매하고, 같이 거기서 보는데 신랑이 내 얼굴을 못 봤을 거예요."

예비 신부는 부끄러워서 돌아앉았지만 호기심이 생겨서 앞에 있는 경대로 슬그머니 쳐다보았다.

몇 분 후에 중신 할머니랑 처녀의 어머니와 아버지는 방에서 다 나가버렸다. 그 총각과 처녀 둘만 남았다.

"아이고, 내 간이 두근거려 죽을 판이요. 그런데 내가 너무 얼굴도 안보이고 하니까 명함을 써 갖고 거기다 자기 이름 쓰고 그래갖고 탁, 마 '고당'이라고 일본글 '답해 달라' 고 답자를 써서 주대요."

그 명함에는 "나는 당신이 맘에 든다, 당신은 어떤가? 우리 서로 맘에 들어야 살지 그렇잖으면 소용이 없다."고 적혀 있었다. 그렇지만 어머니는 너무 부끄러워서 답변을 못 써주었다. 답을 못 받은 총각은 그 방에서 나가버렸다. 긴장감은 풀렸지만 처녀의 마음 한 구석에는 섭섭한 감정도 남아 있었다. 그때 왜 그렇게 부끄럼을 탔던가?

나중에 알게 되었는데, 외삼촌이 어머니 몰래 어머니가 쓴 글처럼 "나도 찬성한다." 고 답변을 써 줬다. 총각은 글씨를 보니까 처녀의 성품을 어느 정도 짐작할 수 있었던 것이다. 그리고 옆으로라도 얼굴을 보니까 마음에 들더라는 것이다. 이렇게 두 젊은이들의 인연은 맺어졌다.

결혼 후, 신부는 홀로 계시는 시어머니와 두 달 반 같이 살았다. 아버지는 결혼해서 어지간하면 조국에서 살려고 했는데 막상 와 보니까 못 살 것 같았다. 조선에 나와서 보니 너무나 형편이 나빴다. 일본사람들이 판을 치고, 할머니는 일본 교장 선생

집에서 아이 봐주고 밥해주고 그렇게 살았다. 8년 전에 아버지가 화태에 갈 때 그랬는데 8년이 되어도 아무것도 변한 것이 없었다. 그래도 아버지는 새 식구의 가장으로서 책임을 지고 어머니를 모시고 조국에서 정착하기로 결심했다.

그런데 1939년 혼인 생활 한 달 만에 아버지에게 면사무소에서 '징용령'이 날아왔다. 아버지는 징용에 강제 징집되어 화태로 떠나버렸다. 어머니는 그 후 한 달 반 동안 시어머니와 살다가 맏딸을 임신한 채 동경을 경유하여 화태에 들어갔다. 3년 후에는 할머니와 큰집 식구가 니또이 촌에 들어왔다.

이렇게 화태에서 살게 된 내 부모는 슬하 8 남매를 두었고 15명의 손주를 보았다. 아버지는 결혼 38주년이 되는 1977년에 이 세상을 떠났고 어머니는 2006년 84세에 돌아가셨다.

일제강점기 시대 부모님 모습, 가라후토, 1941.

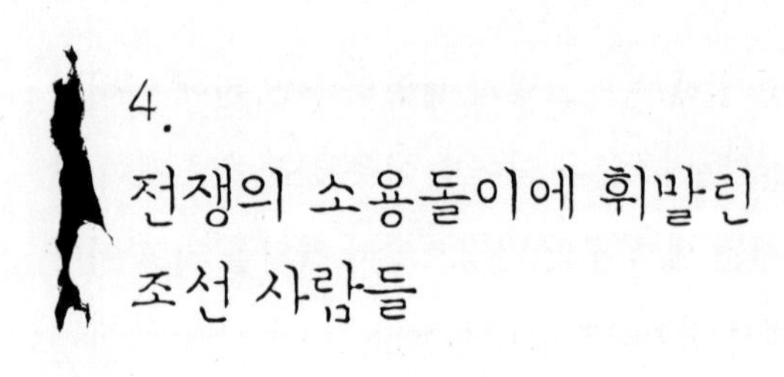

4. 전쟁의 소용돌이에 휘말린 조선 사람들

일제강점기 가라후토에는 조선 학교가 전혀 없었다. 그 당시 가라후토에 30만여 명의 일본인들과 2만 7천여 명의 조선인들이 살고 있었는데 그 중 약 13만 700여 명은 15세 미만의 아동들이었다. 1906년 8월에 블라지미롭카(Владимировка현 유즈노사할린스키Южно-Сахалинск시에 속함)촌에 첫 일본 소학교가 개교됐다. 가라후토에 거주하는 소수민족들을 위해 시스카와 다른 곳에서 학원들을 세웠는데 일본말을 가르쳤다. 일제강점기 조선인들이 모국어로 말하는 것이 금지되었기 때문에 화태에 조선 학교가 전혀 없었다.

일본은 식민 정책의 일환으로 조선인들의 민족정신을 제거하고 일본정신에 충복할 수 있는 황국신민 양성을 교육의 목표로 삼았다. 1911년에 조선 교육령을 제정하여 식민지하 조선의 교육 방침, 내용, 행정체계 등을 규정하였다. 조선 교육령은 천황과 일본제국에 절대적으로 충성하고 일제에 복종하는 양순한 조선인 양성, 일본 국민으로서 지켜야 할 의무를 알리고 저급 노동자로 일할 수 있는 능력 배양과 일본어를 통하여 조선 전통 문화와 생활양식을 일본에 맞게 동화시키는 것을 근본정신으로 하였다.

특히 1930~40년대에 조선 문화를 말살하고 국민을 우민화하는 정책을 강행하여 교육을 침략의 도구로 이용했다. 일본은 조선인의 민족의식을 말살하려고 매일 학생들에게 일본제국의 신민임을 선서케 하였다. 조선말과 글을 금지하고 일본어 사용을 강요하였으며 조선 역사를 교육 과정에서 삭제하고 일본 역사만을 가르쳤다. 심지어 창씨개명이라 하여 조선인의 성명까지 일본식으로 고치게 하였다.

소련은 1945년 8월 8일 일본에 선전포고를 하였다. 사할린 북위 50도의 국경을 넘어 전투를 벌였다. 1945년 8월 초 우리 촌 주민들은 긴장과 걱정 속에서 나날을 보냈다. 우리 마을은 국경 지대에서 멀리 떨어진 곳이어서 전쟁은 주민 생활에 영향을 끼치지 않았다. 그러나 어디서인지 일본의 패전에 대한 소문이 날아와 주민들을 불안과 기대 속으로 집어넣었다. 일제의 동맹국이었던 히틀러 나치 독일이 패망하고 대승리를 거둔 소련군이 만주로 진격했다는 소식은 누구나 다 알고 있었다. '그래, 일본도 패망할 날이 머지 않겠구나!'이렇게 생각하는 사람들도 적지 않았다.

우리 마을에는 강제징용에 걸려서 끌려온 사람들, 금방 장가들어 젊은 처를 고향에 남겨 놓고 끌려 온 사람들, 형님이나 아들을 대신하여 온 아우나 아버지, 탄광합숙소 '다꼬베야'에서 도망쳐서 우리 촌에서 몇 킬로미터 떨어진 곳에 있는 벌목장 합숙 바라크[6]에서 숨어 있는 사람들이 있어서 일본의 패전을 기다리는 사람들이 꽤 많았다. 화태에 사는 조선 사람들은 일본인들에게서 천대와 굴욕을 받고 있었고 그들이 코를 막으며 "조센진, 조센진"하고 멸시당하는 일도 한두 번이 아니었다.

그러나 《코 큰 사람》이 들어오면 무슨 일이 생길까 더 두려웠다. 사이렌이 울리면 촌 주민들은 집 옆에 있는 보꿍우[7]에 숨었다. 우리 집에도 그런 대피소가 있어 거기에서 큰집, 고모 집, 우리 집, 세집 식구가 공습 종결 신호가 울릴 때까지 숨어있었다. 전투가 가까워지자 우리 촌 주민 모두 다 피난길에 나섰다. 일부는 항구가 있는 남쪽으로, 다른 사람들은 산속으로 도망갔다.

6 바라크(러:барак)—임시 숙사

7 보꿍우는 일제시대 사할린에서 조선사람들이 겨울철 채소를 보관하는 지하실을 의미한다.

1945년 8월 11일 대일전에 나선 소련군은 사할린 북위 50°에 위치한 국경선을 넘어 급진적으로 남하했다. 8월 15일 일본 제국군 총사령부가 모든 전투 및 작전을 중지하고 소련군과 평화협상에 나서라고 명령했지만, 제5지역군은 명령을 거부하고 88보병사단에 최후의 1인까지 가라후토를 방어하라는 명령을 내렸다.

소련의 대일 참전이 알려지자 일본 가라후토 청장은 일본인 노인, 어린이 부녀자들을 홋카이도로 긴급 이주시켰는데 한인들을 제외시키라는 지시를 내렸다. 일본이 패전했다는 소식을 들은 경찰, 군인, 일본민간인들은 모두 하나같이 조선인은 폭동을 일으킬 수 있고, 소련 적군을 도울 것이며, 소련의 스파이라는 이유로 무차별 조선인을 학살하였다.

니토이 촌에는 전투가 없었다. 단지 소련 비행기가 폭탄을 촌의 광장에 투하했다. 우리 두 식구는 우리 집 앞에 있는 지하실에 숨어서 소련군을 기다렸다. 사이렌 소리가 그치면 호기심이 많은 우리들은 지하실 문을 열고 거리를 살펴봤다. 광장의 집들이 파괴되었지만 인명피해는 없었다. 일본사람들은 우리에게 끝까지 거짓말을 했다.

내 어머니 강순예가 그 당시 상황을 자세히 이야기해줬다.

우리 식구도 부랴부랴 짐을 챙겨서 소까이(피난)를 떠났다.

일본 간다고, 우리가 이제 간다고, 한국이든지 일본이든지 나간다고 피난 나갔지. 여기 일본사람들 다 같이 나가야 한다고 우리들 다 데리고 여기 고노마(현 노보알렉산드로프카, Ново-Александровка)라는 데까지 왔었지. 해방 때 말이다.

해방 조금 되기 얼마 전에 이불이고 뭐고 다 꼬리표 써서 짐으로 부치면 그걸 일본 사람들이 일본 가서 조선집까지 탁 갖다 준다고 이리 거짓말했어. 그래서 우리 짐 다 부쳤지. 그러니까 이제 임시로 입을 옷만 이 가방(배낭) 같은 데다 짊어지고 나갔지.

아이가 셋 있었구나. 네 누나가 이제 다섯 살 먹고, 젖 먹는 네 동생 있었고, 또 경오랑 네 고모집 식구하고 같이 피난 갔지. 이 도요하라에서 저쪽으로 조금 가면 촌 있지. 거기까지 와서 학교에 있는데 밤중에 소련서 막 폭격하기 시작했어. 모인 사람들, 사할린 사람들 못나가게 여기 그냥 있으라고. 그렇게 배도 한 대 폭발되어 조선 사람도 많이 죽었단다. 조선 사람들도 몇 명은 거기 탔었지.

그런데 일본사람들이 저희끼리 조선사람 모르게 "조선 사람만 여기 남게 하고 저희 일본사람은 먼저 나가야 한다."고 하면서 광고를 돌렸대. 그걸 우린 몰랐지.

일본사람들만 싹 다 먼저 아무 날 아무 때 어디로 오라고 해놓고 그 사람들은 먼저 싹 나갔어. 자꾸 기차가 한 2~3일 간에 한 번씩 사람 싣고 저 오도마리로 갔었지. 우리 조선 사람은 안 데려가려고 그랬지. 이 사람들이 자기들 일본사람만 데려가려고 했어. 조선 사람이야 뭐 남아도 일 없고, 뭐 죽어도 일 없고 이렇게 됐어.

일본사람들이 빠져나가면서 심술이 많았어. 소련 사람들 오면 먹는다고 수돗물에다 막 석유 기름 부어 넣고, 간장 같은 거 방바닥이고 뭐고 막 뿌리고, 쌀 남은 거 막 비가 줄줄 오는데 길바닥에다 내버리고 가버렸어. 일본사람들이 소련 사람들한테 이 땅을 빼앗기니까 심술궂게 그랬어. 길가 가면 온통 쌀이었고, 우리가 애쓰게 벌어 논 것 가져가지 못하게 하니까 여기서도 못 먹게 한다고 거리에다가 그냥 막 쌀가마니 포대 째 갔다 버렸어.

어린 나이였던 누나와 나는 니꾸사꾸(배낭)를 메고 부모, 친구들과 걸어가는 것이 흥미로웠다. 피난길을 떠나게 되면 많은 시련과 고통을 겪게 된다. 특히 아이들이 어린 나이에 배낭을 짊어지고 수십 리를 걸어야 했고 다리가 아파도 앉아 쉴 자리도 없었다. 내가 너무 지쳐서 울고 짜증부리면 2살 위인 경오가 업어주고 달래줬다. 일본 관청이 준 화물차를 타고 고노마이에 도착했을 무렵 귀환선 2척은 이미 오도마리항을 떠났다. 우리 차례를 3주나 기다렸으나 선박은 돌아오지 않았다. 나중에 알았는데 그 배들은 소련 해군의 폭격에 침몰했다. 우리가 불안의 기대와 혼란 상태에 잠겨 있는 사이에 소련군은 북위 50도의 국경 지대에서 남으로 진격했다. 이렇게 우리는 해방을 맞이했다.

전쟁이 끝나고 우리들은 소련 당국의 지시에 따라 이주일 후에 니토이로 돌아왔다. 다행히도 우리가 살던 집들이 파괴되지 않았다. 그 당시 나는 3살이었고 경오는 5살이었다. 아버지는 산판에서 일했고 고모부는 텃밭에서 농사를 지었다.

1945년 8월 25일 소비에트군은 가라후토의 항구를 봉쇄하고 남사할린의 주요 도시인 '도요하라'를 해방시켰고, 그곳에 모여 있던 피난민들은 일본으로 돌아갈 수 없었다. 하지만 데. 스테판이 썼듯이 그 전야인 8월 24일, 러시아 상륙 부대가 오도마리에 상륙했다.

그날 이 항구 선창의 풍경은 모든 목격자들의 기억에 영원히 남았을 것이다. 수만 명의 일본 피난민들이 항구를 가득 채워 살아있는 인간의 바다로 만들었다. 모든 학교들과 사원들, 공공 건물들은 다양한 연령의 사람들로 가득했다. 군중들이 있는 해안가에는 섬을 떠나려고 하는 모든 사람들의 일부조차 태울 수 없는 증기선, 항만용 소형증기선, 어선들이 달려들고 있었다.

약 3만 명의 전 일본 제국 국민들이 사할린에 남아야 했다. 참모부는 피난민들이 예전의 거주지로 귀환하여 예전과 같은 기업과 기관의 일터로 복귀하라는 명령을 내렸다. 일본인들은 순순히 이를 따랐지만 한국인들은 귀국을 요구하면서 저항했다.

해방된 영토의 상황에 대해서는 남사할린에 있는 제2극동전선 군사소비에트 산하 대민통제부장인 데. 엔. 크류코프Д.Н.Крюков가 1945년 9월 29일 볼셰비키 전 러시아공산당 중앙위원회에 보낸 보고서에 준하여 판단해 볼 수 있다.

"군사 행동 중 일부 주민들이 북쪽 지역에서 남쪽 지역으로 도주했습니다. 부분적으로 오도마리 산과 도요하라 산에 3만 명 이상의 피난민들이 모여들었고 이들 중 일부는 산속으로 올라갔습니다. 피난민은 모두 6만 4천명으로 추산됩니다."

해방된 남 사할린에 살고 있는 한인들은 23.498명이었고 그 중 남자가 15.356명, 여자가 8.142명으로 대부분이 일본인들에 의해 젊은 나이에 가족과 친지들과 헤어진 사람들이었다. 소비에트 권력은 이를 동정했지만 전쟁으로 파괴된 농업을 일으키기 위해서는 엄청난 노동력이 필요했다.

1946년 2월 2일 소련의 사할린 인민위원회는 한국인을 포함한 전 일본 국민에게 4월 1일부터 임시신분증과 거주증을 발급한다는 № 263 결정을 공표한다. 이것이 억류되어있던 가라후토의 전 주민들을 사할린에 정착시키기 위한 새로운 권력의 정책이었다.

그러나 한인들은 완전히 다른 것을 원했다. 이들은 예전의 억압자인 일본인들보다 더 먼저 고국으로 돌아갈 권리가 있다고 생각했다. 하지만 《대규모 정책》은 이들의 기대를 가혹하게 기만했다.

8월23일 후에 도요하라 중앙 도시를 해방함으로 소련은 40년간 일본에 의해서 일본화 되었던 남 사할린을 되찾게 되었다. 1945년 9월 2일 일본은 무조건의 항복에 서명했다. 일제의 통치가 끝나고 남부 사할린에서는 소비에트 정권이 수립되었다.

당시 나는 일본 학교에 입학하여 공부하였는데 성명이 일본 성명으로 바뀌어 '야스다'라고 하였으며, 우리말로 못하고 일본말로 글을 가르쳤기에 공부하기가 아주 어려웠다. 또 일본인 아이들과 함께 공부하였으니, 그들은 언제나 우리 조선 아이들을 '조센나빠'(조선 생채)라면서 깔보고 없이 보고 놀렸던 것이다. 일본 학교 교실에서 선생님은 몇 개 안 되는 책상 사이로 다니면서 수업을 하다가 갑자기 멈춰서 학생의 목덜미를 잡아 일으켜 세우곤 했다. 교실 한 구석으로 끌어가서 콩이 흩어져 있는 바닥에 무릎을 꿇게 했다.

(안명복, 82세)

5.
해방 이후 사할린에 버려진 조선 사람들

니또이 촌 주민들은 해방의 기쁨으로 흥분하였다. 조선 민회가 조직되었고 촌 반장으로 내 아버지가 선발되었다. 해방된 조선 사람들의 기분은 좋았으며 열성도 대단했다. 그 때 모스크바 Москва에서 미 · 소 · 일 삼상회담이 개최되었는데 거기에서 조선인들의 문제가 해결된다는 소문이 떠돌아서 곧 귀국하게 된다고 사람들의 마음이 들떠 있었다.

1946년 3월 16일 연합군 최고사령부가 일본 정부에 '인양에 관한 각서'를 보냈는데 소련 극동 지역에서 일본인들의 인양은 《미소협정》에 따라 실시될 것이라고 쓰였다. 1946년 12월 19일 동경에서 조인된 《미소협정》의 제 1항에는 인양 대상으로 : 1. 일본 포로병들, 2. 일본 문관들(개인 신청에 따라)이었다.

그런데 조선인은 인양 대상에서 제외되었다. 본 '협정'에 따라 1946년 12월 5일부터 1949년 7월 22일 까지 29만 2,590명의 일본인들이 귀환했는데 그 속에는 조선인들이 속하지 않았다. 그 당시 조선인들도 일본 국민이었고 일본성과 이름을 갖고 있었는데 일본 입국을 막았다. 다만 '조선인'이었기 때문이다.

일본 정부는 1952년 〈샌프란시스코San Francisco 조약〉을 체결하기 전에 가라후토 조선인들이 일본 국적을 상실했다고 주장하였다. 사할린 주 고문서관의 통계에 의하면 1957~1958년 8개월간 일본에 1,611명이 귀국했는데 435명은 일본인이고(110남, 325여), 297명은 일본사람과 결혼한 조선인들이었다. 그 다음 마지막으로 귀국 신청한 504명(119명 일본사람, 115명 조선사람-신청한 일본인의 가족)들로 본국 송환이 되었다.(노연동: 재러한인의 문제. 모스크바 1995년. 제55쪽).

우리 마을 강가에 자리 잡은 단층집에서 나의 친구 야마시다 요지로(조선 이름 유홍순)가 살았다. 그의 식구는 아버지가 조선인, 어머니는 일본인이었고 누나 둘이 있었다. 내 친구는 일본에 가기 싫었다. 그때 나이는 18살이었다. 부모가 귀국 신청을 했으니 할 수 없이 홈스크Холмск항 입구까지 따라 갔다. 부모와 누님들은 배에 타고 승선이 끝나 귀국선이 곧 출항해야 됐다.

이때 유홍순은 선박 트랩에 올라가지 않고 경찰관에게 출국

거부 도움을 청했다. 케이지비KGB의[8] 허가를 받아 그는 사할린에 잔류하게 되었고 소련 국적을 취득하여 군무 2년 후 제대하여 유즈노사할린스크시에서 결혼했고 슬하에 3남을 두었다.

1944년 일본 최고 문학상인 노마 문학상을 수상한 일본의 유명한 작가 이회성은 가라후토에서 보낸 소년 시절을 자전적인 장편소설 《백년동안의 나그네》에서 기술하였다. 1935년 가라후토에서 태어났고 그 곳에서 소학교 5학년 때 전쟁을 맞이했다. 12살 때 아버지를 따라 일본으로 건너가게 되었다. 그때 어머니는 이미 세상을 떠났다.

일본인들이 떠나고 있는 상황에서 사할린 주 행정부가 조선인들이 일본인들 속에 포함되어 일본으로 귀환하지 못하도록 감시 강화를 지시하기도 하였다. 이와 더불어 1948년에는 수도 유즈노사할린스크, 항구도시 코르사코프, 홈스크에서 조선인을 탄광지역인 우글레고르스크Углегорск와 레소고르스크Лесогорск 지구로 이주시키는 조치가 취해졌다. 목적은 대륙에서 이주해온 러시아인을 주요 도시의 주택에 살게 하고, 반소 활동이 가능한 구 일본국민의 조선인을 주요 도시부에서 멀리 교통이 편리하지 않은 곳으로 보내어 버리는 것이었다. 사할린 지역에서 노동력이 필요한 곳은 1946~1949년까지 북한에서 노동자를 약 2만6

8 케이지비(KGB)(러: КГБ Комитет государственной безопасности): 소련시대 국가안전위원회.

천명 파견한 것에서도 드러난다.

우리 마을에도 이미 일본사람들은 귀환하였고 몇 명의 잡혼 조선 사람들도 이곳을 떠났다. 그래서 곧 우리들의 차례가 닥쳐 온다고 믿었다. 그러나 날이 갈수록 귀환 희망은 점점 사라지고 있었다. 일본이 화태에 내버려 둔 채 조선 사람들은 귀국의 희망을 마음속에 깊이 간직하며 타향살이를 계속해야 했다.

소련 당국은 해방된 사할린 도처에서 새 질서를 정하였다. 우리 촌에서도 행정기관이 설립되었다. 토지 국유화를 실시하기 위해 경리정리위원회 위원 2명이 우리 집에서 정착하게 되었다. 러시아 남자와 여자였다. 그 당시 우리 가족은 니또이 변두리《단따이》라는 조선 부락에서 살고 있었다. 아버지가 단장이므로 우리 집을 숙소로 정했다.

나는 그 때 처음《큰코》서양인들과 접촉했다. 처음 만났을 때 나는 겁이 났지만 어린 나이에 호기심도 없지 않았다. 그때 우리 식구는 7명이었다. 러시아 사람들은 우리에게《콘페타》(사탕)를 주면서 우리의 관심을 끌었다. 낮에 경지를 측량할 때 우리는 그 사람들을 따라 다녔고 손짓 몸짓으로 의사소통했다. 저녁에는 서로 말도 가르쳤다. 아버지는 수첩에 러시아말을 적으면서 낯선 언어를 배웠다. 우리와 교제할 때 일본 이름을 기억하기 너무 어렵다 해서 그들은 우리에게 러시아 이름을 지어 주었다. 이렇게 나는 세 번째 이름을 갖게 되었다. 박승의, 다카하라 가쯔요시, 보꾸 다까하라 유라Юра. 누나 이름 – 지나Зина, 남동생 이름 – 볼로쟈Володя, 아버지 이름 – 뻬짜Петя, 어머니 이름 – 소냐Соня…. 사할린Сахалин 한인 동포처럼 이름 셋을 가진 사람은 드물 것이다!

우리 마을에도 점차 소련사람들이 들어왔다. 당국이 출두명령을 내렸고 주민들은 직장에 나가기 시작했다. 내 아버지는 전쟁 전에 산판에서 하던 일을 계속하였다.

나의 가족 (노보예촌, 1947)

일본인이나 조선인이나 다들 말하는 것이, '히기아끼', '히기아끼스루'. 귀국한단 말이었죠. 어머니는 삶은 감자와 러시아 빵을 말려 보따리에 똘똘 싸놓고 귀국하기를 기다렸습니다. 그러다 귀국하는 날이 닥쳐왔습니다. 많은 사람들이 준비해 놓았던 보따리를 가지고 나섰습니다. 저도 어머니와 동생들을 데리고 나섰지만 헛걸음했죠. 그때 일본 정부는 일본인만 귀국시키고 조선인들은 발길로 차 내버린 것입니다. 그때는 우리도 일본인으로 되어 있었는데 어째서 우리를 버리고 갔는가?

(임정환, 68세)

제가 살던 섬은 원래 이름이 가라후토였습니다. 일본이 패전한 뒤 (…) 그곳에 조선 사람들이 4,5만 명 있었어요. 다들 해방이 됐으니까 조국에 갈 수 있을 줄 알았지요. 그런데 어떻게 된 건지 일본사람들은 선박을 통해서 본국으로 운송하는데 조선인들은 그냥 남아 있게 됐어요. 그중에서도 우리는 거기 남아 있기 어렵게 됐어요. 일제강점기 일본에 살던 조선인들은《협화회》라는 일본의 관제조직에 가입해야 했습니다. 제 부친은 협화회 간부였어요. (…) 스탈린Сталин의 비밀경찰들이 일제 때 일본의 주구 노릇을 했던 조선인들을 체포해서 시베리아Сибирь 수용소로 보내는 검거 선풍이 불었습니다. 하는 수 없이 우리 가족은 일본인으로 위장하고 일본에서 보낸 적십자 선에 몰래 올랐습니다.

(이상락 '재일동포 작가 이회성', 새 고려신문 1998. 11. 20호)

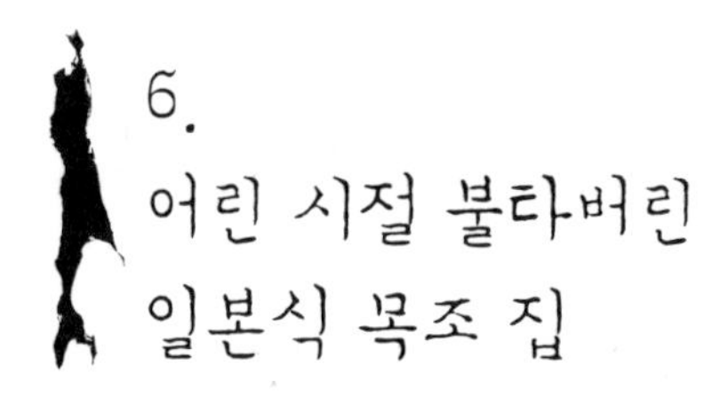

6. 어린 시절 불타버린 일본식 목조 집

어린 시절 내 나이 7살 때 니토이 촌의 우리가 살던 2층 건물이 불타버렸다. 일제강점기 전 일본 주인이 그 집을 아버지에게 싼값으로 넘겨주었다. 촌에는 대부분 단층집들이었는데 간부들이 살던 2층 주택도 몇 채가 있었다. 우리 집 뒤에는 텃밭이 있었고 앞마당에 채소를 저장할 수 있는 지하 창고가 있었다.

우리 마을에는 강제징용에 걸려서 끌려온 사람들, 금방 장가들어 젊은 처를 고향에 남겨 놓고 끌려 온 사람들, 형님이나 아들을 대신하여 온 아우나 아버지, '다꼬베야'에서 도망쳐 우리 촌에서 몇 킬로미터 떨어진 곳에 있는 벌목장 합숙소에 숨어 있는 사람들이 있어서 일본의 패전을 기다리는 사람들이 꽤 많았다.

화태에 사는 조선 사람들은 일본인들에게서 천대와 굴욕을 받고 있었고 왜놈들이 코를 막으며 "조센진, 조센진"하고 멸시하는 일도 한두 번이 아니었다. 하물며 소련의 '코 큰 사람'이 들어오면 무슨 일이 생길까 더 두려웠다.

내 기억으로 제2차 세계대전 종전 때 우리들은 지하실에 숨어 있었다. 소련 전투기가 날아와 공습경보가 울리면 우리들은 그 속에서 콩나물처럼 머리를 내밀고 비행기를 찾아 봤다.

우리 집은 일본식 목조 건물이었다. 일본 전통 가옥의 마루 위에 까는 것으로는 다다미가 있었는데, 짚을 심으로 삼아 만든 돗자리와 같은 직사각형의 매트리스다. 한국에 온돌이 있다면 일본에는 다다미가 있다. 다다미는 여름철이면 습기를 빨아들이고 겨울철에는 방바닥이 차가워지는 것을 막아준다. 여름에는 돗자리, 겨울에는 카펫의 역할을 해주는 것이다.

일본식 주택은 일반적으로 높고, 목조 건물이 많다. 고온 다습한 날씨에 통풍이 잘 되고 습기를 방지할 수 있다. 목재를 사용한 것은 유연성을 이용한 지진의 대비를 위함이다. 지붕의 경사가 급한 것도 다우, 다설 때문이다.

방에는 미닫이문과 미닫이창이 있다. 이 문을 트면 두 개의 작은 방을 큰방으로 쓸 수 있다. 전통 가옥에서 현관, 복도 및 부엌 바닥은 나무인 반면, 그 외의 방들은 다다미 바닥이다. 다다미방은 낮에는 거실로 밤에는 침실로 쓸 수 있어서 방의 수가 작아도 되는 것이다.

일본 민가의 큰 특징으로 빼놓을 수 없는 것이 실내 마루방 입구에 놓인 화덕이다. 일본인들의 일상적 식사는 화덕 주변에 둘러 앉아 하는데 가족 간의 서열에 따라 자리가 정해져 있다. 내가 어렸을 때 할머니는 가장 따뜻한 윗자리에서 식사하셨고 아버지와 우리들은 따로 차린 밥상에 둘러앉아서 밥을 먹었다. 어머니의 자리는 문턱이나 부엌이었다.

내가 맏이어서인지 할머니는 나를 특별히 사랑했다. 식사를 할 때 나를 불러서 옆에 앉혀 쌀밥을 먹여주었다. 그것을 본 두 살 아래의 남동생이 할머니 밥상에 다가가서 내 옆에 앉았다. 할머니는 화를 내면서 동생을 쫓았다.

— 임마! 여기가 어디라고 와! 너 자리는 저기야!

동생은 할머니에게 혀를 날름 내밀었다. 그리고 손에 쥔 유리컵을 할머니에게 던졌다. 이마에 컵을 맞은 할머니는 피를 흘리면서 뒤로 넘어졌다. 우리 집에 한바탕 난리가 났다.

우리 집 일층은 가족의 공간이었고 이층은 아버지와 같이 일하던 벌목공들의 쉼터였다. 아버지가 뗏목꾼 30여명을 데리고 산판에서 일했다. 남자들은 겨울에 산에 올라가 나무를 베었고 봄에는 그 나무를 강에다 띄워 니또이 강 하류까지 유송했다. 아버지는 유송 마스터로 근무하였지만 거의 일 년 내내 깊은 산판 바라크(긴 러: Барак, 숙사건물)에서 생활하였다.

벌목공들은 다 30~40대 홀아비들이었고 주로 일제강점기에 강제 동원된 사람들이었다. 그들은 젊은 아내를 조선에 두고 왔고 부모형제를 부양하지 못하는 불효자가 된 것이다. 전후 귀환길이 막혀 가고 싶어도 못가고, 보고 싶어도 못 보는 신세가 됐다. 향수를 달랠 길이 없었다. 그래서 낮에는 과로로 몸을 괴롭혔고 밤에는 촌락에 내려가 정신을 잃을 정도까지 술이나 마약을 섭취하였다. 그 사람들은 노름하여 뼈 빠지게 번 돈을 하룻밤에 다 날려버려 빈털터리가 돼버렸다. 그러면 그 노름 터에서 싸움이 벌어져 부상당하는 일이 허다했다.

그럴 때에는 아버지가 그들을 위로해주고 돌봐 주었다. 그들에게는 가족도 없었고 자기 집도 없었다. 그래서 휴식이 필요할 때에 산판에서 내려와 우리 집 이층에서 머물렀다. 그 이층에는 방 한 가운데에 난로가 있었다. 겨울에 그 난로로 방을 데웠다.

3월 9일 이른 봄날이었다. 하늘에 시커먼 구름이 낮게 떠 있었으며 햇볕은 전혀 보이지 않았다. 아침 공기는 차가웠다. 텃밭은 아직 눈으로 덮여 있었다. 일요일이어서 우리는 학교에 가지 않았다. 나는 아침을 먹고 친구들과 함께 우리 집 텃밭에서 눈 장난을 하고 있었다. 갑자기 내 친구 경오가 우리 집 지붕을 가리키면서 외쳤다.

— 야! 애들아! 저기 연기 봐!

내가 돌아보니 우리 집 지붕 밑에서 검은 연기가 무럭무럭 솟아오르는 것이었다. 마당에서 개짖는 소리가 들려왔고 마구간에서는 말의 불안한 울부짖는 소리가 울려왔다. 이층의 활짝 열린 창문에서 남자 한 명이 뛰어 내리는 모습을 봤다. 이어서 불타는 다다미 조각들과 다른 물건들이 창밖으로 떨어지기 시작했다.

그 순간 내 기억 속으로 이틀 전에 내 여동생을 낳으신 어머니가 일 층 방에 누워 계신 것이 갑자기 떠올랐다.

— 너희들, 나 따라오지 마! 거기 섯!

나는 친구들에게 외치고 뒷문을 열고 집안으로 들어가려고 했다. 이때 화재경보를 울리면서 소방마차가 소화펌프를 끌고 와서 불을 끄기 시작했다. 아버지가 어머니와 갓난아기를 안고 무사히 불타는 집을 탈출하였다. 바싹 마른 우리 집은 순식간에 부서지고 덜 탄 널판들만 불꽃을 사방으로 쏘고 있었다. 나는 텃밭 저 멀리에 동생들과 우두커니 서서 검댕이 얼굴에서 시커먼 눈물을 닦으면서 흐르는 울음을 멈추지 못했다.

그 후 반백 년 이상이 지난 오늘 그때의 화재 장면이 희미해졌는데 한 가지 사실은 뚜렷하게 기억하고 있다. 다음 날 아버지는 잿더미를 쑤셔 뭔가를 찾고 있었다.

— 아버지, 거기서 무얼 찾으세요?

— 어제 바리캉(이발 기계)을 밖에 내던졌는데 어디에도 없네! 아깝다. 아까워! 새것이었는데! 누가 집어 갔나봐!

아버지의 낙담해 하고 있는 모습을 보고 웃음을 참지 못했다.

와우, 와우. 나는 아직도 소방차가 달려가는 소리를 들으면 깜짝 놀란다.

우리 가족. 첫째 줄 왼쪽에서 오른쪽으로: 동생 박종예, 할머니 김씨, 동생 박종순, 둘째 줄: 동생 박승치, 누나 박종인, 셋째 줄: 아버지 박득수, 어머니 강순예와 나 박승의. (노보에 촌, 1950)

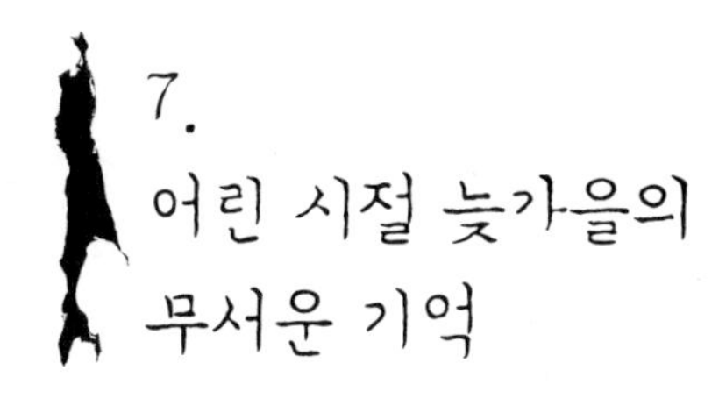

7. 어린 시절 늦가을의 무서운 기억

가을이라면 보통 예찬의 목소리가 크다. 맑은 하늘, 시원한 바람! 온 세상이 단풍으로 물들어 있다. 누구나 시인이 되고 소년, 소녀가 되는 낭만의 가을 파아란 하늘, 새털구름 사이로 달이 수줍어하고 오색으로 채색된 단풍은 감탄사를 연발케 하고 들판은 황금물결 일렁이는 아름다운 결실의 가을[9]

김병연 시인의 '가을 예찬'한 부분이다. 나도 역시 가을이 좋다. 특히 초가을, 여름에 우리를 괴롭혔던 찜통더위가 어디론가 이미 사라지고 시원한 공기도 맛있다. 따사로운 햇볕도 반갑다.

9 http://www.ganghwanews.com

그러나 시월이 지나 갑작스레 몰아치는 비바람은 낭만의 계절이 이미 지나가고 맹추위의 겨울이 다가오는 것을 경고한다. 거리와 광장은 낙엽으로 덮였고 얼어버린 벌거벗은 나무는 타악 타악 울부짖는다.

> 늦은 가을, 철새들은 벌써 떠났다.
> 산이 노출됐고 들판은 텅 비었다.
> 한 이랑만 수확을 하지 못한 채…
> 슬픈 생각에 잠기게 한다. 우리를…

제정 러시아 네크라소프Некрасов 시인의 '수확을 하지 못한 이랑Несжатая полоса'의 한 대목이다. 나의 어린 시절 1950년 늦은 가을에 있었던 한 무서운 사건은 이 계절에 대한 추억에 악영향을 주었다.

그 당시 나는 노보예 촌 단타이란 조선 부락에 할머니와 살았다. 우리 식구는 노보예 촌 중심지에 위치한 2층짜리 집이 불탄 후 할머니가 계신 단타이 집으로 이사했다. 집 뒤에는 그리 높지 않은 산이 있었는데 몇 년 전에 산불로 화상을 입은 나무들이 드문드문 서 있었다. 집 앞에는 넓은 마당 입구에 큰 고목나무가 있었다.

어느 11월 초순의 날이었다. 하늘은 검은 구름으로 덮였고 며칠 동안 비와 눈이 섞여서 왔다. 센 바람이 마지막 나뭇잎을 뜯어버렸고 얼어붙은 나뭇가지가 가엾게 창문을 두드렸다.

어린 우리들은 우울한 표정으로 창밖을 내다보았다. 집에는 우리와 할머니만 있었다. 이 때 누군가 문을 탕탕 두드렸다. 할머니가 문을 열어보니 밖에 어떤 러시아 남자가 문턱에 넘어져 있었다. 찢어진 옷을 입었고 신발을 신지 않은 발은 상처투성이였다.

"Мадам! Дайхлеба!"[10]

떨리는 목소리로 남자가 말했다.

할머니는 놀라서 문을 닫아버렸다. 우리도 무서워서 벌벌 떨었다. 얼마 후 남자는 일어나서 비틀거리며 가버렸다.

단타이 부락에는 조선 사람들만 살았고 경찰서가 없었다. 남자들은 벌목장에 나갔고 집에는 여자들과 어린 아이들만 있었다. 그날은 날씨가 나쁜 탓에 남자들이 일찍 퇴근했다.

할머니의 이야기를 듣고 남자들이 총을 들고 러시아 남자를 찾아 나섰다. 해가 저물었을 때에 남자들이 집에 돌아왔다. 그들은 러시아 남자의 시체를 산에서 찾아 우리 집 나무 아래에 놓아 짚 매트로 덮었다. 우리가 창밖을 보니 나무 아래에 시체의 상처 입은 맨발이 뻗어 있었다. 경찰에 신고했지만 아침에야

10 "Мадам! Дай хлеба!" (러시아어)—아주머니! 빵 줘!

시체를 가져갔다. 나중에 알아보니 그 남자는 가스텔로 촌에 있는 교도소에서 도주하여 26Km 이상 헤매다 우리 부락까지 왔던 것이었다. 우리들은 오랫동안 그 나무를 멀리 피해 다녔다.

그 후 거의 70년이 지났지만 어린 시절의 충격은 아직도 기억에 남아 있다. 늦은 가을 밤 폭풍이 몰아칠 때면 그 러시아 사람의 애달픈 목소리가 들린다.

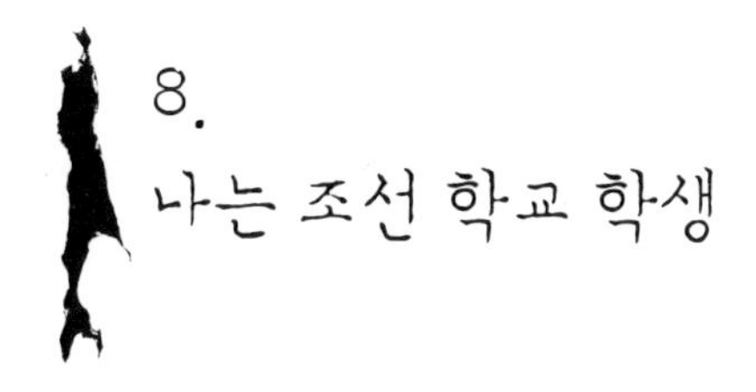

8. 나는 조선 학교 학생

일본 소학교 폐쇄와 조선학교 개교

일본사람들이 귀환하기 전까지 일본 소학교가 우리 마을에 남아 있었다. 조선 아이들은 일본 소학교에서 공부했다. 그러나 일본말만 써야 했던 시기는 이미 지났다. 또한 러시아 사람들 사이에서 살아야 했으므로 전혀 모르는 러시아어를 배워야 했다. 러시아 당국은 1946년경 모든 조선인 아이들이 일본 학교에서 일본글과 일본말을 배우는 것을 보고 더 이상 그대로 두면 안 된다고 생각했다. 그들은 사할린 여러 곳에 조선 학교를 설립해야 한다는 결정을 내렸다.

1946년 니또이 촌 일본 소학교는 스투젠체스카야Студентческая 거리의 낡은 판잣집에 위치했다. 그 건물 안에는 교실들이 나란히 있었고 100미터 가량의 긴 복도가 있었다. 교실 한 구석에는 철제 난로가 있고, 러시아식 긴 걸상 같은 일본 책상들과 아동 의자들이 있었다. 학교 앞에 넓은 운동장이 있었고 그 주위는 나무들로 둘러싸여 있었다.

1948년 니토이에 조선 학교가 개교했다. 일제강점기에 일본 학교에 못 다녔던 조선 아이들이 1학년에 입학했다. 나는 누이를 따라 6살부터 학교에 나갔다. 내 친구 경오, 누나와 내가 같은 반에서 공부를 시작했다. 일본인의 귀환이 끝나면서 일본 학교가 폐쇄됐기에 거기에 다니던 학생들이 조선 학교로 넘어왔다. 학교 설립 당시에는 고정 학생이 별로 없었다. 일본 학교에서 수업을 마친 후 조선 학교에 가서 조선어를 배우는 학생들이 차츰 나타났다.

우리 촌에서 한 노인 부부가 교편을 잡았다. 일학년 교실에서는 여러 나이의 학생들이 책상에 나란히 앉아서 또박또박 조선 글을 쓰고 읽었다. 노래를 부를 때는 전체 학생들이 다 같이 불렀다.

"푸른 하늘 은하수 하얀 쪽배에 계수나무 한 나무 토끼 한 마리 돛대도 아니 달고 삿대도 없이 가기도 잘도 간다 서쪽나라로~."

내가 일학년 교실에서 공부할 때 확실히 기억나는 것은 수업 시간에 일본말을 한 탓으로 죄를 받는 경우였다. 수업을 시작하기 전에 선생님은 우리들에게 선생님의 사인이 적혀있는 종이

쪽지를 10개씩 나누어 주었다. 일본말이 입에서 튀어 나올 적마다 그 쪽지 하나씩 빼앗기게 되어 있었다.

학교에 다니기 전에 일본어로만 말했기 때문에 수업이 끝날 무렵 그 쪽지는 하나도 남지 않기 마련이었다. 안 그러면 벌을 면치 못한다. 복도 청소, 교실 구석에서 양손으로 무거운 걸상을 높이 들고 있어야 하는 벌, 변소 청소, 장딴지에 매 맞기, 한겨울에 교실에서 쫓겨나 밖에서 벌벌 떠는 것 등등. 이토록 엄격한 조치로 인해 일본 말을 점차 잊어버리게 되었다.

그럼에도 불구하고 일본어 잔재가 아직도 우리 의식에 남아 있다. 아저씨를《오지상》, 아주머니를《오바상》이라고 호칭하며 아직도 반찬을《하시》로 집어 먹으며 소풍갈 때 음식을《벤또》(도시락)에 넣어 가지고 가며 볼일 볼 때는《벤조》(화장실)에 간다.

사할린 한인들 사이에 일본 성씨를 간직하고 있는 사람도 적지 않다. 마쯔모또 길수, 가네타 이고리Игорь, 도요토모 로만Роман 등등. 여자들의 이름은 대다수가 자子를 포함하는데 옛날 일본 공주들 이름에만 이 글자를 붙일 수 있었다고 해서 우리 부모들의 딸에 대한 소원을 알 수 있다. 이말자, 박경자, 정숙자, 배화자 식의 이름들이 그렇다.

3~4년 후 우리 촌에 학생 수가 많이 늘어났다. 반수는 6반이었는데 1학년과 2학년은 2반, 3학년과 4학년은 1반씩이었다. 1학년부터 4학년까지의 전체 학생 수는 64명이었다. 교사로는 1

학년을 가르치는 김 선생님(이름은 기억에 남지 않음), 2, 3, 4학년을 가르친 박춘호 선생님과 정학만 선생님이었다. 이렇게 3명이 국어, 미술, 창가, 정서, 체조를 가르쳤는데, 자주 한 교실에서 2, 3학년생들이 같이 수업할 때도 많았다.

조선 중학교 입학과 북한 파견 노무자

1952년 나는 포로나이스크 시 제4번 칠 년제 중학교 기숙사에서 생활하며 5학년을 공부했다. 니또이 촌에는 소학교만 있었기 때문이다. 거기에서는 포로나이스크 구역 여러 지방에서 모인 학생들이 숙소를 정하여 공부하였는데 일 년 기숙비가 300 루블이었다. 학교 건물은 아주 낡았고 기숙사 한 방에 10여 명이 살았다. 그 당시 내 나이는 10 살이었는데 키는 작았고 체중도 적은 편이었다.

우리 반에는 20살 이상 되는 북조선 파견노무자의 자녀들도 같이 있었다. 나는 그들한테 멸시를 당하곤 했다. 내 침대는 다리 하나가 없어 출입문 바로 옆에 나무토막으로 받혀 있었다. 한밤중에 누군가가 소변보러 밖으로 가면서 그 침대 목발을 일부러 툭 차고 가면 나는 놀라서 깨어나곤 했다. 촌에서 왔기 때문에 옷도 잘 못 입었고 용돈도 없어 다른 학생들과 어울려 시내에 다니지도 못했다. 북한 파견노무자의 자녀들은 부모들이 돈을 더 벌었기 때문에 여유롭고 풍부하게 살았다. 그래서 나는 이방인이 된 듯했다.

다행히도 그 이듬해에 행정 구역의 구획이 바뀌져서 나는 다른 니또이 촌에서 온 기숙생들과 같이 마카로브 칠 년제 학교 기숙사로 옮겨졌다. 노보예 촌에는 소학교 밖에 없었기 때문에 마카로프 시에서 중학교를 다녔다. 1953~1955년 나는 내 친구 이경오와 같이 마카로프 제2조선중학교에서 공부했다.

여러 촌락에서 온 학생들은 기숙사에서 살게 됐다. 학생들이 더불어 살면 좋은 일이 있는가 하면 나쁜 일도 생긴다. 어떤 오해가 발생하면 말다툼도 할 수 있고 싸움도 일어날 수 있다. 12살 때 나는 몸이 약했고 힘도 없었다. 나이가 더 많은 기숙생들이 나를 놀리면 내가 내 자신을 보호하지 못했다. 그런데 어떤 때는 이경오가 나를 보호하지 않고 오히려 무심코 바라보기만 하였다. 그럴 때는 경오가 참 미웠다. 그러나 내가 귀앓이로 며칠 누워서 학교에 못 나가니까 나를 간호해주고 숙제도 가져와서 같이 했다. 1955년 그곳에서 7학년을 졸업하였다.

나는 와흐루셰브Вахрушев 탄광 제1 중학교 8학년(러시아어로 수업)에 입학했다. 우리 가족이 거처를 그곳으로 옮겼기 때문이다. 냉전질서에서 소련과 북한은 '형제 국가' 였다. 1945년 제2차 세계 대전이 끝나고 한반도는 북위 38도를 경계로 하여 남쪽에는 미국, 북쪽에는 소비에트 연방의 군정이 실시되었으며 소비에트 연방의 군정 아래에서 1946년 2월 북조선임시인민위원회가 수립되었다. 그로부터 2년 뒤인 1948년에는 국제연합 감독하의 한반도 총선거에 참여하는 것을 거부하고 김일성을 수상으로, 박헌영, 홍명희 등을 부수상으로 하여 1948년 9월 9일 북한 정부가 수립되었다.

1946~1949년에 수산업에 종사할 26.065명의 북한노동자가 사할린으로 파견됐다. 그 중 14.393명이 계약기간이 끝나 귀국했다. 북한임시정부 수립까지 북한 파견노동자를 사할린 노동력에 이미 투입시켰고 3년 동안 단위별로 소련정부의 어장, 벌목 등지에 배치했다. 북한인은 여느 한인들과 마찬가지로 탄광, 어업, 벌목 등지에서 어울리며 돈을 벌기 시작했고 가족을 구성하기도 했다. 사할린 홈스크, 네벨스크Невельск로 파견된 북한 노동자는 사할린 주요 벌목장과 어장부터 북쪽 토마리Томари 어장까지 파견되었다.

어부가 가장 많았지만 사무직, 의사, 교사, 지방행정관서의 서기 등 다양한 직업군들도 꽤 있었다. 토마리에 파견된 약 500명의 노동자 중 탁월한 자를 뽑아 한글교사로 선발하기도 했다. 내가 1953~1955년에 마카로브 제2 조선 칠 년제 학교에서 공부할 때 북한에서 파견으로 온 두 형제가 그 학교에서 일했다. 형 이화섭은 초등학교 교사였고 동생 이재섭은 기숙사 교양자였다. 1964년 폐교 후 이재섭은 귀국했고 이화섭은 유즈노사할린스크에 이주해 연금생활을 하다가 2001년에 사망했다.

조선학교 교사들

이 시기에 포로나이스크 시에서 김영철(현지인), 최명길(대륙 출신); 노워예 부락(포로나이스키 구역) 소학교에서 김선생 부부, 박춘호, 정학만(북한 파견노무자); 레오니도보Леонидово(포로나이스키 구역)에서 김선생, 문선생(이름은 기억나지 않음, 현지인); 마카로브 시 조선 칠년제 기숙학교에서 허일, 김상준(대륙출신), 리화섭(북한 파견노무자); 돌린스크 시에서 김이섭, 김진각, 석차술; 자고르스키Загорск 부락에서 박기호, 김교식, 김영낙(현지인); 브이코프 부락 조선 칠년제 학교에서 김봉출, 류춘계, 김진낙, 유만길, 한기흡, 김상수, 노수홍, 장윤기(현지인), 송규현, 김현영(대륙 출신); 포크롭카Покровка 부락(돌린스크 구역)에서 리 안톤 파블로위치(대륙 출신); 우다르니Ударный)부락(우글레고르스키 구역) 칠년제 학교에서 김태화 (현지인); 토마리 시에서 허조, 조권식, 채정만(현지인), 남 윅토르, 김만식, 안 와실리(대륙 출신), 한병찬, 정선생 (북한 파견노무자); 로파치노Лопатино 부락(토마리 구역) 소학교에서 조만수(현지인); 크라스노고르스크Красногорск 시(토마리 구역) 칠년제 학교에서 강 미하일, 김 올가 알렉세예브나, 김일남(대륙 출신), 허남훈, 김동직, 류춘계(현지인), 김장흔(북한 파견노무자); 유즈노-사할린스크 시 제8호학교에서 이남진, 김화순(현지인), 박 타치야나 왈렌치노브나 (대륙 출신); 시네고르스크 부락 조선 소학교에서 리순진(현지인); 코르사코프 시에서 김독준, 니가이 타마라 스테파노브나, 김 표도르(대륙 출신); 부유클리 Буюклы 부락(스미르니흐Смирных 구역)에서 김 안드레이, 김지리(대륙 출신); 첼놉스크Тельновск 부락(레소고르스키Лесогорс 구역) 제3칠년제 학교에서 최 느. 이. 정 브. 스.(대륙 출신), 리종대, 리인출, 김진철, 니명숙, 리회경, 요재군(현지인) 등 교사들이 사할린 여러 지역에서 조선어 교육을 이끌어 나갔다.(2002년 12월 필자가 실시한 앙케이트조사 자료 중)

1959년 북한정부는 뿔뿔이 흩어진 북한노동자들에게 조국으로 귀환할 것을 강요하였으나 약 30% 정도의 북한인이 북한정부의 송환에도 불구하고 사할린에 눌러 살게 되었다. 이들 중

마카로프시 제2호 칠 년제 학교 7학년 졸업생 일동: 맨뒷줄 왼쪽 첫번째-박승의

대부분은 이미 자식이 태어났거나 가족을 이룬 경우가 많았으므로 굳이 북한으로 가 사는 것보다 현지에서 먹고 사는 것이 더 나을 거라 여겼다. 그러한 북한인은 북한출신 중앙아시아 고려인도 포함되어 있었고 사할린 한인부류에 동참이 되어 새로운 한인시대를 열어갔다.

조선 학교 폐쇄?!

조선 학교에서 공부할 때 제 2 언어로 러시아어도 배웠다. 그러나 조선 학교 졸업생들의 러시아어 지식수준이 낮았다. 그것은 모든 과목들을 조선어로 가르쳤기 때문이다. 그래서 러시아 학교 8학년에 입학하니 공부하기가 매우 어려웠다.

러시아어 지식수준이 약했다는 것이 1960년대 초 사할린 한인 동포 제 2세의 한국어 교육이 쇠약해지게 된 이유들 중의 하나이다. 1959년 9월 28일 마지막 7차 일본인 귀국이 마감되었는데 조선인들은 사할린에서 남아 있게 되었다. 귀국의 희망이 점차 사라지게 되어 자녀들의 미래에 대한 생각이 한인들의 마음을 괴롭혔다. 부모들은 자녀들이 전문 교육이나, 고등 교육을 받을 수 있는 길을 찾아야 했다. 러시아에서 살아야 하면 조선어가 필요하지 않다는 경향이 러시아 학교로 학생들을 옮기게 한 이유가 되었다.

해방 후 조선인들은 일본 국적을 상실했기에 무국적자가 되었다. 1950년대에 사할린 한인들은 소련방 내각의 제 2188-823 번과 제 819~391번 지령(1958년 7월 25일발)에 의해 소련 국적을 취득할 수 있었다. 그 결과 1958~1960년간 4882명이 소련 국적을 획득했는데 4067명이 무국적자였고, 715명이 조선민주주의 인민공화국의 국적을 가진 사람이었다.

사할린 주 당과 행정부는 조선 학교들에서 교육 방법, 교사들의 낮은 지식으로 학생들에게 적당한 지식을 주지 못한다는 이유로 1963년 조선 학교에서 러시아어로만 교수할 것을 결정했다. 1963년 5월 13일 사할린 주 집행 위원회의 제 169번 지령에 의해 11 조선 중학교들; 즉 코르사코브 시 제 2학교, 돌린스크 시, 마카로브 시 제2학교, 포로나이스크 시 제4학교, 유즈노사할린스크 시 제8학교, 고르노자워드스크Горнозаводск, 홈스크 시 제5학교, 체호브Чехов시 제2학교, 토마리 시, 크라스노고르스크Красногорск시 , 우다르늬 촌 제 2학교들을 일반 소련 8년제 학교로 개조했다.

1952년 9월 1일에 포로나이스크시에 한글 지도 교사 양성을 위한 사범 전문학교가 설립되어 약 400여명의 졸업생을 배출했다. 이 학교 졸업생 들이 주내뿐만 아니라 모스크바, 상트페테르부르크Санкт-Петербург 및 여러 대륙 지역에서도 한국어 교육에 큰 공을 세운 훌륭한 인재들로 성장했다. 이 학교도 1963년에 폐교되었다.

사할린 주 공산당위원회, 주 행정부, 인민 교육부는 1960년 초에 조선 학교 폐쇄의 이유로 다음과 같은 요인들을 내세웠다.

첫째, 교원들의 부족과 그들의 낮은 지식수준

둘째, 교수법 보장의 약점과 학교 시설의 부족

셋째, 조선 학생들의 지식수준이 낮은 점, 특히 러시아어

넷째, 학부모들이 자녀들을 러시아 학교에서 공부시키고자 함

그러나 숨어 있는 근본적 원인은 소수민족들의 《러시아화》를 실시하는 데 있었다. 그 당시 소련은 다민족 정책에서 단일 민족 정책으로 전환했다. 소련 내에서는 러시아어가 국가 언어이니까 굳이 다른 언어를 배울 필요가 없다고 판단하였다. 내 생각으로 또 하나의 이유는 일본인들이 송환된 뒤 사할린에서 노동력이 부족하게 된 것이다. 만일 조선 사람들까지도 귀국시키면 사할린은 노동력의 부족으로 경제 개발을 실시하지 못했을 것이다. 그래서 2만 명의 조선인들이 열악한 지역에서 경제 개발의 견인차 역할을 한 것이다.

《그들은 공민으로서의 권리도 불확실하고 심리상태도 불안정하였다. 한편 소련은 조선인의 운명에 동정을 하였지만, 당시에 극도로 부족한 노동력을 조선인으로 사용하는데 관심을 기울였다》. (쿠진Кузин, 1993년)

말로는 조선인 학교라 했으나 학생들은 모국어를 거의 몰랐다. 아동들을 가르칠 자격이 있는 교원들과 교재가 전혀 없었다. 일제강점기에 조선에서 소학교를 졸업한 사람들 중에서 우리글과 말을 잘 소유한 유지들이나 또는 해방 전에 남 화태에서 일본 중학교를 졸업한 사람, 그 학교에 재학 중이던 학생들 중 우리 민족어를 괜찮게 소유한 사람들이 교사로 선발됐다.

무엇보다도 조선어 교과서가 없어서 난관을 겪었다. 다행히 누군가 조선어 1학년 교과서를 조선에서 화태까지 가지고 와서 오래 보관한 것이 있었던 것 같다. 조선인 유지들이 등사판을 이용하여 원문을 한 페이지 한 페이지 등사하였다. 그렇게 손으로 교과서를 만들어 학생들에게 분배하여《가갸거겨고교, 소 소 나무…》우리글과 말을 가르치기 시작했다.

그리고 지방 선생님들이 손수 작성한 문법교과서(돌린스크 구역 브이코브Быков탄광 부락 칠 년제 학교 류춘계), 몇 해 후에는 소련 교육성에서 발행한 조선어 교과서를 가지고 1학년부터 상급반까지(이 조선어 교과서 편찬자는 김병하, 한순천, 한득봉) 우리 민족어를 배우게 되었다. 기타 다른 과목 교과서도 러시아판을 조선어로 번역하여 발행되어 주내 조선 학교 학생들의 수요를 충족시켰다.

당시 소련에서 실시되고 있던 중등 의무 교육제의 혜택으로 조선인 아동들도 무료로 또 의무적으로 배울 수 있었다. 그 결과 주내에는 조선인 학교 수가 수십 군데가 되었고 학생 수도 많이 늘어났다. 그러다 보니 학생들을 가르칠 교원들이 부족했다. 하기 방학 기간을 이용하여 주 교원자질 향상소에서 단기간 교원 강습을 조직해 대용 교사들을 양성하여 지방 학교들에 파견하였다.

또 중앙아시아 가맹 공화국들에서 중등 및 고등 사범 지식을 소유한 조선인 교원들을 사할린으로 파견하여 부족한 교원들을 보충시켰으나 수요를 충족시키지 못했고 많은 대용 교사들의 자질도 요구 수준에 이르지 못했다.

(신국웅 〈한글 교육 역사를 돌이켜 보면서〉 새고려신문 2002. 08. 30.)

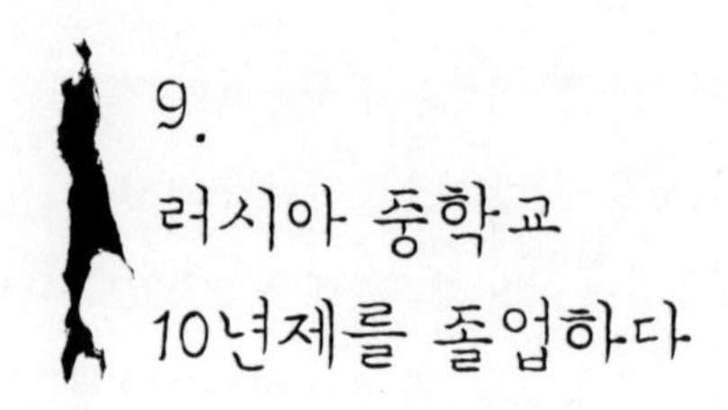

9. 러시아 중학교 10년제를 졸업하다

우리 가족은 노보예 촌에서 1955년까지 살았다. 그 당시 내 나이는 13살이었다. 나는 이미 마카로브 시 조선 칠 년제 학교를 졸업해서 딜레마 앞에 서 있었다. 공부를 계속해야 하나? 아니면 직장에 취직하여 일을 하나? 졸업장을 우리에게 수여하면서 교장 선생은 가을에 8학년이 개설되니 공부를 계속하라고 설득하였다. 소련 정부의 명령에 따라 사할린 주에 있는 칠 년제 학교를 완전한 십 년제 중학교로 전환해야 됐다. 나는 조선 학교에서 공부를 계속하고 싶었지만 내 희망은 실현되지 않았다.

아버지가 산중 목재소에서 유송일을 하니까 우리가 더 가까운 뽀드고르늬 촌으로 이사하게 되었다. 아버지가 벌목공 30여 명을 데리고 그곳으로 다니게 되었기 때문이다. 우리가 사는 노보예 촌에서 너무나 먼 곳이었다. 그 촌에는 약 30 가호가 살고 있었는데 주로 놉스키Новский 임산산업소의 직원들이었다.

그곳에는 러시아 사람들도 5~6가구가 있었다. 한 직장에서 같이 일했고 이웃으로 화목하게 살았다. 그 사람들은 모집으로 큰 땅에서 들어와 우리와 같은 조건에서 힘들게 살았다. 평범한 사람으로서 민족차별을 하지 않고 서로 도우면서 생을 이어갔다.

그런데 전후 초기에는 러시아인들이 악행을 저지른 사건도 적지 않았다. 일제강점기 말기에 조선 사람들 중에는 괜찮게 사는 사람들도 있었다. 재산이 없었던 러시아 사람들이 시계를 빼앗으려고 밤에 둘씩 셋씩 들어와 한 놈이 하늘에 총질하면 조선 사람은 꼼짝 못했다. 가방이고 뭐고 있는 것 다 뒤져서 갖고 가버려 조선 사람들이 다 잃어버렸다.

남자들은 겨울에 산에 올라가 나무를 베었고 봄에는 그 나무를 강에다 띄워 니또이강 하류까지 유송했다. 여자들은 텃밭에서 채소를 재배하여 식구를 먹여 살렸다. 아버지는 유송 마스터로 근무하였지만 거의 일 년 내내 깊은 산판 바라크(긴 숙사건물)에서 생활하였다. 얼마 안 되는 월급으로 거기에서 먹고 쓰고, 동료들을 도와주니까 가족에 가져오는 돈이라고는 별로 없었다.

벌목공들은 다 30~40대 홀아비들이었고 주로 일제강점기에 강제 동원된 사람들이었다. 그들은 젊은 아내를 조선에 두고 왔고 부모형제를 부양하지 못하는 불효자가 된 것이다. 전후 귀환길이 막혀 가고 싶어도 못가고, 보고 싶어도 못 보는 신세가 됐다. 향수를 달랠 길이 없었다.

그래서 낮에는 과로로 몸을 괴롭혔고 밤에는 촌락에 내려가 정신을 잃을 정도까지 술이나 마약을 섭취하였다. 그 사람들은 뼈 빠지게 번 돈을 하룻밤에 노름으로 다 날려버려 빈털터리가 되었다. 그 노름 터에서는 싸움이 벌어져 부상당하는 일이 자자했다. 그 때에는 아버지가 그들을 위로해주고 돌봐 주었다.

1955년 뽀드고 촌에 이사 갔을 때 우리 식구는 8 명이었다. 내가 마카로브 기숙사에서 살 때 학비를 내야 했다. 텃밭에서 농사일을 하는 사람은 어머니 밖에 없었다. 내가 맏아들이니까 나머지 동생들은 아직 어렸고 국민학교 학생들이었다. 그래서 내가 장남으로서 아버지 대신 가장이 된 셈이었다. 동생들을 데리고 농사도 하고 어머니의 집안일도 도와드려야 했다. 내가 집에서 살아야 했다. 마카로브 조선 중학교 8학년에 입학하고 싶었지만 그 꿈을 포기하게 되었다.

나는 1955년 9월 1일에 와흐루쉐브 제 1러시아 중학교 8 학년에 들어갔다. 7 학년을 조선 학교에서 마친 탓으로 러시아어가 매우 서툴렀다. 모든 과목을 조선어로 배웠기 때문이다. 조선 학교에서 러시아어 시간도 있었으니 나는 러시아어를 꽤 잘

한다고 생각했다. 그러나 러시아 학교를 다니다 보니 내 판단은 오해였다.

내가 가장 좋아한 수업은 러시아 문학이었다. 기숙사에서 지낼 때 귀앓이로 방에 며칠 누워서 학교를 못간 적이 있었다. 그때 처음 러시아 옛날이야기와 접촉했다. '일리야 무로메츠 이 솔로베이 라즈보이니크Илья МуромециСоловейРазбойник', '세스트리차 알료누쉬카 이 브라체츠 이바누쉬카СестрицаАлёнушкаибратецИванушка', '카스체이 베스메르트느이КащейБессмертный', '삿코Садко', '루슬란 이 류드밀라РусланиЛюдмила' 등은 나의 흥미를 끌었다. 8학년 러시아 문학 시간에 러시아 옛날이야기 내용을 전달하여 3점을 받았다. 다른 과목은 아예 점수를 주지 않았다. 그러나 나는 러시아어를 열심히 배웠다. 그 결과 1958년에 중학교 코스를 우수한 성적으로 마치게 됐다.

중학교 졸업생들 (1958)

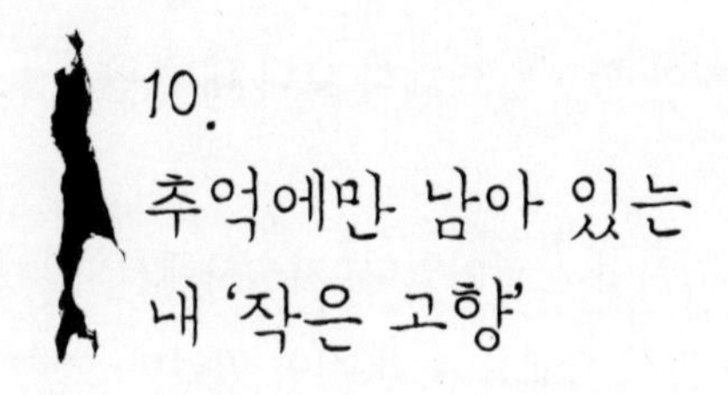

10. 추억에만 남아 있는 내 '작은 고향'

어릴 적에 내가 살았던 '작은 고향'은 노보예 임산사업소 직속 '뽀드고르느이' 벌목 우차스토크[11]이다. 이 마을이 사할린 중심지역에 위치한 바흐루쉐브에서 20 킬로미터 떨어진 두메산골이다. 나는 거기에서 1955년부터 1960년까지 6년 동안 청소년 시절을 보냈다. 그런데 이 고장은 벌써 지구상에서 이미 사라졌다. 탄층이 우리 마을에서 지상으로 나와 있었기 때문에 레르몬토브Лермонтовский 탄광은 채탄장을 넓히면서 우리의 삶터를 없애버린 것이다.

'뽀드고르느이' 벌목 우차스토크는 사방으로 산에 에워싸여

11 우차스토크(러: участок)—지역, 구역

있는 아담한 계곡에 위치했다. 니토이 강의 지류인 야구아르 강이 남북으로 흘러가고 강가에는 여러 나무들이 자라고 있었다. 들에 풀이 무성했고 여름에는 아름다운 꽃이 피어 우리를 기쁘게 맞이했고 가을에는 맛있는 열매를 선물했다. 이 마을에는 한 30가정이 살았는데 주로 러시아 사람들이었다. 한인 가족도 대여섯이 되는데 텃밭이나 들밭에서 농사를 지어 살았다.

촌에는 러시아 초등학교가 있었고 중학교는 산 너머 탄산에 자리 잡았다. 주요 기업은 노보예 임산사업소 벌목장이어서 목재 채벌 및 운반을 위한 자동차와 트랙터 수리의 기지였다. 촌의 남자들은 벌목공이어서 겨울에는 깊은 산판에서 나무를 베어 강가로 운반하여 저장하는 일을 하였다. 봄에 강이 풀리면 쌓아 놓은 통나무를 강에 밀어 넣어 유송을 하였다. 우리 아버지는 일제강점기부터 강제징용을 당한 조선 사람들과 벌목사업에 종사하여 해방 후에도 노보예 임산사업소에서 유송 일을 계속했다.

유송이란 하천의 흐름을 이용해 통나무들을 떼로 엮어 물에 띄워 운반하는 일을 말한다. 벌목공들은 산판에서 12월에서 이듬해 4월 사이에 나무를 벤다. 벌목공 중 나무 가지를 따는 사람, 따 놓은 가지를 불에 태우는 사람, 준비된 통나무를 길 역까지 운반하는 사람들이 있다. 이 때에는 산에 눈이 쌓여 하산 작업에 유리했다. 여름에는 추동 기에 할 채벌, 운반 준비를 하고 강바닥을 깨끗이 청소하며 댐과 제방을 수리했다.

내가 중학교 9학년을 다닐 때 내 동생 승치와 같이 아버지가 지도하는 유송 장에 '드루즈바Дружба' 휘발유톱을 가져다 준 적이 있다. 톱은 5~6킬로그램이나 되고 길은 험한 산길이어서 매우 힘들었다. 우리는 봄이어서 물이 넘치는 강을 여러 번 여울로나 현수교로 건넜다. 산중 공기는 매우 맑고 아주 맛있어 우리의 기분을 돋우었다.

5월 10일 이른 일요일 아침이었다. 그날이 바로 목재유송의 결정적인 날이었다. 유송꾼들은 니토이Нитуй 강 상류에 위치한 제방 앞에 모였다. 아버지가 유송꾼들을 8개 분조에 나누어 각개 분조의 해당 작업 장소에 배속시키고 강가에 준비된 목재를 물에 띄울 과제를 주었다.

우리는 안전하고 높은 강가에서 아저씨들이 일하는 것을 재미있게 보았다. 긴장된 노력은 시작됐다. 유송꾼들의 날랜 도비[12] 끝에 찍혀 그들의 뜻대로 굴리고 밀리는 통나무들은 강에 연이어 떨어져 강물 속력에 맞추어 둥둥 떠내려갔다. 노력은 한층 긴장됐다. 각처에서 "굴려라!", "당겨라!"하는 유송꾼들의 목소리는 산곡을 울리고 있었다. 물 위에 뜬 통나무 위에서 날쌔게 뛰어다니는 운집

---

12 도비: 유송할 때 물에 뜬 나무를 찍어 움직이는 도구

풀이꾼들은 재빠른 솜씨로 도비로써 이 나무, 저 나무 찍어 그들을 깊은 물에 당기어 넣기도 하며 깔린 나무들을 빼내고 위에 놓인 나무들을 밀어 넣으면서 나무들이 한곳에 쌓이지 않게 에워 내리고 있었다. 이와 같은 방식으로 물에 들어가는 나무의 수는 점점 더 많아졌다. 몰려 내리는 나무들은 중앙수문이 떠받치고 있는 바다같이 넓은 물판에 빈틈없이 가득 찼으며 마치 수문이 열리기만 기다리는 듯했다. 수문수직꾼들 중 한 사람이 제방 아래에서 일하는 사람들에게 주의를 주는 신호로 종을 두드리고 다른 두 사람은 수문 줄을 당기어 수문을 열었다. 수문이 열리자 수천 통의 나무들은 폭포수 같이 떨어지는 물과 함께 수문 아궁이로 쏜살같이 빠져 내렸다.

유송이 끝나면 제방의 수문을 닫아 강물이 가득 찰 때까지 몇 시간 걸린다. 이 때 우리들은 강 웅덩이에서 낚시를 하여 아저

뗏목꾼들이 니또이 강에 통나무를 띄우는 모습 (1952)

씨들에게 작은 물고기들을 잡아줬다. 그들은 물고기를 손질하여 회를 장만해서 맛있게 먹었다. 강은 우리에게 여름에는 수영장이 되고 겨울이면 얼음 치기를 할 수 있는 썰매장이 되었다.

고향하면 떠오르는 것은 언제나 시골이다. 동요에서도 "나의 살던 고향은 꽃피는 산골~"로 표현되고 있듯이, 고향의 배경에는 꽃이 피고 작은 오솔길이 있으며, 동구 밖의 정자와 집집마다의 너른 마당, 작은 오두막도 그려진다. 배경이 되는 장면에 차이가 있더라도, 고향을 그리는 마음에서 가장 중요한 것은 살던 집이 낡았고 도로는 좁고 차는 덜컹거려도 그 곳에는 우리가 있었고 그리움이 있으며 추억이 담겨 있다는 것이다.

11.
대학에 가고 싶다
–평양? 모스크바?

무국적자

사할린 한인 동포들은 일본, 소련, 대한민국 세 나라로부터 관심 대상이 아닌 것을 체험하였다. 사할린 한인들은 일본에 버림받았고, 러시아인과 동화되어야 했다. 한민족 문화 풍습을 잊어야 했으며 무권리, 민족 차별을 몸소 겪었다. 소련 당국은 조선 학교, 조선 극장과 예술단을 폐쇄하였고 일반 생활에서도 여러 가지 난관에 부딪치게 했다. 소련 정부는 한인들을 노동자원으로 억류하고 그리운 조국으로 돌아가지 못하게 했다.

소련 정부는 국적 선택을 요구했다. 그러나 많은 한인들은 소련 공민증을 가지면 귀국이 불가능할 것이라고 하여 무국적자로 남았다. 무국적자의 이동이 부자유하고 생활이 몹시 불편했지만 귀국희망 때문에 모든 어려움을 이겨내면서 살아나갔다.

1958년 소련 중학교10학년을 졸업할 때 나는 무국적자였다. 일제강점기 사할린 한인들은 모두 일본 공민이었는데 해방 후 사할린에 억류되어 무국적자로 된 것이다.

1924년 10월에 취급된《가맹공화국 국적에 대한 법규》에 의하면 소련 영토에 거주하는 모든 주민들(소비에트 정권 반대자와 외국 국적자를 제외한)은 소련공민으로 인정된다. 그러나 사할린 한인들의 경우는 다르다. 1950년대에서야 소련 연방 내각의 지령 제 2188~823 호에 의해 이전 외국 국적자와 무국적자들이 국적을 취득할 수 있게 되었다.

이러한 상황에서 북한은 사할린의 한인들에게 대학 진학과 직장, 결혼 가능성을 제시하여 한인1~2세들에게서 커다란 호응을 얻었다. 1950년대 후반 무렵, 2세들이 자라 성인이 되고 국적과 신분증을 받고 대학 진학을 하게 되는 시점이 되자, 북한에서는 북한 국적을 취득하도록 선전하기 위해 선전요원들을 사할린으로 파견했다.

한인 1세들은 북한 국적을 취득한 경우가 많았는데, '북한에라도 가면 남한의 고향으로 빨리 갈 수 있지 않을까?' 하는 생각 때문이었다. 그러나 북으로 가도 남으로는 갈 수 없다는 점, 북한으로 유학 간 청년들의 소식이 끊기거나 사할린으로 출국이 막히는 등, 자신들의 생각과는 다르다는 사실이 사할린에 퍼지면서 북한 국적을 포기하는 사람들이 늘어났다.

이후 대부분 한인들이 소련 국적을 획득하게 된다. 무국적자가 겪는 차별과 고통, 한국을 동경하는 반공산주의자로 '요주의 인물'이라는 낙인, 무엇보다 '국적이 없으면 대학 진학이 어려운 자식들의 교육 문제' 때문이었다. 그 결과 1959년 무국적자가 49%(약 2만명)였던 반면, 1970년이 되면서 21%인 7천6여명으로 감소하게 된다. 대부분 무국적자였던 한인 1세들의 사망도 감소 요인이었다.

1950년대 후반, 북한 당국은 사할린 한인 사회 침투를 시도했다. 북한 외교관, 첩보원 등은 사할린 한인들에게 북한 국민이 될 것을 열심히 설득했다. 북한정보당국은 노동당 조직을 비밀리에 개설하고 스파이 조직을 만들려고 시도했다. 그리고 그들은 소련 국민이 아닌 모든 한인들에게 결과적으로 북한에 갈 것을 제안했다.

북한의 관심은 일본의 성공에서 유래한 것이다. 재일한인 사회는 1930~1940년대 일본으로 이주해 간 사람들로 구성돼 있다. 1940년대 후반, 평양 지지자들은 이 사회 안에서 가장 영향력 있는 사람들이 됐고 이들은 '조총련'을 설립했다. 그리고 일본에 있는 한민족의 3분의 2 가량은 조총련의 회원이 됐다.

그들은 일본사람들과는 멀리 떨어져 다르게 살도록 교육 받았다. 학교에는 김일성, 김정일의 초상화가 자랑스럽게 걸려 있고, 그들에게는 그들만의 은행과 네트워크, 미디어가 있었다. 북한 당국은 사할린에도 이 성공적인 사례를 적용하려 했지만 소련은 일본이 아니었다. 소련 당국은 나라 안의 다른 나라를 용납하지 않았고, 1960년대 초기 사할린 한인들은 충분히 소련의 선전을 통해 북한 외교관들이 말하는 이야기와 평양의 '장밋빛 미래'에 대한 공식적인 선전물을 경험했다.

1958년에 소련 연해주 나호드카Находка에 북한 영사관이 개설되었다. 그때부터 조선민주주의 인민공화국 국적을 받으라고 총영사관 서기관 리태식이 사할린 여러 곳을 다니면서 선전했다. 그리고 북한의 일류대학에 무시험 입학시켜 주겠다고 공식적으로 약속했다. 그 바람에 사할린 조선 학교와 중학교를 졸업한 청년들이 북한 국적을 획득해 큰 희망을 걸고 유학을 떠났다.

조국에 가서 모국어를 계속 공부하는 것은 매우 매력적인 일이었다. 마음대로 대학을 선택할 수 있고 1년이 지나면 부모 방문을 허락하겠다고 했는데, 그 어느 약속도 지켜지지 않았다. 사할린에 돌아오겠다고 요구했으나 거절당했고 국경을 넘어오다가 붙들렸다는 소문이 나돈 뒤 행방불명됐다고 유즈노사할린스크에 거주하는 한 여인이 자기 동생에 대해서 말했다.

북한 국적자

나도 역시 1959년에 북한 국적을 획득했다. 모스크바 국립 종합 대학에 입학하려고 하다가 무국적자인 탓으로 문서 접수에 거절당한 바람에 절망에 빠진 나는 북한에 가서라도 대학에서 공부하겠다는 결정을 내려 리태식 서기관을 찾아갔다. 그는《아주 잘했다》고 칭찬을 하며 즉시 조선민주주의 인민공화국의 여권을 내주었다.

어리석은 마음으로 북한 입국 신청서를 써서 맡기고 집으로 돌아왔다. 그 당시 우리 가족은 뽀드고르늬Подгорный 두메산골에서 살았다. 아버지가 조선 홀아비 30명을 데리고 나무를 베어서 강물에 띄워 목재를 유송하였기 때문이다.

애타는 마음으로 비자가 나오기를 기다렸는데 제때 받지 못해 가는 기간을 놓쳤다. 리태식 서기관은 미안하다면서 다음 그룹이 형성되는 대로 꼭 보내겠다고 약속했다. 그 후 부모와 친척들의 설득으로 출국을 취소하게 되었다. 사실 나는 오랫동안 속을 태우던 끝에 북한에 가서 김일성대학에 꼭 입학하겠다고 결심했다. 그때 어머니가 간곡히 말했다.

—애야! 너는 우리 집 장남이다. 그러니까 우리를 두고 혼자는 못 간다. 우리 가족이 다 나가서 살 수 있는 집을 준다면 다 같이 나가보자.

—예, 어머니! 제가 영사한테 여쭤볼게요. 우리 10식구가 살

수 있는 주택을 준다고 약속하면 틀림없이 가는 거죠? 아버지도 허락하시는 겁니까?

—그래, 가보자. 네가 그렇게 공부하고 싶어 하는데 그곳에서 설마 굶어 죽겠는가?

—고맙습니다, 아버지, 어머니!

들뜬 마음으로 나는 리태식 서기관을 찾아 갔다. 그런데 그는 나의 불타는 마음에 찬물을 뿌렸다.

—박동무를 이해합네다. 하지만 공화국은 주택 상황이 어렵습네다. 박동무의 가족은 식구가 많지 않습네까? 다 함께 거주하려면 큰 집이 필요한데 냉큼 마련해 주기 쉽지 않습네다. 박동무가 먼저 혼자 귀국해서 김일성 수령님의 대학에 무시험 입학하여 공부하십시오. 차츰 가족도 나가면 되지 않겠습네까? 박동무! 그렇게 하라우!

영사는 나를 설득하고 또 설득하였다. 그러나 나는 부모에게 준 약속을 어길 수 없었다. 그 당시 내 나이는 16살이었고 사실 내 의식도 그리 굳세지 않았다. 아직 나는 부모 품을 한 번도 떠나본 적이 없었으며 솔직히 두려움도 없지 않았다.

이렇게 망설이고 있는데 마침내 북한에 간 우리 젊은 동포들의 비참한 운명에 대한 소식을 듣게 됐다. 그래서 나는 평양에 가는 것을 포기했다. 지금에 와서야 그 때 북한에 안 간 것이 내 인생의 비극을 면하게 했음을 깨달았다.

사할린 한인 청년들의 북한 탈출

천여 명의 사할린 청년들이 북한의 탄압 정책에 견딜 수가 없어 두만강과 압록강을 불법적으로 건너다가 총살당했거나 붙잡혀 처형됐다는 소식은 사할린 한인 부모들을 후회하고 한탄하게 했다. 한겨울에 만주의 강추위에 얼어붙은 강을 건널 때 조선 국경 수비대원의 총알을 맞아 죽지 않으면 중국 군인에게서 총살을 당했고 다행히도 중국 땅을 무사히 지나 아무르Амур 강 소련 국경을 넘을 때는 소련 수비대원이 총을 쏘아 죽이기도 했다. 많은 우리 청년들이 목숨을 걸고 북한을 탈출했는데 소수의 학생들이 소련 블라고웨센스크Благовещенск 시 부근에서 국경을 무사히 지나갔다.

포로나이스크 시에서 만난 한 청년 김 모의 이야기에 의하면 그는 평양예술대에서 조선 전통 무용을 전공했는데 북한 김일성 주체사상에 적응되지 못해 탈출을 시도했다. 두만강을 건널 때 두 발에 동상을 입게 되었다. 겨우 목숨을 구해 소련 하바로브스크Хабаровск 변강에 입국해서 병원에 입원하여 왼쪽 다리 절단수술을 했고 일년 이상 치료를 받아 전에 살았던 포로나이스크 시로 돌아왔다. 그 후 카자흐스탄Казахстан 알마띄Алматы 조선예술단에 취직하여 조선무용을 가르쳤다고 한다.

물론 모든 유학생들이 북한 탈출을 시도했다고 할 수 없다. 어떤 유학생들은 대학을 마치고 취직하여 평양에서 잘 살고 있다. 1990년에 국제 관광단장으로 북한 방문 시 평양의 창광호텔에서 한 가이드를 만났는데 그 사람은 나의 동창생인 박승웅이었다. 마카로브 시 제2중학교(칠 년제) 기숙사에서 6~7학년을 같이 공부했다. 러시아어를 유창하게 하는 덕분에 그는 평양에서 대학을 나와 관광객들을 인솔하며 통역과 여행 일을 하고 있었다.

다시 말하지만 이것은 예외라고 할 수 있다. 다수는 행방불명됐다. 그들의 생사를 알 수가 없는 많은 사람들이 북한 국적을 획득하여 그들을 찾으러 갔었다. 외무성으로 교화소로 사방을 다 찾아다니며 탐문했으나 누구도 대답을 주지 않고 손만 내벌린다는 것이었다. 동생이 월경하다가 총살되었다는 것을 스스로 확인한 그는 돌아오자마자 북조선 공민증을 내던져 버렸다고 권모란 사람이 증명했다.(장윤기 〈환향길 50년〉에서)

한국으로는 오로지 북한 쪽으로만 가능했다. 그래서 처음에는 많은 사할린 한인들이 북조선으로 이주했다. 하지만, 북조선에서 어떤 삶이 그들을 기다리는지에 대해 파악하고 난 이후 북조선으로 이주하겠다는 동포들의 수가 급격히 줄어졌다. 그리고 우리가 나중에 알게 됐는데 7명의 동포들이 북조선으로 갔다가 거의 기적적으로 중국 만주를 거쳐 다시 사할린으로 돌아왔던 것이다. 그들이 알려준 북조선에 대한 실상으로 인해 모두들 북한으로 가겠다는 마음이 완전히 사라져 버렸다.

북조선에서 한인들의 삶의 조건은 소련에서 보다 더 엄격하고 심각하다고 언급했다. 누구든지 조용한 아침의 나라인 북조선에 대한 삶과 관련된 불평불만이 생기면 그 즉시 강제수용소로 보내졌다. 그들에게 있어서 다시 소련으로 향하는 길은 폐쇄됐던 것을 말하는 것이 아니다. 북조선에서는 해외로 편지를 보낸다는 것조차 허용되지 않았다.

내 아버지와 같이 벌목장에서 일했던 오씨가 1961년 북한에 가서 장가들어 잘 산다는 편지를 여러 통 보냈다. 편지에는 매 줄마다 주체사상에 대한 내용이 포함돼 있었다. 사실 그 외에는 어떤 방법도 불가능했던 것이다. 모든 우체국에서는 보내온 편지 내용들을 검토했으며, 피할 수 없는 일들이었다. 그 후 아버지는 KGB에 불려가 심문을 받았고 더 이상 서신거래를 하지 말라는 경고를 받았다.

우리 셋은 1961년 1월 23일 북조선을 탈출하기 위하여 두만강 하류 한 촌에 밤 10시 경에 국경 철조망 밑 숲속에 숨었다. 0시 북조선 국경 수비대가 강가를 순회한 후에 철조망을 뚫고나가 얼어붙은 강위를 뛰어 소련 연해주의 강변에 무사히 도착했다. 이때 소련 수비대가 우리를 발견해 "스토이! 스틀레라치 부두C той! Стрелять буду!!" (섯! 사격하겠다!)라고 외쳤다. 소란을 들은 북조선 국경수비대 병사들이 우리가 숨어 있는 쪽으로 총을 쏘기 시작했다. 바로 그때 소련 측에서도 총알들이 날아 왔다. 우리는 꼼짝 않고 얼어붙은 땅에 누워서 살아남기를 기도했다. 얼마 후 우리는 소련 수비대로 송달됐다. 그런데 우리 일행의 한 명은 총알을 맞아 그 강가에 영원히 남게 됐다. 며칠 후 우리는 사할린으로 보내졌다.

(신정만과의 인터뷰에서)

내 어머니가 동생을 찾아 북한을 1966년과 1968년~2번 방문했다. 그는 1959년 16살 나이에 중학교를 최우수생으로 졸업하고 북조선으로 떠났다. 평양에서 대학에 입학할 때 "조국은 건설자가 필요하다."라는 선전에 넘어가 건축대학에 들어갔다. 3학년 때 탈출을 시도했지만 체포되어 투옥됐다. 4개월 후 더 이상 탈출시도를 안 하겠다고 약속해 감옥에서 풀려나왔다. 최우수생인 그는 졸업 전 또 다시 탈출했다. 그리고 행방불명됐다.

내 어머니는 그의 동창생들과 만났다. 그리고 동생과 같이 탈출을 시도하다가 실패하여 대학에 돌아와 졸업한 공범자와도 만났다. 그 공범자는 실종자의 스웨터를 입고 돌아왔다. 어머니는 국제 적십자사의 지원을 얻었기 때문에 정치범들이 투옥된 북한의 전체 감옥들을 가봤다. 동생을 못 찾은 것을 천만 다행으로 여겼다. 정치범죄자의 구금 실태가 너무나 최악이었기 때문이었다. 특히 발을 펴지 못할 정도로 좁은 바닥에 항상 물로 젖어 있는 돌 벽 독방 감옥은 어머니에게 공포감을 안겼다. 정말 산채로 썩을 정도였다. 1960년에 우리는 인편으로 삼촌의 편지 두 장을 받았다. 소련으로 되돌아온 사람이 위험을 무릅쓰고 신발의 깔창 밑에 편지를 숨겨 국경을 넘었던 것이다.

(http://sergeydolya.livejournal.com/20822.html)

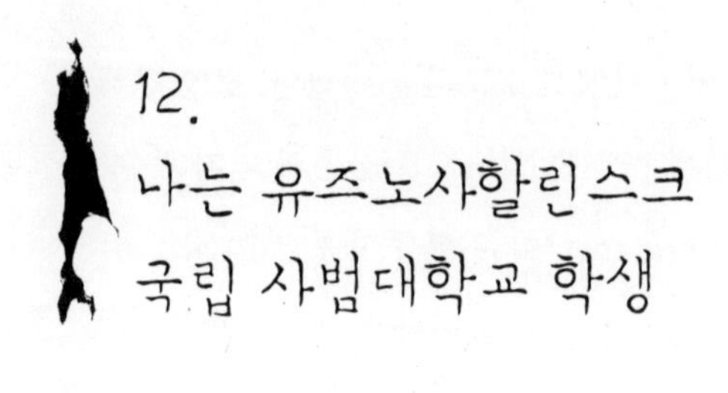

12. 나는 유즈노사할린스크 국립 사범대학교 학생

나는 1970년대 후반까지 북조선 공민으로 남아 있었다. 그 이유는 북조선 공민은 '조선민주주의 인민공화국의 국적에 대한 법'에 의하여 국적 변경이 불가능한 데 있다. 1960년대에 나는 로모노소브Ломоносов 명칭 모스크바 국립 종합대학에 입학시험을 치르러 갔었다. 북조선 공민인 탓으로 대륙 대학에 입학시험을 보러 갈 오비르(Овир 외국인 비자 및 등록부) 허가를 겨우 받아 소련의 수도 모스크바로 떠났다.

중학교를 졸업한 후 나는 2년 동안 여러 직장에서 일을 하였다. 대학 입학 시 노동경력 2년이 있는 입학생은 무경쟁으로 합격할 수 있었다. 입학에 필요한 서류를 대학 라디오 전기 공학 및 생물 물리학과에 보내고 나는 열심히 시험 준비를 했다. 그러나 수도권 입학생들과의 경쟁에서 이길 기회는 거의 제로였다. 나의 모스크바 국립 대학생 꿈은 물거품이 된 것이다. 모스크바에서 한 달간 살았는데 내 주머니는 텅 비었다.

집에서 보낸 돈으로 기차표를 사서 모스크바－하바롭스크행 열차에 몸을 실었다. 귀향길은 일주일이나 걸렸다. 넓은 소련 땅을 내 눈으로 본 셈이다. 볼가Волга, 예니세이Енисей와 아무르Амур강, 우랄Урал 산맥과 시베리아Сибирь 평야, 야로슬라블리Ярославль, 카잔Казань, 노보시비르스크Новосибирск와 이르쿠스크Иркутск 시, 유명한 바이칼Байкал호수 －이것이 위대한 러시아Россия로군! 달리는 차 안에서 창밖에 펼쳐지는 풍경을 바라보면서, 좁은 쿠페에서 나날을 같이 지내는 길동무의 다양한 생활이야기를 들으면서 나 자신에 대한 생각에 잠기었다.

1960년 9월 1일 아침 나는 입시에서 불합격한 주머니에 1 루블도 없는 빈털터리가 되어 집으로 돌아왔다.

—너무 기죽지 마라. 더 열심히 공부해서 또 가면 되지, 뭐!

부모는 실망을 표현하지 않고 오히려 나를 위로하였다. 어머니는 내가 입시에서 떨어진 것이 두메산골에서 제대로 필요한 지식을 못 얻은 탓이라 판단하고 큰 도시로 이사를 결심하였다. 자식들은 자라가고 그들의 장래에 대해 염려하게 된 것이다. 하루는 아버지에게 큰 도시로 이주해 가자고 말하였다.

—여보, 승의 아버지! 우리 여태껏 산판에서만 살았는데 가

만히 생각하니까 이 자식들 공부를 갈쳐야지 안 되겠어요? 산판 이런 데만 돌아 댕기고 농촌에만 돌아 댕기고 돈은 조금씩 벌었지만 안 되겠어요. 아이들의 길을 닦아줘야 되지 않겠어요? 유즈노로 이사 갑시다.

—한평생 산판에서 일하고 있는 내가 도회지에 나가서 무슨 일을 하란 말인가? 난 못가, 아니, 안가!

—그럼, 산판으로 가겠으면 혼자 가세요. 나는 굶어가면서라도 큰 도시에 나가 아이들을 공부시키겠소!

이 문제로 우리 부모는 말다툼도 많이 했다. 나도 역시 아버지를 설득했다. 일류 대학에 입학하려면 큰 도시에 가서 도서관에 다니면서 여기 촌에 없는 책을 읽어야 된다고 말했다. 어머니와 내가 고집을 피워 1960년 말에 유즈노사할린스크 시의 개인집을 사서 주도 시로 이사를 왔다.

그 후 나는 2년 동안 목적을 달성하기 위해 오비르를 여러 번 드나들었다. 1962년 나는 또 한 번 모스크바 대학 입학을 시도했다. 그러나 오비르에서 모스크바행 허락을 못 받아서 결국 입학시험을 못 봤다. 나는 그해에 유즈노사할린스크 국립 사범대학 물리수학과에 들어가게 되었다.

소련시대 대학에 입학하려면 몇 가지 시험을 쳐야했다. 내가 물리수학과에 입학하니까 필수적으로 물리, 수학 시험을 봐야했고, 작문을 써야했다. 작문 시험 보는 날 시험관이 칠판에 3개의 제목을 쓰고 그중 한 가지를 선택하라고 했다. 제목을 정하면 4시간동안 써서 시험관에게 바쳐야 했다. 처음에는 렙. 톨스토이Лев Толстой의 소설 '평화와 전쟁Война и мир'에 대한 제목을 골랐는데 얼마만큼 써보니 마음에 안 들었다. 그래서 세 번째 제목 '내가 좋아하는 주인공'으로 바꿔서 글을 쓰기 시작했다. 프랑스의 SF(공상과학) 모험 소설가 쥘 베른Jules Verne의 '해저 2만리'와 '신비의 섬'의 주인공인 잠수함 '노틸러스Nautilus' 호의 선장 네모Captain Nemo에 대한 작문을 썼다.

선장 네모는 카스트 중 최상위 크샤트리아 출신으로 인도 중부에 있는 토후국인 분델칸드 왕국의 다카르 왕자였다. 그는 나폴레옹이 사망하던 시기(1821)에 태어나 10살부터 30살까지 20년간 유럽에서 수학修學하여 지적, 육체적으로 매우 뛰어나고 예술적 재능까지 갖춰 학문이나 예술에 대한 재능을 발휘하여 주위 사람들로부터 칭찬을 받게 되지만, 유럽, 특히 영국에 대한 복수심은 누그러지지 않았다.

1849년에 고향으로 돌아가서 조국을 영국의 식민지에서 해방시키기 위해 1858년에 반란을 일으켰다. 세포이 항쟁 때 하인들과 함께 폭동을 일으키지만 실패하여 영국군에 의해 가족 모두를 잃었다. 그 때문에 영국과 유럽의 제국주의 국가들을 몹시 증오하고 있었다.

부하 20명과 함께 과학 연구 활동에 몰두하여, 태평양의 어느 외딴섬에서 최신 잠수함 '노틸러스' 호를 개발한다. 그 후, '노틸러스' 호 선원과 함께, 압제에 대항하여 싸우는 전 세계의 활동가들에게 자금을 제공하였다. 과거 1702년 비고만에서 침몰한 스페인의 갤리온선에서 거대한 금액의 금은을 찾았기 때문에 자금에는 부족이 없었다.

세월이 지나 '노틸러스' 호의 선원들이 모두 다 한 명씩 목숨을 잃었다. 끝내 네모 선장이 혼자 남게 되었다. '노틸러스' 호를 진수한지 30년이 지난 때에, 그는 '노틸러스' 호의 기항지 중 하나인 태평양의 외딴섬 내부의 해저 동굴에 '노틸러스' 호를 영원히 정박시키고, 거기서 여생을 보내기로 결정한다.

'신비의 섬'은 '해저 2만리'의 뒤를 잇는 모험소설로, 다섯 조난자들의 무인도 생활을 기발한 상상력과 예리한 통찰력으로 그려내고 있다. 1865년, 남북전쟁이 한창인 미국에서 남군 포로가 된 다섯 사람과 개 한마리가 폭풍이 몰아치는 한밤중에 기구를 타고 탈출을 시도한다.

거센 폭풍우에 걸려 태평양을 떠다니던 끝에 도착한 곳은 무인도이다. 이들이 몸에 지니고 있는 것은 성냥 한 개비와 밀알 하나, 그리고 개 목걸이 뿐인데…

작가는 '정보와 이야기를 결합'하여 동시대인들의 과학적, 낭만적 열망을 특별히 표시하고, 진보와 과학과 산업주의에 대한 믿음을 일으킨다. 또한, 산업시대와 불가피하게 결부될 것으로 여겨진 비인간성과 비참한 사회 현실에서 벗어날 수 있는 탈출구를 제공하고 있다.

네모 선장이 죽기 직전에 '신과 조국!Dieu et patrie!'이라고 말한다. '마지막으로 그의 마음속에서 복수심을 지우고 남은 생을 잘 정리하며 평화롭게 보내겠다.'는 식의 무언가의 깨달음이 있었던 것으로 보인다. '신'과 '조국'은 네모 선장에게 가장 의미 있는 두 단어로 정리되었으나 그들을 통합하는 '독립'이 무엇보다도 정확하게 표현한 그의 생애와 투쟁의 정수精髓였다.

작문을 쓸 때 내 나이는 20살이었다. 세계는 두 진영으로 분할되었고 그들 사이에는 냉전이 벌어져 있었다. 소련의 다른 모든 젊은이처럼 나는 공산주의 사상을 받아들였고 자본주의 국가들은 인민의 피를 빨아먹는 흡혈귀라고 믿었다. 그래서 식민지 국가에서 나라의 독립을 위하여 싸우는 전사들은 영웅이라고 여겼다. 선장 네모가 바로 '내가 좋아하는 주인공'이었다. 그 당시 입학생들이 가장 두려워한 시험이 작문이었다. 이 작문은 우수 점수를 받았다. 다른 입학시험도 무사히 잘 치렀다. 만세! 나는 대학생이다!

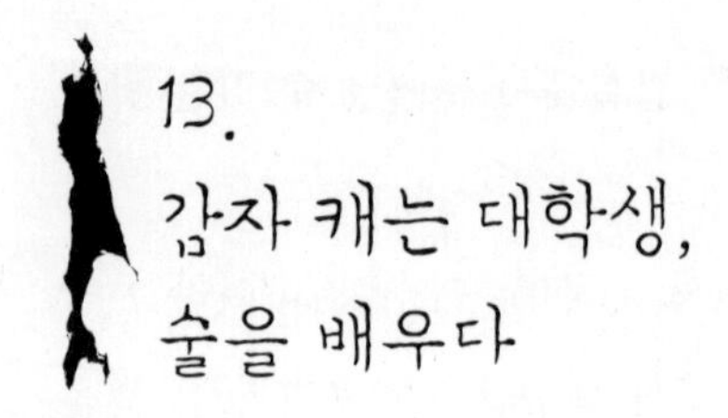

13. 감자 캐는 대학생, 술을 배우다

대학 신입생들은 천여 명의 다른 학교 학생들과 9월 2일 우글레고르스크로 가는 밤기차에 몸을 실었다. 그 곳 국영농장에서 감자수확을 거두는데 일손이 부족해서 우리를 보낸 것이었다. 소련 시대 대다수 농장들은 학교, 대학, 산업 직장에서 파견된 일꾼들로 추수를 진행했다. 그래서 9월 초부터 10월 중순까지는 도시에서 젊은이들을 볼 수가 없었다고 해도 과언이 아니었다. 농촌에 모집 당했기 때문이다.

다음날 아침 우글레고르스크 구역 메드베즈카Медвежка 촌에 도착했다. 우리들은 작업조로 나눠졌고 야채 저장소에 숙소를 정했다. 그 건물의 바닥은 울퉁불퉁 통나무로 깔려있는데 그 위로 우리의 담요(건초를 넣은 주머니)를 깔았고 베개도 같은 방법으로 만들어졌다. 식사는 마당 가운데에 세워진 널판으로 만들어진 기다란 상에서 했다. 화장실은 마당 한구석에 같은 널판으로 지어졌고, 세수는 밖에서 했다. 사할린에서는 9월이면 아침이 꽤 싸늘하다. 그럼에도 불구하고 기분은 상쾌했다. 우리는 17~20 대의 청춘이었으니까!

일행은 유쾌한 기분으로 아침 8시에 감자밭으로 향했다. 웃음소리도 들렸고 곳곳에서 노랫소리로 촌 주민들을 깨웠다. 이윽고 일자리에 도착했다. 밭은 대단히 넓었다. 고랑은 끝이 수평선 저쪽에 있는 듯했다. 우리가 밭에 왔을 때 트랙터가 감자를 파놓았다. 우리는 그 감자를 주워 가마니에 넣었다. 남자들은 가득 찬 가마니를 묶어서 화물차에 실었다. 감자 콤바인이 못 들어가는

감자밭으로 향하는 학생들 (1962)

밭에서는 손으로 감자를 캤다. 점심은 그 밭에서 먹었다. 오후 6시에 우리는 하루 과제를 완수하고 숙박지로 돌아왔다. 몸은 피곤했지만 기분은 좋았다.

전통적으로 감자 캐는 첫날 저녁에 농장에서 캠프를 개장하여 모닥불을 피운다. 별이 반짝이는 어두운 밤에 장작이 타는 소리와 함께 하늘 높이 불꽃이 솟아오른다. 우리들은 모닥불에 둘러앉아 노래도 부르고 재미있는 이야기도 하면서 낮에 쌓인 피로를 풀었다.

사람은 술을 왜 마시는 걸까? 우리들은 이 질문에 각기 다른 답을 한다. 술을 마시는 이들은 모두 그럴듯한 이유가 있다. 슬프니까, 기분 나쁘니까, 화가 나니까, 시험에 합격했으니까, 비가 오니까… 행복해진다? 한 잔, 두 잔, 석 잔 마시는 사이 기뻐질 수 있다. 하지만, 정도 이상 먹으면 알코올은 중독될 수 있기 때문에 까딱하다가는 알코올이 없을 시 불행하다고 느끼는 단계에 이를 수 있으니 주의해야 한다. 용기를 준다? 술을 마심으로써 사회적으로 삼갔던 행동이 억제가 풀려 자유로이 표출되게 된다. 사교성이 높아지는 효과도 있지만, 자칫 무분별한 언동을 할 위험이 따른다. 마시면 기분이 좋아져 더 즐겁게 대화도 할 수 있는 것 같아서 그렇다.

"한 가닥 진실에 사랑이 불붙거나 분노로 이 몸을 불사르거나, 알고 있노라, 술집에서 문득 본 진실이 사원에서 잃은 진실보다

귀하단 것을"(『루바이야트』112쪽, 77번 루바이)

유명한 아라비아의 시인 오마르 카이얌이 한 말이다.

술을 배우다

내가 처음 술과 만난 시기는 다섯 살 어린 나이였다. 내 할머니는 니또이 촌 단따이 부락에서 아버지와 일하고 있는 벌목공들을 위해 숙소를 운영하였다. 그들은 일제강점기 사할린에 끌려와 탄광이나 군사기지 건설, 벌목장에서 혹독한 노동에 시달리다가 소련군에 의해 해방된 홀아비였다. 사할린에는 가족도 친척도 없는 사람들이었다. 일에 지치면 며칠 휴가를 받아 할머니 함바에서 머물렀다. 향수를 달래기 위해 합숙소에서 놀음판도 벌이고 할머니가 빚은 도부로쿠를 실컷 마셨다.

한국 전통 막걸리

도부로쿠는 탁주라고도 표현이 된다고 한다. 한국에 막걸리가 있다면 일본에는 도부로쿠가 있다. 막걸리는 한국을 대표하는 술이다. 도부로쿠는 막걸리만큼이나 특유의 편안함을 주기 때문에 오래전부터 사할린 한인들의 마실 거리로 자리 잡았다. 원래 고대에는 귀중한 쌀을 이용해 만든 술을 버리는 경우가 없었기 때문에 고체의 쌀이 많이 남아있는 상태, 즉 탁한 상태로도 술을 이어 마셨다고 한다. 한국의 막걸리와 문화적으로나 비슷한 점이 많다. 아시아권 양조는 고온다습한 환경을 이용하여 누룩곰팡이를 사용하는 것이 특징이다. 우리의 막걸리도 마찬가지다.

그렇지만 도부로쿠는 조금 다르다. 아시아권에서 사용되는 누룩은 보리누룩(찹쌀누룩)이 거의 대부분인데, 이에 비해서 도부로쿠는 쌀누룩을 사용하는 것이 그 차이라고 한다. 우리나라의 쌀로 발효하여 만든 막걸리는 일본의 도부로쿠와 비슷하지만, 막걸리는 보리누룩을, 도부로쿠는 쌀누룩을 사용하기 때문에 엄밀히 말하자면 비슷하면서도 사실은 다른 술이라고 할 수 있다.

할머니는 도부로쿠가 아닌 막걸리를 빚었다. 쌀이 귀한 그 시절 보리로 누룩을 만들었다. 그냥 습관적으로 막걸리를 도부로쿠라고 불렀다.

오지상(아저씨)들이 술에 취해 왜 웃다가 우는지 어린이들은 이해가 안 갔다. 우리도 그 도부로쿠를 먹어 보고 싶었지만 어르신들이 아이들은 술을 마시면 절대 안 된다고 엄격히 주의해서 마실 생각도 못했다. 나는 할머니가 걸러놓은 막걸리 찌꺼기를 발견했다. 호기심에 그 찌꺼기를 맛봤다. 달콤하고 맛있었다. 그리고 어르신들은 찌꺼기를 안 먹는 것을 보고 술이 아니니까 우리가 먹어도 괜찮다고 생각했다.

어느 날 집안에 아무도 없을 때 나는 그 찌꺼기를 배불리 먹었다. 얼마 후 나는 술에 취해 웃고 울기 시작했다. 모든 것이 참 즐거웠다. 걷다가 침대에 머리를 부닥치면 하하하 웃었고 불현듯 방바닥이 하늘로 솟아올랐으며 다음 순간 땅속으로 떨어졌다. 먹은 것을 다 토했고 방바닥에 쓰러졌다. 정신을 잃었다. 알코올 해독이 되지 않아 죽을 뻔 했다고 한다. 그 후로 15년 동안 술이란 것은 냄새도 못 맡았다.

우리 일행은 감자 저장소에서 머물게 됐다. 나무 장판에다 짚을 넣어 만든 매트리스를 깔고 이불 두서너 장으로 잠자리를 마련했다. 저장소 앞에 설치한 식탁에서 아침, 저녁 식사를 했다. 해지면 모두들 모닥불에 둘러앉아 노래도 하고 처음 만났으니 자기소개도 하고 재미있는 이야기꽃도 피웠다.

나는 그 당시 내성적인 20대 청년이었다. 비사교적인 성격을 지녔기 때문에 친척 외에는 거의 사귀는 사람이 없었다. 술도 못 마셨고 담배도 안 피웠다. 우리 반 학생들은 아직 친해지지 않았다. 입학시험 때 몇 번 봤을 뿐 첫 수업도 안 치르고 '감자농장'에 보내졌으니 서로서로 어색하기만 했다. 그래서 이튿날 저녁에

박승의 학창시절 (1964)

모닥불을 피워 모두들 '감자' 파티를 조직했다. 그 때 처음 동창생들이 나에게 술을 권했다. 나는 술을 못 먹는다고 말했다.

–야! 넌 사내도 아니냐? 마마보이냐? 성인도 안 됐나보다! 어서 마셔! 사내가 술 못한다니 말이 되냐? 뽐내지 말고 어서 한잔 해!

다른 '친구'들도 나를 놀려 댔다. 그날 그렇게 조롱을 당해보니 화가 머리끝까지 치밀었다.

'스무 살에 이렇게 당하다니! 애라! 죽지 않으면 까무러치겠지!'

누군가 내게 큰 컵에 와인을 가득 부어 줬다. 자존심 상해서 한 잔 벌컥 마셨다. 머리가 핑 돌았다. 어린 나이에 술에 취해 죽을 뻔한 후로 처음 음주한 것이었다. 잠시 후 머리가 하도 아파서 술자리를 떠났다. 왠지 평평한 마당이 갑자기 경사졌다. 한발 한 발 걸을 때 땅이 어디론가 쿵 내려앉았다. 갑자기 땅이 솟아오르다가 내리 떨어지고 지구가 좌우로 흔들리기 시작했다. 어느새 나 몰래 내 입에 담배가 물려있었다. 담배는 처음 맛보았다. 연기를 한입 들여 마시니 땅과 하늘이 뒤바뀌어 버렸다. 지구는 그만 미쳐버렸다. 눈앞이 캄캄해졌고 숨을 못 쉴 정도로 공기가 모자랐다. 정신을 차려보니 마당 한가운데에 앉아 있었다. 이렇게 나는 친구들 '덕분에' 술도 배웠고 담배도 시작했다.

하루 종일 감자를 캐다보니 저녁에는 매우 피곤했다. 그래서 피로를 풀기 위해 술도 종종 마셨다. 와인으로 시작해 보드카까

토마토가 참 맛있다! (1963)

지 맛봤다. 나는 지금도 가끔 한잔 두잔 즐겨 마신다. 좋은 술에다 맛있는 안주가 있고 다정한 친구들이 모이면 음주를 마다하지 않는다. 담배는 13년 전에 완전히 끊어 버렸다. 내가 의지가 강한 사람인가 보다.

대학 신문사 주필이 되다

그 당시 학생들은 매학기 진급시험을 쳤다. 나는 첫 학기부터 최고 점수를 땄었다. 그래서인지 3학년에 대학 사무국의 추천으로 전全 대학 '교육 인재 양성을 위하여!' 벽신문의 주필(학생 대표)로 선발됐다. 대학의 학습과정에서나 학생들의 일상생활의 양상에서 발생하는 문제들을 해결하는 데에 신문의 역할이 컸다. 말 그대로 '신문은 집단의 선동지'였다.

나는 학생들을 대표하여 대학 사무국 앞에서 학생 인권 침해 문제들을 내세웠고 해결책을 토의했다. 1965년에 대학 지도부가 "소련국적이 아닌 학생들은 장학금을 못 받는다."란 명령을 내렸다. 내가 알아본즉 이것은 불법이었다. 그 당시 우리 한인 학생수가 100명 이상이었는데 대부분 무국적자나 북한 국적자들이었다. 그들은 대학 사무국 앞에서 데모하기로 결정했다. 매우 위태로운 행위였다. 이에 대해 대학 공산당 초급 위원장이 알게 되었다.

일본 스키선수 대표단 유즈노사할린스크 사범대학교 방문 (1965)

—주필동무! 주도자를 만나서 데모를 못하게 설득하십시오! 그것은 불법행위니까 모든 한인 학생들이 퇴학당할 겁니다.

나는 한인 학생들을 소집하여 상황을 설명해 주었다. 상의 끝에 데모를 하지 않기로 결정했다. 그 일 이후 다음 달부터 우리들은 장학금을 다시 받기 시작했다.

1960년대에 유즈노사할린스크 국립사범대학교는 물리수학부, 지리자연부와 사학 및 문헌학부로 구성되었다. 각부는 대학의 경기대회와 소인 연예단 경연대회에 참석하여 승부를 겨뤘다. 한인 학생들은 대학 총 연예단을 조직하여 조선노래를 불러 관중의 인기를 끌었다. 나도 역시 '아리랑', '도라지 타령', '김일성 장군' 을 불러봤지만 노래에 소질이 없는 탓으로 합창에서만 출연했다.

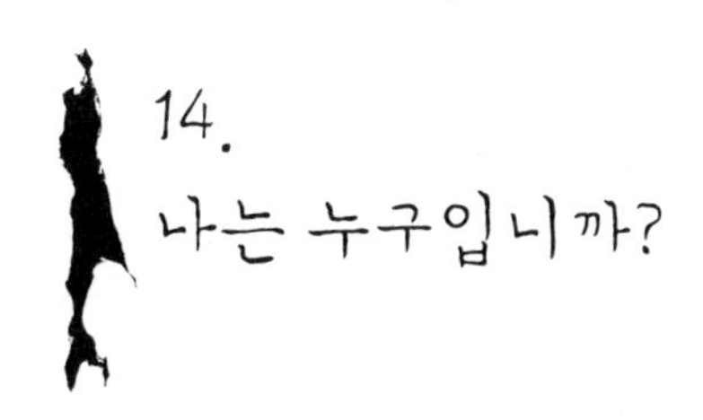

14. 나는 누구입니까?

그 당시 소련에서는 외국인에 대한 법규에 의하여 무국적자와 외국 공민의 권한이 제한돼 있었다. 소련 영토에서 그들은 일정한 형식의 거주증을 받게 되었다. 거주증의 기한은 3개월, 다음 6개월 연기되었다. 기한이 끝나기 전에 거주증을 재등록하지 않으면 처벌을 받게 되어 있었다. 또한, 거주증에 지적한 지역에서 다른 지역으로 단기간 이동하려면 외국인 비자. 등록부(오위르)에서 허가를 받아야 했다.

1789년 프랑스에서 인권 선언, 1918년 레닌의 노동 피착취 인민 권리 선언, 1948년 12월 국제 연합(UN)의 인권 선언들에서 인권 문제와 거주지 자유 등에 대한 의정서가 조인되었는데 사할린 한인에게는 천부 인권마저 보장되지 못 했다. 헌법상 소련 모든 민족은 동등한 권리를 가진다고 되어 있지만 법과 실생활은 꼭 일치되는 것이 아니었다.

50년 동안 우리는 타향살이를 해야 했다. 직장에서 한국인이 일을 더 잘 해도 표창을 할 때는 러시아 사람들이 우선적이었으며 책임적이고 지도적인 직책은 아예 꿈도 꾸지 못했다. 소련 국적을 획득한 사람도 인종 차별 대우를 받았다. 18살이 되어 군대에 가게 되면 조선 사람들은《건축 부대》에로만 보내졌고 대학 입학도 제한된 도시, 제한된 학부에서만 가능했다.

1950년대 초반부터 사할린에서 '임시 신분증'이 발급되기 시작하였다. 이전까지 일본식 이름을 사용했으나 이즈음부터 한국식 이름으로 바꾸는 것이 허용되었다. 그리고 1955년경부터 '무국적자 신분증'이 발급되었다. 이 과정에서 소련 국적을 신청할 수 있었지만, 많은 한인들이 무국적을 선택하였다. 고향으로 가고자 하는 강한 의지 때문이었다.

미-소 냉전 시대이고 한국과의 국교도 없는 상황에서, 소련 국적을 받게 되면 한국으로 영영 못 가는 것 아닌가 하는 두려움 때문에 한인들은 차라리 일신의 불편함을 선택한 것이다.

무국적자인 한인들은 제대로 직장을 구하기도 힘들었고, 직장 내에서도 급여, 진급, 휴가 등에서 차별을 겪었다. 구소련 시절에 사할린 지역 노동자들에게 한 달 정도 소련 본토에서 휴가를 주기도 했는데, 한인들은 제외되었다. 월급을 적게 받았으니 은퇴

후 받는 연금도 적었다. 한인들의 생산성이 월등히 높았음에도 불구하고 '노동영웅' 등의 호칭도 받지 못했다.(중앙아시아로 이주를 당한 고려인들에게는 훈장과 호칭이 부여된 경우가 많았던 것과는 대조적이다).

우리가 살던 사할린주도 한인들이 유즈노사할린스크에서 40㎞ 떨어진 항구도시인 코르사코프로 가려고 버스에 탔는데 중간에 국경수비대 검문소에서 군인들이 검문하여 신분증이 없다는 이유로 한인들을 모두 내리게 하더니 돌려보내려고 했다. 왜 그러냐고 물어보니 무국적자라서 거주 이전의 자유가 없다는 것이었다.

1950년대 사할린에는 해방 전 징용으로 건너온 남한 출신 2만 3천 명, 해방 후 북한에서 노동자 파견 등으로 온 2만 6천 명, 중앙아시아로 강제 이주 당한 뒤에 돌아온 3천여 명 등 세 그룹의 한인이 있었다. 당시 소련은 북한을 국가로 인정했기에 북한 노동자 출신은 북한 국적을 취득했고 중앙아시아에서 온 고려인은 러시아 국적을 취득했다. 그러나 강제 동원됐던 남한 출신의 한인들은 대부분 무국적자로 남았다. 소련 정부는 무국적자에 대한 불이익을 하나씩 해결해 1960년도 초에 거주 이전의 제한 외에는 대부분 국적자와 같이 대했다.

파견노무자와 선주민들의 관계는 그리 좋지 않았다. 사할린 한인 어르신들은 북한에서 온 사람들을 부정적으로 평가했다.

그들은 "계약이 끝날 때까지 임시로 여기 있을 테니까 일도 열심히 안 하고 공동 재산도 아끼지 않았다." 우리 부모들은 "옛적부터 조선 남북이 달랐기 때문에 사이가 안 좋았다. 남은 농업지대고 북은 산업지방이니까 서로 뜻도 풍습도 달랐기에 만나면 다투기도 하고 싸우기도 했다.", "특히 6.25 전쟁이 발발한 뒤 관계는 더 나빠졌다."

사할린 한인에 대한 조선민주주의 인민공화국 정부의 정책이 선주민들의 북한에 대한 태도에 부정적 영향을 미쳤다. 예를 들어, 북한외교관들이 소련의 기업에서 근무하는 한인들에게 최신 산업혁신에 대해 '조국'에 통보하라고 완강하게 요구하는 것이었다. 소련 "관할당국"은 이러한 활동에 대해 불만을 표현했는데 사할린 한인 동포가 피해를 입었다.

사할린 한인 공동체는 북한쪽에서 제공한 사할린 한인들을 고립시킬 '조선 수용소 조성' 특별 프로젝트에 대단히 우려했다. 이 프로젝트는 북한 정부가 사할린 동포들을 모두 북한으로 송환하기 위해 필요했던 것이다. 사할린 소련 당국은 이에 승인하지 않았고 한인에게는 공포 밖에 일으키지 않았다. 시간이 지나면서 점차 선주민들과 북한 파견노무자들 사이가 안정되었고 서로 어울려 살면서 현지인들과 통합했다.

1967년 졸업할 무렵 대학 간부회의 추천으로 레닌그라드Ленинград 사범 대학 소속 대학원에 가게 되었다. 그러나 한 가지

조건이 있었다. 그것은 북조선 국적에서 소련 국적으로 변경해야 했다. 북조선 국적을 취소하려면 나호드카 주재 북한 총영사의 허가를 받아야 했다. 오위르에서 이동 허가증을 받아 나호드카로 갔다. 그러나 나의 희망은 허사로 된 것이다. 3시간 동안 영사는 "평양에 가서 일류 대학에서 공부하면 성공한다. 소련 땅에서는 길이 막힌다."라며 나를 설득하면서 국적 변경을 거부했다. 이렇게 이름도 모르는 한 영사가 나의 학자의 길을 막았다. 그 후 사할린에 돌아와서 북조선 여권을 찢어 봉투에 넣어 평양에 보냈는데 아무 대답도 안 왔다. 몇 달 후에 나는 다시 무국적자가 되었고 1970년대에 소련 국적을 획득하였다.

1967년에 사범대학을 졸업해 물리수학교사의 자격증을 손에 쥐고 사할린 주 포로나이스크 시 제1 중학교에 파견됐다. 소련시대에 대학졸업생들은 주 교육청의 발령에 따라 무조건 가서 3년 동안 그곳에서 의무적으로 근무해야했다. 선이 없으면 악도 없다고 다행히도 위궤양을 앓고 있는 미혼인 나는 의무근무기한을 지키지 못하고 1년 만에 부모 품으로 돌아오게 됐다.

1968년에 나는 유즈노사할린스크 시 제 15중학교 10학년에서 물리, 주노동통신학교에서 수학, 물리를 가르쳤다. 그해 봄에 나는 위협적인 위·십이지장 궤양의 증상 때문에 2개월 동안 시립 병원 내과에 입원했다. 퇴원을 할 때 담당의사가 "당신의 병은 신경과민시 악화되기 때문에 교직을 그만두어야 합니다."라고 경고하였다.

호기심이 많은 학생들에게 물리현상을 설명하는 것이 매우 마음에 들었지만 수업시간에 애들이 떠들고 장난치면 신경을 쓰기 마련이다. 그러면 통증이 나타나서 수업을 중단하곤 하였다. 그리고 학기 중에 몇 달씩 입원해야했다. 그때 내 나이는 스물다섯이었다. 혈기왕성한 청년시절에 아름다운 이 세상을 떠나기는 너무 안타까웠다. 그래서 나는 직업을 바꾸기로 결심했다.

나의 첫 제자들 - 포로나이스크 중학교 10학년 졸업생들 (1968)

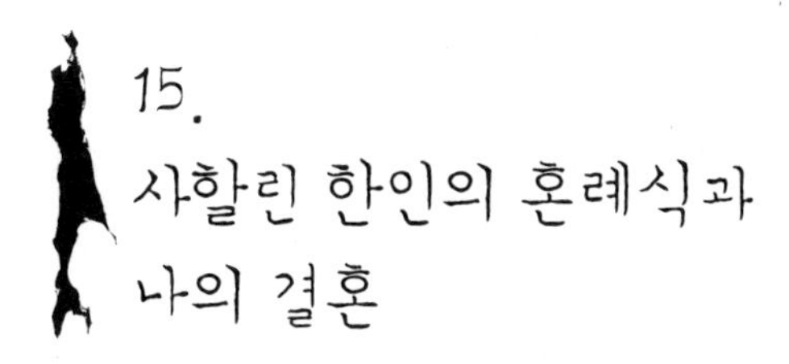

15. 사할린 한인의 혼례식과 나의 결혼

내가 처음 본 결혼식은 1951년에 노보예 촌 단타이 조선 부락에서 박동참이 장가들 때였다. 9살의 나이에 나는 친구들과 아침 일찍 니또이 강가에서 놀다가 바로 옆에 있는 집에 신랑 신부가 들어가는 것을 봤다. 그 후 손님들이 모이기 시작한 것을 보고 이 집에서 잔치가 벌어진다고 깨달았다. 우리는 집으로 뛰어가서 보니 예쁜 한복을 입은 신랑과 신부가 맞서 혼례식을 치르고 있었다. 그런데 동네 오바상[13]들이 엿과 과자를 쥐여 주며 우리를 밖으로 쫓아냈다.

---

13 오바상 (일본어): 아주머니

내 누나 박종인의 결혼

1959년에 내 누나 박종인이 결혼했다. 19세의 누나는 유즈노사할린스크에서 재봉 일을 배울 때 중매로 체호프 시에 살고 있는 이상학과 결혼하였다. 이상학은 아버지의 조선예절, 풍습 가르침 아래에서 자란 29세의 노청년이었다. 그는 조선 중학교를 졸업한 후 체호프 제지공장에서 용접공으로 일했다. 옷차림도 하는 행동도 겸손했고 중신애비의 말을 들어 보니 촌의 대가족 식구에서 태어나 서양물이 들지 않은 것 같았다.

택일은 중신애비와 함께 신랑 집에서 결정했는데, 궁합도 확인할 겸, 점쟁이에게 신랑, 신부의 사주를 건네주고 날을 받았다. 며칠 후 신랑 집에서 신부 집으로 예단함을 보냈는데, 함 속에는 신랑의 사주 및 신부의 옷, 양말, 가락지, 결혼 날짜 등을 넣었다.

결혼식은 조선 풍습대로 신랑이 신부 집으로 가서 초례식을 치르고 이틀 밤을 자고 본가로 갔다. 신부 종인의 집은 체호프에서 거리도 멀고 교통 또한 말할 수 없이 불편한 마카로프 구역 뽀드고르느이 벌목 부락에 위치했기 때문에 양가에서 결혼식을 따로 올렸다.

내 아버지 박득수는 딸의 결혼식에 대비해서 텃밭을 갈지 않고 밭에다 천막을 치고 초례청을 준비했다. 어떤 사람들은 결혼식마저 러시아식으로 치르자고 했지만 아버지 박득수는 구식을 엄격히 지키는 사람이어서 이를 반대했다.

결혼 사진 (1950)

이경오와 신정희의 결혼 사진 (1964)

천막 안 중앙의 높다란 상 위에 두 개의 병에 푸른 대와 동백 대신 사할린의 산에서 흔히 볼 수 있는 새파란 상록수 가지를 꽂았고, 식기에 쌀을 담고 거기에 촛불을 꽂았다. 산 닭도 날갯죽지와 두 발을 묶은 채 비단 보자기에 싸서 그 상 위에 얹어 놓았다. 청실과 홍실을 상록수가 꽂힌 두 개의 화병에 감아 놓았다. 청색은 신부 쪽, 홍색은 신랑 쪽을 뜻하며 장수와 다남을 기원하는 의미로 밤과 대추를 꼭 놓아야 하는데 사할린에는 없어서 혼례상에 올리지 못했다. 대신 콩과 팥, 술병을 올렸다.

드디어 신랑이 도착했다. 전날에 우리 부락에 왔지만 식을 올리기 전에 신부 집에 들어가면 안돼서 이웃집에서 하룻밤을 잤다. 결혼 날 아침 정해진 시간에 신부 집 안으로 들어갔다. 신랑의 뒤를 이어 대반으로 온 신랑의 가족들이 깨끗한 정장 차림으로 신부 집에 들어와 초례청의 한 모퉁이에 늘어섰다. 다음 신부의 가족과 친척들, 이웃 사람들이 모였다.

이윽고 혼례식이 시작됐다. 혼례 절차를 잘 아는 김종철이 종이에 준비해 온 전안례와 교배례의 진행을 맡았다. 전안례는 신랑이 신부의 집에 기러기를 가지고 가서 상 위에 놓고 절하는 예식이고, 교배례는 신랑과 신부가 서로 절을 주고받는 예다.

"주인영서우문외: 주인이 나가 신랑을 맞이하시오!"

신랑이 초례청까지 다가갔다. 김종철이 다음 차례를 불렀다.

"시자집안이종: 나무로 만든 기러기를 가지고 신랑을 자리로 안내하시오!"

"북향제: 북쪽을 향하여 신랑은 꿇어앉으시오!"

"소퇴재배: 조금 뒤로 물러서서 두 번 절하시오!"

"자동부서: 신랑은 동쪽에 신부는 서쪽에서 마주보고 서시오!"

"부선재배: 신부가 먼저 절을 두 번 하시오!"

"자답일재: 신랑이 절을 한 번 하시오!"

"부우재배: 신부가 또 절 두 번 하시오!"

"자우답일배: 신랑이 다시 절을 한 번 하시오!"

신랑이 신부에게 허리를 숙여 읍[14]하고는 꿇어 앉아 술잔을 받아 입에 살짝 대는가 하면, 안주는 젓가락으로 집었다 도로 놓고, 신부도 술잔을 받아 입에 대는지 마는지 하고는 젓가락을 들어 안주에 댔다가 놓았다. 또 신랑과 신부가 술잔을 바꾸어 조금씩 마시기도 했다. 이윽고 예는 다 끝났다.

이제부터 먹고 마시는 잔치가 벌어졌다 천막에 길쭉한 상이 있는데 음식들이 푸짐하게 차려져 나왔다. 조선식 국수가 나오는가 하면 여러 가지 부침개와 찰떡도 나왔고 잡채며 식혜, 여러 가지 고기요리, 과줄과 과일 등도 차려졌다. 고사리, 후키, 식초에 절인 날 생선과 당근으로 만든 회, '야치부키' 등 나물들, 연어 알, 보드카 등 러시아 음식 몇 가지도 나왔다.

---

14 읍하다 - 두 손을 맞잡아 얼굴 앞으로 들고 허리를 공손히 구부렸다가 펴면서 두 손을 내린다.

천막 뿐 아니고 가옥 내에도 방마다, 거실이며 부엌에까지 사람들로 꽉꽉 찼다. 부엌에서는 그릇 소리를 내면서 음식을 담아내고, 빈 그릇을 씻는데 집안 여자며 이웃 오바상까지 한데모여 서로 도왔다. 방 한 쪽에서는 벌써 노랫소리가 들려오고 있었다. 축하객들은 옛날 조선 노래와 러시아 노래에 맞춰 젓가락과 순가락 장단도 즐겨 상을 두들겨댔다.

저녁 7시에 조선 악단이 와서 음악을 연주하기 시작했다. 술에 취한 손님들은 어깨춤을 덩실덩실 췄다.

잔치는 밤늦게까지 계속됐지만 신혼부부는 잠자리에 들어갔다. 호기심이 많은 오바상들은 유리대신 종이로 밀폐한 부부의 방문을 손가락으로 뚫어보는 장난을 쳤다.

이틀 후 나는 아버지와 같이 누나를 따라 체호프에 갔다. 신랑집에서 또 잔치가 벌어졌다. 신랑 쪽에서는 밭에다 천막을 짓지 않고 옆집을 빌렸다. 손님들은 우리 집보다 몇 배 더 많았다.

나는 신랑을 다루는 풍습이 있다고 들었다. 즉 신랑을 달아 매어놓고 발바닥을 때리든지, 바닥에 콩을 뿌려놓고 넘어지면 잡아서 벌칙을 주는 행사를 거기서 봤다. 특히 체호프에는 노인들이 많이 있어서 옛날식으로 했다. 신랑의 친구 몇 명이 신랑의 발을 밧줄로 묶어 달아매고 신부를 불러와서 먹 친 얼굴을 닦도록 시키고 술상에 어떤 안주가 없다면서 빨리 가져오라고 시켰다. 그래서 잔칫상에 당근채나물, 미나리아재비의 나물, 미나리

나물, 민들레나물, 고사리나물, 고비나물, 우엉나물, 바닷말의 일종, 쐐기풀부침개, 성게부침개, 조개부침개, 연어깍두기, 메밀묵, 큰 땅에서 사온 훈제칼바사[15] 등이 나왔다. 술이 취한 장정들은 사정없이 신랑의 다리를 때려서 잔치 후 며칠 걷지 못하게 했다.

다음 날 나는 아버지와 함께 사돈집을 떠났다. 체호프Чехов 역에서 누나와 작별할 때 눈물을 감추지 못했다.

"누님! 매형과 같이 행복하게 잘 살아요!"

이런 말도 못하고 차량 안으로 들어가 버렸다.

나의 결혼

1969년에 나는 시네고르스크 탄광부락에 살고 있는 상업전문학교 출신인 김소자와 결혼했다.

1968년11월 6일 저녁 9시 정류장에서 버스를 기다리고 있었다. 주노동통신학교에서 수업을 마쳐 귀가하고 있었다. 늦은 시간이어서 버스는 오랫동안 오지 않았다. 그날따라 수업이 많아서 좀 피곤했다. 저녁 식사도 못해서 배고팠으며 매우 추웠다. 한참 후에야 마침내 버스가 나타났다. 추워서 벌벌 떨면서 버스를 탔는데 안에서 친구 미샤Миша를 만났다. 친구는 생일 파티를 하고 집으로 가는 중이었다. 술에 취한 미샤가 말했다.

---

15 칼바사(러)—소시지

—야! 유라Юра! 친구야! 내일 '시월혁명절'에 나하고 놀러 같이 안 갈래?

—너, 미샤! 반갑다. 어디서 늦게 집에 가니? 술 마셨니? 니 참 팔자 좋다! 누구는 밤늦게 일하는데 너는 ….

다음날 아침에 미샤가 우리 집에 와서 시녜고르스크에 가자고 했다. 나는 무심코 그 친구를 따라 집을 나섰다. 유즈노사할린스크 역에서 기차를 타고 한 두어 시간 산간지방으로 갔더니 시커멓게 석탄가루로 덮인 시녜고르스크 역에 도착했다.

도착지에 들어갈 때 시간이 벌써 정오였다. 집주인과 안주인이 우리들을 반갑게 맞이했다. 우리는 서로 인사를 나누고 거실로 들어갔다. 주인 어르신은 중풍으로 인해 거동이 불편하셨고 아주머니는 명절 식탁에 음식을 차리느라 바쁘셨다. 마침내 우리는 명절 상에 둘러앉았다. 내가 이 집에 처음 왔지만 전혀 불편하지 않았다. 어르신들은 아주 자연스럽게 나를 대하셨고 무례한 질문도 안하셨다. 그래서 명절 파티 분위기는 매우 호의적이었다. 식사를 마친 후 우리는 시내구경을 하러 밖으로 나갔다. 이집 맏딸 김소자가 우리를 인솔하였다. 처음 만났지만 전혀 거북함을 느끼지 않았다.

그 후 우리는 서로 편지를 주고받았다. 1969년 시녜고르스크 스포츠 센터에서 친구들과 같이 새해를 맞이했다. 그 때 나는 프러포즈를 했고 우리는 이미 사랑을 고백했다. 나는 내성적인 성격을 지녔고 사양辭讓많은 사람이었다. 나는 이 세상에서 가장 못생겼고, 가장 우둔하고, 아무것도 할 줄 모르는 사람이라고 생각했다. 그래서 그때까지 여자 친구도 없었다.

나는 편지로 사랑을 고백했다. 나중에 알아본즉, 김소자는 처음에 나에게 관심을 갖지 않았다. 부모들이 그녀를 설득했고 내 편지가 마음에 들었다고 솔직히 말했다.

김소자는 유즈노사할린스크 제 8 조선 중학교를 졸업했다. 그녀는 시네고르스크 식당에서 요리에 필요한 식품 자재 매가의 계산자로 근무하였다. 동시에 유즈노사할린스크 상업 전문학교 회계부 통신과 1 학년에서 공부하고 있었다.

우리 결혼은 1969년 2월 16일 유즈노사할린스크 시 신분등록소에 등록됐다. 미리 필요한 서류들을 제출했고 정해진 아침에 우리는 화장을 하고 신랑은 정장, 신부는 웨딩드레스를 입고 가족과 가까운 친척, 친우들과 함께 등록소에서 공식 결혼식을 진행했다. 결혼 증명서에 당사자, 증인들이 서명했다. 거기에서 결혼반지를 교환했고 주례의 지시에 따라 키스를 하고 부부로 인정받았다.

친척들과 친구들은 우리를 축하했다. 기념사진은 가까운 사진관에 가서 찍었다. 소련시대에는 모두들 직장을 지키기 때문에 결혼 잔치는 휴일에 택일했다. 그래서 신부 집에서는 2월 22일 토요일, 신랑 집에서는 2월 23일 일요일에 결혼피로연을 했다.

1969년 2월 16일 김소자와 박승의 혼인 신고를 하고 찍은 기념사진(1969).

결혼 초대장(1969)

나는 토요일 아침 일찍 기차를 타고 시녜고르스크에 도착했다. 그 당시 우리에게는 자가용차가 없었다. 이동 수단으로는 탄광까지 석탄을 운반하는 철도 밖에 다른 길이 없었다. 대반이 나와서 신랑과 상객으로 오신 나의 아버지와 어머니를 모시고 집 안으로 안내했다. 나는 신부의 부모가 장만한 양복을 입고 초례청에 들어가서 간단히 전통 예식을 치렀다. 그 후 신랑 신부는 다른 방에 가서 양가 부모님께 큰 절을 했다. 거실에는 이미 큰 잔칫상이 차려져 있었고 탄광의 어르신들이 모였다. 우리는 그 상 앞에 상객들과 같이 앉아서 고객들의 축하 인사를 받았다.

저녁 6시에 우리는 탄광 내 식당으로 내려갔다. 신부의 집이 너무 좁아서 식당을 빌린 것이다. 탄광 부락 친우들, 직장동료들과 다른 지방에서 온 축하객들이 식당을 채웠다. 신랑 신부와 상객들이 주빈으로 따로 자리가 마련됐고 옆으로는 각각 대반들과 가까운 친구들이 동석했다. 사회자가 전체 순서를 맡아서 진행했다.

신랑 신부를 간단히 소개하고 먼저 친척, 다음 누구나 나와서 축하 말을 했다. 러시아 하객들은 축사를 하는가 하면 꽃다발을 우리에게 선사하고 축배를 하면서 "고리코! 고리코!Горько!Горько!" — "키스해! 키스해!" 외쳤다. 하객들의 축사가 끝나면 친족대표가 나와서 답사를 했다. 차려놓은 음식을 먹고 술을 마시면서 즐거운 시간을 보냈다. 7시에 밴드가 와서 생음악을 연주했다. 가장 먼저 신랑 신부가 나와서 결혼 왈츠를 추면 다음으로 젊은 축하객들이 나와서 밤늦게까지 노래도 부르며 춤도 췄다.

다음날 우리는 유즈노사할린스크 신랑 집으로 떠났다. 2월 하순이어서 바람이 불고 매우 추웠다. 다행히 눈은 안 내려서 길은 막히지 않았다. 23일 일요일 아침에 우리 집에서 결혼 잔치가 벌어졌다. 아버지가 밭에다 천막을 치고 거기서 피로연을 진행했다. 푸짐하게 차려놓은 음식을 먹고 조선 악단의 연주 음악에 맞추어 춤을 췄다. 피곤하지만 즐거운 시간을 보내 모두들 만족했다. 밤늦게 잔치는 마무리됐다.

박승의와 김소자의 혼례식. 1969년2월22일.

사할린 한인 3~4세 탄생과 결혼

1969년 12월 14일 맏아들 명화(알렉산드르 Александр)가 태어났고, 1973년 1월 13일 명길(세르게이 Сергей), 1976년 7월 24일 막내아들 명남(뱌체슬라브 Вячеслав)이 대를 이었다.

첫째 아들 박명화는 1988년에 벨라루시아Беларусь공화국 고멜Гомель주에서 2년 군무했고 제대 후 레닌그라드 항공 기계제조대학교에 입학하여 컴퓨터기술을 전공했다. 1998년 김 나탈리아와 결혼해서 아들 박범서(드미트리 Дмитрий)를 두었다. 손자는 금년 2019년에 자연과학고등학교를 최우등 성적으로 졸업하

왼쪽부터 오른쪽으로: 박명남, 박승의, 박명화, 김소자와 박명길 (1982)

여 바로 모스크바 바우만Бауман 명칭 기술대학교에 입학하였다.

둘째 아들 박명길은 레닌그라드 뽀뽀브Попов 명칭 전기공학 대학교를 나와 현재 상트페테르부르크 '오리미트레이Оримитрейд'회사에서 시스템 관리자로 재직 중이다.

셋째 아들 박명남은 유즈노사할린스크 국립 사범대학 물리수학부를 졸업하여 컴퓨터 프로그램 전문가로 일하고 있다. 2016년에 김 까체리나Катерина와 결혼하였는데 산하 아들 박 꼰스탄친Константин(2017. 03. 03.)이 있다.

현재 사할린 한인 3~4세는 전통 예식을 몰라 혼례절차를 러시아식으로 한다. 대다수가 몇 년 동안 연애를 하고 부모에게 결혼 의사를 알리면 신랑 측이 결혼 날짜를 정해 예물 함을 보낸다. 다이아몬드 반지, 목걸이와 귀걸이, 일정한 금액, 옷감과 골동품을 함에 넣는다.

결혼 당일 아침, 신랑 신부는 각기 자기 집에서 결혼 준비를 한다. 신부는 미용실에 가서 머리를 예쁘게 치장한 후 웨딩드레스를 입고 신랑이 준비한 인형과 꽃다발로 장식한 고급 승용차를 타고 신분등록소에 자리 잡은 예식장에 간다. 친척들과 가장 친한 친구들이 모인 가운데 결혼 증명서에 서명한다.

공식 절차가 끝나면 기념사진을 찍고 신랑이 신부를 끌어안고 자동차까지 간다. 신혼부부가 탄 차를 비롯해 몇 대의 차 행렬이 바닷가, 명승지 등을 다니면서 사진과 비디오를 촬영한다.

결혼 잔치는 큰 레스토랑을 빌려 저녁 7시경에 시작한다. 신랑 신부는 멘델스존Felix Mendelssohn의 결혼 행진곡이 울리면 입장한다. 결혼 전문가인 '타마다Тамада'가 사회를 본다. 타마다의 지시에 따라 먼저 신랑 신부가 부모에게 감사의 인사를 한 다음 모두 나와 신혼부부를 축하한다. 여러 가지 재미있는 게임도 하고 초대 가수의 공연도 관람한다. 푸짐하게 차려놓은 음식을 먹으면서 보드카, 코냑 등 양주를 마셔 기분을 돋아 춤도 추고 노래 부르면서 즐겁게 논다. 피로연은 보통 토요일에 신부 측, 일요일에는 신랑 측에서 하는가 하면 합동 결혼을 하는 경우도 있다. 사할린 한인의 혼인 예식은 시대가 변하면서 그 절차가 바뀌었다. 현지의 전통에 따라 전환됐고 그 시대의 영향을 받아 새롭게 진행됐다.

큰아들 박명화와 김 나탈랴
결혼사진 (1998)

16. 내 삶의 제1전환기 : 교직-기술직- 교직

나는 교편을 놓고 20여 년 동안 라디오텔레비전수신기 수리공으로 일했다. 1969년 7월 12일에 나는 유즈노사할린스크 라디오텔레비전수신기 수리소에 견습생으로 취직했다. 4개월 동안 선배한테 수리작업을 배워서 전문기사로 일하게 되었다. 나는 신청을 받아 수리에 필요한 휴대기구와 부속품을 가지고 유즈노사할린스크 시내 곳곳을 다니면서 텔레비전, 라디오 수신기, 녹음기와 축음기를 수리하였다. 걸어 다니면서 도시의 집집마다 거의 다 방문했다고 해도 과언이 아닐 것이다. 몇 년 후 나는 젊은 수리공 10명으로 구성된 브리가다[16]의 조장으로 승진하였다.

---

16 브리가다(러: бригада)-작업조

라디오텔레비전수신기 수리공들 (1976)

소련시대에는 모든 작업들이 계획에 따라 진행되었다. 한 달 계획, 일 년 계획, 5개년 계획. 각자의 계획, 각조의 계획, 각 팀의 계획, 각공장의 계획, 각 주의 계획, 전 나라의 계획… 국가가 정한 계획이니까 모든 일꾼들은 자기의 계획을 무조건 수행해야 했다. 그렇지 않으면 벌을 면치 못하는 것이었다.

다행히 우리 조에는 열정이 대단한 머리 좋은 젊은 수리공(3명은 러시아인, 나머지는 한인)들이 모였기 때문에 모든 계획들을 기한 내에 실행하였다. 우리는 지도부의 상도 많이 받았다. 특수한 노동성과를 이룬 일꾼들은 국가의 훈장으로 표창되었다. 우리 조는 여러 번 5개년 계획을 4년, 3년 6개월에 수행하였다.

소련 최고 인민위원회의 지령에 의하면 이런 경우 우리는 노동 영웅 칭호를 받아야 했다. 그러나 우리는 주정부의 표창장을 받았을 뿐이었다. 국가 훈장은 수리소 지도부가 수령했다. 왜 이런 불공평한 일이 일어났을까? 우리 조원들 대다수가 한인이니까!

사할린의 한국어 열풍

1985년 고르바쵸프Горбачёв의 개혁 개방 정책과 1988년 서울 올림픽을 계기로 사할린 한인들 중에서는 한국에 대한《붐》이 일어났다. 1990년 한국과 소련의 교류가 설정되면서 대한적십자사를 통해 사할린 한인들의 모국방문이 시작됐다.

여러 곳에서 한국어 학원들이 조직되어서 남녀노소 사할린 한인들이 한국어를 배우려고 했는데 교사들이 부족했다. 그래서 1950~60 년대에 사범전문학교 조선과를 졸업한 사람들이 몇 십 년 만에 다시 교편을 잡게 되었다. 나도 역시 그 때 다시 한국어와 접촉하게 됐다.

사할린 주내 여러 일반 학교들에서 정식으로 한국어를 가르치기 시작했다. 28개 학교에서 30명의 교사들이 1500명 학생들에게 한국어를 가르쳤다. 한인협회 산하 기관에서도 한국어를 가르쳤으며,《새고려신문》사에서는 순 한글판 신문으로 한국어 교육을 실시하고,《우리말 라디오방송국》에서도 모국어로 회화와 문법을 지도하였다.

1963년 9월부터 1988년 8월까지 25년간 학교에서 한국어 교육이 폐지됨으로써 가르칠 학생이 없어 한국어 교사 양성도 중단했었다. 한국어 열풍으로 1988년 9월부터 학교에서 한국어 교육이 재개되었으나 한국어 교사는 25년 전 양성된 50대 이후의 한정된 수에 불과하였고 이들이 타 직종에서 종사하다가 교사로 재임용됨으로써 질 높은 교육이 이루어 질 수 없었다.

1988년 사할린 사범대학 역사과 내에서 조선어를 가르치기 시작했다. 1991년 동양학부가 설립되었으며, 1999년 사할린 대학교 산하 경제 및 동양학 대학으로 개설됐다.

내가 학교에 다닐 때는 북한 선생들이 와서 북한식 문법을 가르쳤는데 1964년 이후에는 전혀 한국어를 할 수가 없었고 다만 집에서만 일상의 가벼운 회화만을 할 수 있었다. 직장에서 뿐만 아니라 단 둘이서 만나도 러시아 말로만 했어야 했다. 약 24년 동안 전혀 한국어를 사용하지 못했기 때문에 거의 잊고 있었다.

우리의 3개 국어 솜씨는 정작 부모님들의 강제동원이라는 아픈 역사가 바탕에 있다. 조선에서 태어나 한국어를 배우고, 일제 식민지시기 일본어를 배워야했고, 귀국하지 못한 채 러시아에 살면서 생존을 위해 러시아어를 배웠다. 그래서 지금은 급할 때 러시아말이 더 편하다. 일본말도 가끔 튀어나올 때가 있다.

나는 한국말로 발행되는 신문 《레닌의 길로》를 읽을 때 너무나 어려워 혀와 입술이 덜덜 떨릴 정도였다. 이런 상황에서 오랜 만에 조선어와의 만남이 뜻밖에 이루어진 때는 1988년 12월이었다. 내가 일하고 있는 텔레비전 수리소에 북한 노동자들이 찾아와서 도움을 청했다. 그 당시 유즈노사할린스크 시 건축분야에서 약 400명의 북한 노동자들이 일하고 있었다. 거기에서 통역자로 활동하는 박양호 동무가 나에게 북한 사람들이 머물고 있는 기숙사에서 텔레비전 수신기들이 고장났는데 수리해 달라고 부탁했다. 그 후 우리들은 자주 만나게 됐고 가까워졌다.

박양호 교수는 평양 김일성대학교에서 러시아어를 가르쳤고 2년 동안 모스크바 로모노소브Ломоносов 국립대학교에서 연수한 적도 있었다. 나는 박 동무와 만날 때마다 조금씩 잊어버린,

박득수의 회갑기념 사진 (유즈노사할린스크, 1975)

아니 내 기억 속에 깊숙이 숨어 있는, 조선말을 한 마디 한 마디 꺼내었다. 안타깝게도 박 교수는 몇 달 후 파견기한이 끝나서 조국으로 돌아갔다. 그 후 김 동무가 우리 조선어 교육을 도왔는데 그분도 역시 몇 달 후에 갑자기 사라졌다. 나중에 알게 되었는데 그분이 우리 수업시간에 주체사상과 어긋나는 이야기를 했다고 해서 조국으로 강제 추방당했다고 한다. 그러나 그분들이 심어 준 씨앗은 곧 싹트기 시작했다. 한국 붐이 일어난 것이다.

1989년에 유즈노사할린스크 제 9호 일반 중학교에서 한글학원이 열렸다는 소식을 듣고 거기에 갔다. 그런데 그 학원 교사가 내 동창생이었다. 나를 보자마자 수강생들이 너무나 많아서 혼자 감당하지 못하겠으니 도와달라고 말했다. 이리하여 나는 한국어를 가르치면서 배우게 됐다.

1989년 9월 23일 내가 처음 교직을 맡은 학원은《재생》조선 청년센터(황 세르게이 ФанСергей사장)가 설립한 한글학교였다. 3년간 나는 23명의 수강생들과 같이《기역 니은…》글자부터 한글의 험한 길을 걸어갔다. 낮에는 직장에서 텔레비전 수신기를 고치고 밤에는 한글 수업을 준비하느라 잠을 설칠 때도 많았다.

다행히 1992년 서울 "연세대 외국인 어학당"에서 한국어 심화 공부의 기회를 얻었다. 그 당시 나는 "유즈노사할린스크 시 한인 협회"에서 사회활동을 하고 있었다. 어느 날 한국 연세대학교에서 김인숙 교수가 우리 협회에 방문하였다. 여러 이야기 중에 연세대 어학당에 외국인을 위한 언어코스가 있다고 말했다. 그 말을 듣는 순간 내 가슴속에서 거기에 가고픈 마음이 치솟았다.

마침내 1992년 어머니와 함께 친척방문을 위하여 한국으로 갈 기회를 얻었다. 나는 유즈노사할린스크 시 여러 학원에서 한국어를 가르치면서 내 한국어 지식수준이 너무 낮다는 것을 깨달았다. 자습으로 열심히 공부했지만 그런 방법으로는 한계가 있었다. 나는 “어떻게 하면 더 많이 배워서 한국말을 더 유창하게 가르치고 수업을 더 효과적으로 진행할 수 있는가?” 고민을 많이 했다. 한국에 도착하자 친척의 도움으로 연세 어학당을 찾아가 김인숙 교수와 면담을 하였다. 강영석 외삼촌이 등록비를 2번이나 제출해주었고 용돈도 지원했다.

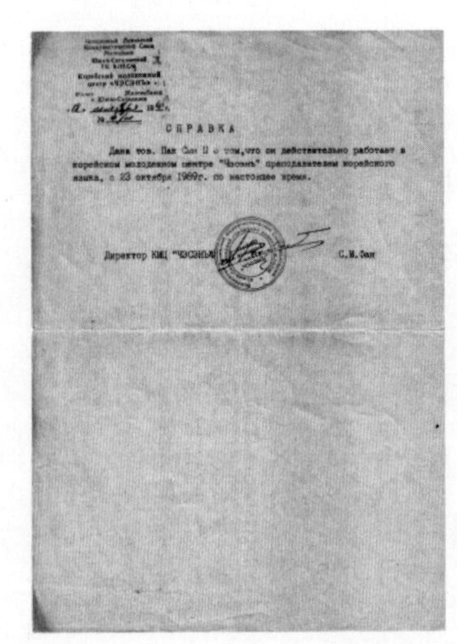
Корейский молодежный центр «ЧЭСЭН»

СПРАВКА

Дана тов. Пак Сын Ы о том, что он действительно работает в корейском молодежном центре "Чэсэн" преподавателем корейского языка, с 23 октября 1989г. по настоящее время.

Директор КМЦ "ЧЭСЭН" С.М.Сон

1989년10월23일부터 1991년09월18일까지
박승의가 한국어 교사로 일한다는 통지서

사할린 동포끼리 만나면 자연스럽게 먼저 러시아말이 나옵니다. 한국에 와서는 여기 어르신들이 종종 우리한테 주의를 줍니다. "죄송합니다!"라고 하지만 러시아말은 나오기 마련이지요. 또 어렸을 때 일본사람들하고 살았기 때문에 일본말도 거기서 많이 썼잖아요? 그래서 또 튀어 나온단 말입니다. 그러면 어르신들이 말하기를 "일본 놈들한테 강제징용 당했는데 아직까지 일본말을 하는가?" "죄송합니다!" 그렇지만, 습관이 돼서 순간적으로 나가는 것이라 어쩔 수 없네요.

(신인자, 73, 파주)

17.
조선과의 첫 상봉 : 희망 반, 실망 반! (1990북한 방문기)

1990년 소련 시대에 내가 근무했던 사할린 직장의 추천을 받아 북한에 다녀왔다. 내가 한반도에 내딛은 첫발이었다.

1990. 04. 01. 하바롭스크 공항

1990년 4월1일 하바롭스크 공항에서 출발한 러시아 아에로플로트 항공편 일—18호가 2시간 뒤 평양 순안비행장에 착륙했다. 4월의 첫날이라 계절상 봄이었으나 제법 싸늘했다. 입국 수속이 진행되었다. 비행기에서 작성한 입국 신고서 등을 여권과 함께 제출하였다. 13명으로 구성된 사할린 국제 관광단은 설레는 마음으로 조선과의 첫 만남을 기다렸다. 비행기에서 내리자마자 가장 먼저 눈에 보인 것은 '위대한 수령' 김일성의 초상화였다.

평양 순안공항에 착륙했을 때 처음으로 느낀 것은 내가 간절히 기대했던 조선 땅을 밟은 감격이었다. 나는 사할린 한인 2세이기 때문이었다. 우리 부모들은 사할린에 끌려온 이후 해방이 되었어도 가고 싶은 고향인 전라북도 무주군에 갈 수 없었다. 소련은 남한과 아무 교류도 안했기 때문에 우리는 친척들의 소식을 알지 못했다. 아버지는 1977년 사할린에서 돌아가셨다. 꿈에도 그리워했던 남한 고향에 못 가보았다.

나는 부모한테서 고향에 대한 이야기를 많이 들었다. 그래서 우리 조상의 전통을 어느 정도 알고 있었다. 또 소련 시대 조선학교에서 조선어를 배웠고 역사, 문화 교육도 받았다. 사할린 한인 2세들은 이중 문화권에서 살았지만 마음 깊숙이 한국인의 정체성을 간직하고 있었다.

조선은 어떤 나라인가? 보고 싶다. 가고 싶다. 이런 마음이 사할린 한인의 대다수 마음이었다. 그래서 1950년대 말에 북한 영사관이 나홋가에 설립되어 선주민들에게 북한 국적 취득을 권했을 때에 한인들이 북한 국적을 받았던 것이다. 한인들에게는 북한도 남한과 같은 조선 땅이었기 때문이었다.

버스로 순안공항에서 평양까지 약 20여 킬로미터가 넘는다고 안내자가 말했다. 가로수들이 잘 정리되어 있었고 거리는 생각보다 깨끗했다. 러시아 도시들의 거리와는 대조적이었다. 평양 시내로 들어오면서 집들은 고층건물이 많았다. 대부분 1960~70

년대에 세워진 건물들이라고 하였다. 곳곳에 만나는 구호들을 보면서 '이곳이 평양이구나!' 라는 생각을 새삼 하게 되었다.

가로수는 포플러나무와 버드나무가 많았다. 그 길을 따라 자전거를 타고 가는 이들과 집으로 돌아가는 사람들, 학생들을 볼 수 있었다. 학생들은 대부분 책을 들고 갔다. 이 장면은 북한에 있는 내내 확인할 수 있었는데 특별히 출퇴근 시간이나 등하교 시간에는 손에 책을 들고 공부에 열중하는 이들을 자주 볼 수 있었다. 학생들은 대부분 검은색 계통의 교복을 입고 있었다.

평양은 (인구 약 200만 명, 총면적 2,630 km^2) 비교적 평평한 지형에 대동강을 끼고 있는 조선민주주의인민공화국의 수도로써 정치, 경제, 문화의 중심지이다. 원래 평양이라는 지명은 '넓은 평원에 자리 잡고 있다'는 뜻에서 유래되었으며 '조용한 지대'라는 의미도 있다. 평양 서북쪽 일대에는 높지 않은 산들이 병풍처럼 늘어서 있고 동쪽 일대에는 낮은 언덕들이 널려 있다.

평양은 예부터 관서지방의 중심지였고 멀리 고조선 시대에는 왕검성이 있던 곳이다. 고려 시대에는 서경, 조선 시대에는 평양부로 불리어졌으며 고조선, 고구려 시대에 왕도로써 터전을 잡았으며 그 후 관서지방의 정치, 문화의 도시로 발전하였다.

평양 공항에 내리자마자 북한 정부 측 경호원이 따라붙어 감시하기 시작했으며, 공항에서부터 길거리 교차로, 지하철역 등 온통 '위대한 수령'이나, '친애하는 지도자'나 로동당과 관련된 선전물이 붙어있었다. 우리들은 어디로 가나 반드시 전체 인원이 함께 움직여야 했고, 군인이나 군사 관련 장소는 물론 공사현장이나 인부도 촬영해서는 안 되었다. '위대한 수령'이나, '친애하는 지도자'의 사진을 구기지 않고 '위대한 수령이나, 친애하는 지도자' 동상 앞에서 공손한 태도를 유지하는 등의 수칙을 지켜야 했다.

일행은 평양 창광호텔에서 투숙하게 됐다. 창광호텔은 외국인이 머물 수 있는 숙박시설인데 1970년대에 건설되었고 대부분 사회주의 국가에서 온 고객들이 사용했다. 호텔에서 여장을 정리하고 11층 객실에서 내려다보이는 어스름한 저녁의 대동강 풍경은 정말 아름답고 정겨웠다.

내가 처음 평양에 도착했을 때 시내 거리를 둘러본 뒤의 느낌은 깨끗하고 고요하며 질서가 있었다. 북한에서 받은 대표적인 인상은 '보통사람'을 볼 수 없다는 것이었다. 국경에서 평양으로 가는 도로나, 평양의 호텔에서 내려다본 도로에서 차량 한대 찾기가 어려웠다. 순안공항에도 승객이 없었으며 민가나 민간인의 사진을 찍을 수도 없었다. 생활양식에서 사고방식까지 모든 것이 우리와 너무도 달랐다. 북한 사람들은 어떤 외부인과도 소통할 수 없었으며, 심지어 몇 발자국 떨어진 곳에 서 있는 자신의 동포와도 이야기를 할 수 없었다.

1990. 04. 02. 평양 창광 호텔

아침 음식은 청결했고 맛있었다. 접대하는 직원들도 매우 친절했다. 우리 일행이 원형식탁에 둘러앉았을 때 눈이 둥그레졌다. 음식의 가짓수도 무척 많았으며 다양했기 때문이다. 김치, 파전, 콩나물, 생선구이, 두부요리 등등 12가지가 큰 식탁을 꽉 채웠다. 시장경제로 넘어간 러시아에는 식량난이 기승을 부렸기 때문에 상점에서는 식자재를 '낮에 불 켜고도 못 찾을 정도'였다.

처음 먹은 음식은 빈대떡이었다. 가운데 돼지고기 한 점이 유혹하듯 박혀 있었다. 너무나 맛있었다. 이곳에 머무는 동안 평양냉면이나 온면 등을 먹게 될 때는 언제나 이 빈대떡이 나왔다. 불고기는 참숯 냄새가 배어 있고 정갈한 한복을 입은 복무원들이 사람마다 한 접시씩 갖다 주었다. 냉면은 주재료가 메밀이라 했고 국물이 담백하고 국수 가락은 적당했다. 이후에 옥류관 등 몇몇의 식당에서 냉면을 더 먹어볼 기회가 있었는데 조미료 등 화학 양념에 버무리지 않은 것이 아주 각별했다. 특별히 식사 자리에 평양 소주와 맥주 등이 나왔는데 접대원들은 우리들을 환영한다며 술을 권했다. 맥주는 쓴맛이 전혀 없어서 여자들의 마음에 쏙 들었다.

식사를 끝마친 다음 1층 로비에 모였다. 여기에서 또 하나의 기쁜 만남이 이루어졌다. 한 가이드를 만났는데 그 사람은 나의 동창생인 박승웅이었다. 마카로브 시 제2중학교(칠년제) 기숙사에서 6~7학년을 같이 공부했다. 러시아어를 유창하게 하는 덕분에 그는 평양에서 대학을 나와 관광객들을 인솔하며 통역과 여행 일을 하고 있었다. 그는 다른 그룹과 일했지만 우리는 가끔 만났다. 학교에서 공부할 때 친한 사이는 아니었지만 어린 시절의 공동 추억이 우리의 마음을 기쁘게 했다.

저녁 식사 후 우리가 머문 호텔이 궁금하여 외부로 나와 보니 호텔 앞 광장은 조용했고 지나치는 사람도 산책하는 사람도 안 보였다. 평양 순안공항에 도착했을 때 썰렁한 분위기였고, 4월이었지만 몸도 마음도 무척 추웠던 것으로 기억난다. 처음 도착할 때 느낀 긴장감이 북한을 떠날 때까지 사라지지 않았다. 여기에서는 내 마음대로 행동하면 안 된다는 것을 며칠 후 몸소 체험하게 됐다.

내 친구가 평양에 사는 누나에게 몇 가지 물건을 보냈는데 안내원에게도 우리 단장에게도 아무 말 안하고 그녀가 사는 가까운 아파트로 갔다. 전화로 미리 연락하여 주변 사람들 눈에 띄지 않게 조심스럽게 갔지만 그녀의 표정은 매우 두려운 것 같았다. 아무에게도 그녀에 대해 이야기하지 말라고 신신당부했다. 외국에서 누군가 그녀를 방문했다는 사실을 직장에서나 아파트 관리소에서 알게 되면 큰일 난다고 했다. 다행히도 내 작전은 무사히 마무리됐다. 내 행동은 안내원과 호텔 직원에게 들켰지만 트렁크를 가지고 아래층 상점에 갔다 왔다고 했다. 곧이들었는지는 모르지만 '또 한 번 허락 없이 호텔에서 혼자 나가면 러시아로 추방한다.'고 경고했다.

1990. 04. 03. 김일성 동상

입국 후 다음 날 우리 단체는 23미터 이상의 높이가 되는 만수대 대 기념비라고 불리는 김일성의 동상에 헌화하러 갔다. 안내원의 지시에 따라 우리 일행은 거인의 동상 앞에 준비해온 꽃다발을 바치고 고개를 숙여 묵묵히 서 있는데 마음이 거북했다.

'위대한 대원수'님의 동상은 우리 인민을 승리와 영광, 행복과 번영의 한 길로 인도하시는 태양의 모습을 형상하고 있습니다.

만수대 대기념비는 주체61(1972)년 4월에 제막되었다 (연합뉴스 소장)

김일성의 생가인 만경대 (연합뉴스 소장)

라고 안내원이 설명했다. 동상을 중심으로 좌우에 배치된 대군상 《항일혁명투쟁탑》과 《사회주의 혁명 및 사회주의 건설탑》은 조선 '인민의 불멸의 혁명투쟁력사를 집대성하여 보여주고 있습니다.'라고 덧붙였다.

김일성 동상에 헌화한 뒤 버스를 타고 김일성의 생가인 만경대로 향했다. 만경대(만 가지의 경치를 볼 수 있는 곳, 김일성의 생가)를 시찰할 때 안내원의 설명과 함께 처음 본 한옥의 모습은 우리에게 무척 신기로웠다.

다음 일주일 동안 일행은 주체사상탑과 개선문, 당 창건기념탑과 조국해방 전쟁승리기념탑, 천리마동상, 해방탑 등을 방문했고, 평양학생소년궁전을 비롯한 교육기관들과 조선혁명박물관, 조국

해방 전쟁승리기념관, 조선중앙 력사박물관을 견학했다.

1990. 04. 09. 남포. 서해갑문

일행은 평양을 떠나 처음으로 다른 지역에 갔다. 수도를 빠져나와 버스가 달리는 도로는 우리를 놀랍게 했다. 내가 여행을 떠나기 전에 북조선에 대한 그리 많지 않은 자료들을 봤는데 도로망에 대해 아주 형편없는 것으로 지적돼 있었다. 공화국에 와 보니 실제로 그랬다. 인민의 투쟁으로 도로망이 어느 정도 발전되기 시작했다고 하지만 평양과 남포를 잇는 도로는 비포장의 험한 길이었다. 튼튼하고 아주 잘 해놓은 것은 곳곳마다 세워진 김부자와 로동당의 선전물들이었다.

초라한 남포시를 지나 대동강 하류를 가로막은 웅장한 서해갑문을 목격했다.

20리 바다를 가로막아 건설한 서해갑문으로는 2천 톤급부터 5만 톤급까지의 배가 통과할 수 있으며 회전 다리에는 기찻길과 자동차길, 걸음길이 있다. 서해갑문은 평안남도와 황해남도의 20만 정보에 해당하는 농업용수와 남포 공업지구의 공업용수를 확보하는데 큰 역할을 한다. 이밖에 대동강 하류지역의 홍수방지,

김일성의 생가인 만경대
(연합뉴스 소장)

내륙 수상운수 확충, 남포와 황남 간의 육로수송 단축, 남포 · 대동강 지역의 풍치 조성, 인공호수에서의 양식업 개발 등 다양한 기능을 하고 있다. 또 총 8km의 방조제를 쌓았으며 제방 및 갑문 위로 4차선 도로와 철도를 설치했다.

1967년 평양에 홍수가 나면서 북은 엄청난 피해를 겪었다. 당시 대동강 상류에 몇 개의 갑문을 세워 물 조절을 하였으나 서해에서 밀려오는 대규모 밀물은 막아낼 수 없었다. 물론 그 피해는 다 국민들이 받았다. 이에 북한 정부는 1981년 5월부터 1986년 6월까지 40억 달러를 투자해 5년 만에 서해갑문을 건설했다. 북한은 처음 완공 목표를 3년으로 하고 1개 군대 규모의 병력과 수만 명의 노동자를 투입했다. 로동당과 김일성의 호소에 응하여 주로 북조선 청년이 거의 맨손으로 프로젝트를 실현했다. 얼마나 많은 사람들이 부상당했고 사망했을지 짐작이 갔다.

1990. 04. 10. DMZ

가장 인상 깊은 장소는 1953년 7월 27일 6.25 전쟁 정전협정이 체결되면서 오늘날의 비무장지대DMZ를 탄생시킨 역사적 장소 '판문점'이었다. 판문점 내에 북한 측을 상징하는 대표적인 건물인 판문각이 있다. 공동경비구역 중심부에는 동서 방향으로 7채의 단층 콘셋 막사(간이 병사 건물)가 일렬로 서 있다. 이 중에서 가운데에 있는 것이 정전협정의 중심부인 판문점 회담장소

'군사정전위원회' 회의실이다.

T2로 불리는 군사정전회담장은 남과 북의 방문객과 여행객이 다녀가는 관광 명소다. 회담장 안에서는 남측 여행객은 북측으로, 북측 관광객은 남측으로 갈 수 있다. 나도 역시 회담 장소에 들어가서 정전협정이 체결된 책상 앞에 앉아봤고 그 건물 가운데에 그어진 38선을 아무 지장 없이 건너갔다 왔다. 그 당시 나는 6.25 전쟁이 남한이 북한을 침략하면서 시작됐다고 알았다. 그래서 판문점에서 유엔군을 봤을 때 '저놈들이 적군이구나, 나쁜 놈들!'이라고 미워했다.

1990. 04. 15. 김일성의 생일

김일성의 생일은 이전부터 '4 · 15 명절' 등으로 불리는 조선민주주의인민공화국 최대의 명절이었다. 우리가 북조선에 체류한 1990년은 전 공화국이 4월 15일에 김일성 주석의 78주기를 맞이하는 해였다. 이날 각종 전시회와 체육대회, 노래 모임, 주체사상 연구토론회, 사적지 참관, 결의대회 등의 행사가 열렸다.

우리도 한 연구토론회에 참석하게 됐다. 김일성 초상휘장(배지)을 달아주었고 어떤 문화회관에서 김일성 업적에 대해 녹음한 발표도 들었다. 이런 행사가 김 부자의 우상화를 위한 것이기 때문에 우리에게는 불쾌한 감정을 일으켰다. 1950년대 소련의 독재주의 시대 스탈린Сталин의 개인숭배보다 한층 더 악독했기 때문이다.

1990. 04. 18. 이산가족 상봉

새벽에 일어나 모든 짐을 챙겨 로비에 맡겼다. 2박3일 동안 이번 여행코스의 마지막 지점인 금강산으로 떠나야 했다. 간단하게 아침 식사를 마치고 버스에 탔다. 30분 후 평양의 변두리를 빠져나가 평양－원산 고속도로를 달리기 시작했다. 창밖에는 넓은 평야가 펼쳐졌는데 도로 양쪽으로 논밭에서 농민들이 모내기 하는 모습을 볼 수 있었다. 우리 버스를 보고 손을 흔들며 환영했다. 길가에는 조선 로동당의 선전물을 적은 빨간색 플래카드들이 눈에 띄었다. '당이 결정하면 우리는 한다!' '위대한 김일성 대원수 만세!' '친애하는 지도자 김정일 만세!', '주체사상 만세!' 등등.

강원도 소재지인 원산은 오랜 역사를 가지고 있는 항구도시이며 송도원을 비롯한 명승지들이 많은 관광휴양도시다. 또한 금강산으로 가는 길에 반드시 들리게 되는 관문도시다.

우리 일행 중 몇 명이 이번 여행을 애타는 마음으로 기다렸다. 사실 북조선에 이주한 후 연락이 끊긴 이산가족들이 사할린에 많다. 그래서 친척을 만나러 가는 사람들이 우리 일행 중에 있었다. 그들은 사할린에서 벌써 친척과의 상봉을 신청했던 것이다. 거의 매일같이 언제 만날 수 있는가 안내원에게 질문했지만 북조선 당국이 아직 응답을 하지 않았으니 좀 기다려 달라고 했다. 결국 금강산으로 떠나기 전날에야 기쁜 소식이 왔다.

내 친구 한정수의 이야기다. 정수는 아내의 친척들을 만나고 싶어 했다. 아내의 고향은 황해남도 재령이다. 거기에 육십 세의 고모가 살고 있다. 아내가 여러 사정으로 못 왔기 때문에 사위인 한정수가 만나기로 한 것이다. 재령은 평양에서 가까우니까 한정수는 북조선에 도착하여 곧바로 만날 수 있을 것이라고 기대했다. 그러나 다른 사람들과 마찬가지로 북한 당국이 만남을 원산에서 허용했다.

참 모를 일이다. 왜 가까운 평양이나 재령에서 못 만나게 할까? 나중에 알아 본 바 북조선 주민들은 당국 허락 없이 한 지방에서 다른 지방으로 자유롭게 이동할 수가 없었다. 또한 외국인들과도 접촉이 거의 불가능했다. "우리 시골 사람들은 평양에 가기가 외국보다 더 바쁩네다." 라고 정수의 고모가 설명했다. 그래서 친척 방문 당사자들을 재령, 라진, 함흥에서 원산으로 가게 했던 것이다.

그들은 호텔 식당에서 한 시간만 식사를 같이 할 수 있었고 여행객의 방으로는 못 들어갔다. 한정수는 오후에 또 만나게 해달라고 부탁했지만 거절당했다. 이것이 바로 북조선의 이산가족 상봉 방식이었다.

1990. 04. 19. 금강산

차에서 내려 수정 같이 맑은 물이 흐르는 계곡을 따라 한참을 올라가니 깊은 산속에 폭포수가 떨어져 작은 못을 이루고 있었다. 더 이상 다른 곳으로 가고 싶은 생각이 사라졌다. 물이 정말 맑았다! 옥빛이라고 해야 하나? 각양각색 진짜 영롱한 물빛이 묘했다.

조선의 3대 폭포인 구룡폭포는 150m의 깎아지른 절벽에서 흘러내리는, 동방에서 손꼽히는 아름다운 폭포다. 폭포가 떨어지는 아래 있는 못은 옛날 금강산을 지키는 아홉 마리의 용이 살았다는 전설이 전해지는 구룡연이며 물길이는 13m이다. 구룡폭포 위 담수 8개가 이어져 있어 상팔담이라 부르는데 위에서 보면 마치 크고 작은 그릇에 담아놓은 것 같이 보인다. '선녀와 나무꾼'의 전설이 내려오는 곳이다.

옛날 금강산에 사는 마음씨 착한 총각이 사냥꾼에게 쫓기는 사슴을 구해 주었다. 사슴은 그 은혜를 갚기 위해 상팔담에 목욕하러 하늘에서 내려온 선녀의 날개옷을 그에게 주었고, 팔선녀 중 옷을 잃어버린 선녀는 하늘로 올라가지 못하고 총각과 인연을 맺게 되었다. 총각은 사슴의 말대로 아들딸 3형제를 본 다음에 선녀의 날개옷을 주어야 했으나 그렇게 하지 않아 선녀는 두 아이를 데리고 하늘로 올라갔다. 그러나 선녀는 금강산이 그리워 다시 하늘에서 내려왔고, 그 후 선녀와 나뭇꾼은 아들딸과 오

금강산

금강산관광코스
(연합뉴스 소장)

금강산, 구룡폭포
(연합뉴스 소장)

래오래 행복하게 살았다고 한다.

상팔담을 보기 위해서는 구룡대라 하는 전망대까지 올라야 한다. 계곡을 따라 가노라면 높은 바위에 선명하게 씌어져 있는 빨간색 글씨가 보인다. 심지어 큰 바위들이나 절벽 곳곳에 이런 민망한 선동적인 글씨들도 새겨져 있다. 안내원의 말에 따르면 큰 바위에 새겨진 글씨의 깊이가 1미터에 달한다고 한다.

문제는 이거 한 개만이 아니라는 점이다. 사실상 그저 넙적하다 싶은 바위에는 이렇게 김부자를 찬양하는 글귀를 새긴 경우가 대다수다. 없애려면 바위 자체를 파괴하면 자연 파괴이므로 자연스럽게 저 부분만 떼어내거나 콘크리트로 바르는 수밖에 없을 것이다. 워낙 글씨가 흉물이라 실제로 본 사람들은 차라리 없애 버리고 싶어 하는 사람들이 많다.

1990. 04. 21. 귀국

평양으로 돌아온 다음 날 우리는 소련 하바롭스크에 도착했다. 그렇게 기대했던 3주일의 북조선 여행이 마무리됐다. 내가 본 것, 느낀 것을 정리하면 내 눈 앞에 펼쳐진 북한의 진실은 희망 반, 실망 반이라고 할 수 있다. 한인들이 어디에서 살든 간에 우리들은 한 민족이란 것을 새삼 확인했다. 세계 권력이 한민족을 북한, 남한, 재외동포 삼 부류로 갈라놓았지만 우리는 한 핏줄이요, 한 민족이다. 지금은 38선으로 한반도가 찢어졌지만 나는 통일이 꼭 이루어진다고 믿는다.

귀국 몇 달 후 나는 북한에서 다음과 같은 내용의 편지를 받았다.

1993, 북한에서 혼인식을 올리고 찍은 기념사진.(북한, 황해남도)

보고싶은 동무를 그리며

박승의 동지! 그동안 안녕하십네까? 동무를 비롯한 온 집안 가내일동이 모두 건강하여 맡은 임무수행에서 헌신분투하고 계시리라 믿으면서 박승웅이 문안의 인사드립네다. 잘 지내시겠지요. 여기에 있는 우리집안 식구들도 잘 지냅네다. 나도 위대한 수령 김일성 원수님의 배려로 마음껏 일하고 있습네다. 뜻밖이었지만 이번 상봉 기뻤댔습네다. 우리가 마까로브 기숙사에서 같이 살았던 날들을 명료하게 기억합네다…

참, 동무 아직 생각이 나는지 모르겠지만 호텔에서 저와 약속하셨던 것을 인차 해결해 주시면 더없이 감사하겠습네다. 포대기감하고 애기 옷이나 몇 벌만 여름옷 겨울옷으로 보내주시면 대단히 감사하겠습네다.

1990. 9. 23 박승웅 올립네다.

미안한데도 양복지감 한 벌만 좀 보낼 수 있으면 꼭 좀 부탁합네다.

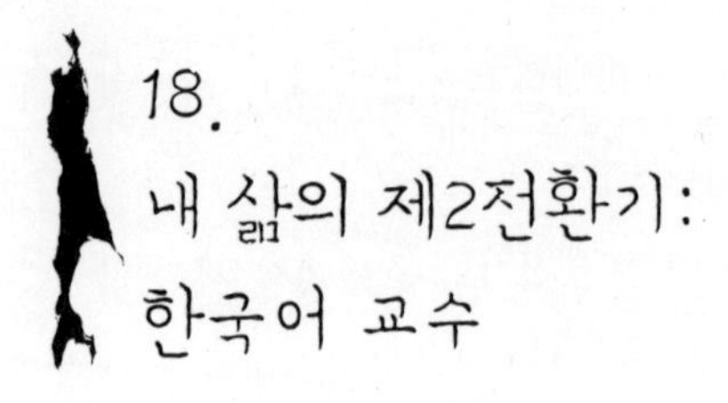

연세대학교 한국어학당 입학

1989년 내가 한국어교육을 시작할 때 가장 어려웠던 것은 교수법이었다. 그 당시 러시아에서의 외국어 교육에는 형식적 교수법이 자리를 잡고 있었다. 아무런 교재도 없는 상황에서 한국어 교육은 자음과 모음 익히기, 쓰기와 읽기, 그리고 번역에 한정되어 있었다.

1990년대 초반 북한에서 《조선어》 교과서가 들어왔는데 거기에 《기초 회화》가 있었다. 마침내 기초 문법도 가르칠 수 있게 되었다.

《이것은 무엇입니까?》—《이것은 책입니다.》—《저것은 연필입니까?》—《저것은 연필이 아닙니다.》

그 덕분에 나는 1992년에 한국 연세대학교 어학당에서 한국어를 배울 때 문법 기반 기능 통합 교육과정을 통해 쓰기, 읽기, 말하기, 듣기의 학습과정을 익히는 것이 어색하지 않았다.

1992년 9월 23일 나는 연세대학교 어학당에 입학해서 정규과정에 지원하여 반 편성 시험(말하기, 듣기, 읽기, 쓰기)을 통해 내 한국어 능력에 적합한 6급 반으로 배정됐다. 우리 6급 B반은 13명의 학생으로 이뤄졌으며, 학생의 반 편성 시험 결과, 국적, 성별 등을 고려하여 일본인 4명, 미국인 6명, 캐나다인 1명, 싱가포르인 1명 그리고 러시아 사할린 한인 1명(박승의) 으로 반이 편성됐다.

《한국어학당 정규과정은 한국어를 체계적으로 3 개월 이상 공부하여 추후에 한국의 대학이나 대학원에서 공부하고자 하거나, 비즈니스나 취업을 위해 한국어를 유창하게 하고 싶은 외국인 및 교포를 위해 개설된 과정입니다. 한국어 어학연수를 계획하는 학생의 대부분이 이 프로그램을 지원하고 있으며, 약 60여 개국에서 평균 1,600명의 학생들이 매 학기 한국어 연수를 받고 있습니다. 다양한 국적의 학생들을 만나 여러 문화를 접하는 기회를 많이 가질 수 있으며 졸업 후에는 한국계 및 외국계 기업의 취업에 도움을 받을 수도 있습니다.

학기 10주

총 수업시수 200시간 (하루 4시간 X 주 5일 X 10주)

수업일 주 5일 (월요일 ~ 금요일)

수업시간 4시간 (오전정규과정: 오전 9시 ~ 오후 1시,

오후정규과정 오후 1시 40분 ~ 오후 5시 30분)

6단계 정규과정 1급부터 6급까지 개설되어 6단계를 모두 수료하는 데

약 1년 6개월이 소요됩니다. (1급부터 시작했을 경우)

연세대학교 한국어학당 https://www.yskli.com 2014.05.09.

한국어학당에서 첫 주를 다니다보니 내 한국어 실력으로 견뎌낼 수 있을 것 같았다. 그러나 문제는 한 학기가 10주밖에 안 돼서 한국어를 배우는 데에 너무나 짧은 기간이었다. 막상 학습에 접근하니 공부에 욕심이 생겼다. 여기 오기 위하여 얼마나 많은 노력을 했는데! 한국에서 초대를 받아 모스크바에 가서 재러대한대사관에서 입국 비자, 러시아 영사관에서 출국 비자 발급, 유즈노사할린스크 – 모스크바 왕복 항공료, 2주일간 모스크바 호텔에서 생활, 유즈노사할린스크 – 서울간 비행기 표 값, 어학당 등록비 등등. 나에게 이런 기회가 더 이상 오지 않을 것은 확실했다. 될 수 있는 대로 더 많은 것을 배워가고 싶었다.

그래서 나는 5 급으로 내려가기를 결심했다. 내 신청에 한국어학당 총장이 허락했다. 이렇게 나는 연세대학교 한국어학당 5, 6

연세대 한국어학당 연수생들과 낙화암에서 (부여, 1993)

급 반에서 6개월간 한국어 지식을 습득하게 되었다. 20주간 총 수업시수는 199시간, 선택 반: 한자, 역사, 정치, 신문, 읽기, 문학, 작문 중 신문과 한자를 정규과외 수업으로 받았다. 다른 학생들과 '200년 후의 세계'란 제목으로 좌담회에서 나의 미래에 대한 공상적 견해를 지키기 위한 논쟁에 전반을 끌어들였고 '사할린 교포들의 운명'이란 연구발표를 해서 호평을 얻었다.

한국어학당 학생들과 백제의 옛 도읍 부여로 3박4일 수학여행을 보냈다. 충청남도 부여군 부소산에 있는 바위 낙화암落花岩 아래 유유히 흘러가는 백마강을 바라보았다. 백제 의자왕 20년 (660년) 나羅 · 당唐 연합군의 공격으로 백제의 수도 사비성이 함

락될 때, 백제의 3천 궁녀가 이곳에서 백마강白馬江을 향해 몸을 던졌다는 전설에서 유래한 바위였다. 낙화암 절벽 위에는 1929년에 궁녀들을 추모하기 위해 육각형의 《백화정》 정자를 건립하였다고 한다.

문화탐방을 통해서 나는 한국을 더 알게 되었고 찬란한 역사를 지닌 민족의 한 사람으로서 긍지감을 갖게 되었다.

교과과정은 한국어에 익숙하지 않은 서양 권 학생들에게 적합하며 말하기와 활동 중심으로 수업이 진행됐다. 한국어를 처음 접하는 서양 권 학생들과 한국어의 문법과 구조가 전혀 생소한 학생들이 학습 부담을 비교적 크게 느끼지 않으며 문법보다는 의사소통 활동 중심의 수업을 받을 수 있었다.

유즈노사할린스크 사범대학 동양학부 한국어과 교수

1993년 3월 나는 사할린에 돌아와서 유즈노사할린스크 사범대학 동양학부에서 한국어를 가르치게 됐다. 나는 대학에 나가면서도 자습으로 열심히 한국어를 공부했다.

그 당시 김순희 교수가 유즈노사할린스크 대학교 사범대학 한국어과를 이끌었다. 한국어 수업에서 읽기, 쓰기 등은 한국인이 하고, 문학, 역사 등은 러시아 선생들이 맡아 하였다. 이 분야를 한국인 교수인 내가 맡았다. 나는 한국에서 사할린으로 올 때 어학당에서 사용했던 교과서 《한국어 5》, 《한국어 6》, 《한국어 독본 5》,《한국어 독본 6》,《생활한자》,《한국어 문법》과 1993년부터 새로 발간된《연세 한국어 1》,《연세 한국어 2》,《한국어 읽기 1》,《한국어 읽기 2》를 귀중한 보물처럼 보관하여 가져왔다.

1993년 9월 1일 나는 유즈노사할린스크 국립 사범대학교 동양학부에서 한국어과1학년생 12명을 담당하게 됐다. 이렇게 나는 러시아 대학에서 최초로 문법 기반 기능 통합 교육교수법을 도입시켰다.

그 후 우리들은 기능적 교수법의 개념을 선택했다. 이 개념의 주제는 다음의 글에서 알 수 있다: "구두로나 서면으로 교제과정에서 작용하는 것을 그대로 습득한다." 기능성은 교육과정의 성질을 언어체의 각 부분들이 상호 작용할 때만 나타난다. 한국어 교사의 직업 활동에서 가장 중요한 작용은 교제, 교육 및 구성계획 기능이다.

한국생활에서 흔히 마주칠 수 있는 실제 상황을 본문의 내용으로 삼고 간결하면서도 압축된 문장 표현을 사용하며 관용구나 한국어 특유의 표현을 통해서 자연스러운 회화체를 익힐 수 있게 한다. 이런 것을 실천하기 위해 한국에서나 조선민주주의인민공화국에서 출판한 교재들을 많이 사용한다.

예를 들면, 연세대학교 출판부에서 편찬한《한국어》와 한국 서울 우신사 출판사가 발행한《기초 한국어 I, II》에는 학습 자료를 외국 연수생이 한국인과 대화하는 식으로 짧고 어휘는 생활

주변에서 많이 사용되고 일상 언어의 생생한 현장감을 지니고 있는 것들을 골라 썼다. 기본 문형도 다양하게 제시되었다.

사범대학에서 한국어를 가르칠 때 가장 중요한 특징은 학생들이 최고 정도로 한국어를 습득할 뿐만 아니라 교원노동의 숙련을 터득하는 것이다. 즉 '어떻게' 한국어를 가르쳐야 하는가를 습득시키는 것이다. 이것은 학생들 머릿속에 저절로 들어가지 않는다. 이것을 성취하기 위해 우리 한국어과 교수들의 연속적이고 분명한 목적을 가진 노력이 요구된다.

한국어 습득 과정 단계

한국어 교육은 한국어 실력의 특성을 단계적으로 편성하되

—소개·준비의 단계

—자동화 단계

—사상 전달 실행 단계로 나눠진다.

초보 단계에서 우리 대학의 한국어과 교수들은 학생들의 표준 발음의 능력을 수업시간에 긴장한 실습, 풍부한 듣기연습, 한국어보유자와의 대화, 노래, 시외우기, 짧은 극 제작 등 여러 가지 교외 실습을 통하여서 세운다. 사할린동포들은 표준발음을 습득하기 전에 이미 가정조건에서 방언발음, 실력을 갖고 있기 때문에 올바르게 발음법을 가르치는 데 매우 힘들다. 이 영향을 극복하기 위해서 우리는 러시아어음의 모방, 비유의 지배

를 사용한다. 이 사업이 대학에서 일학년부터 졸업할 때까지 진행되고 있다.

단계적 언어 실력형성의 원칙에 따라 발음능력만 향상하는 것이 아니라 어휘나 문법을 가르칠 때에도 교수 조직한다. 초보 단계에서는 교육과정에서 학생들의 러시아어 지식을 이용해야 한다고 생각한다. 어떤 교수법 연구자들은 외국어를 가르칠 때 모국어를 한마디도 사용하면 안 된다고 주장한다. 우리 과 교수들의 경험에 미루어 보면 이것이 과오라고 생각된다. 러시아어는 학생들의 일상생활에서의 자연스럽고 부단한 교제, 사유, 수단인데 외국어는 언어 환경 외에 사용되는 불완전한 교제수단일 뿐이다. 모국어의 영향을 우리 마음대로 금지하여 막을 수 없다. 모국어는 글의 의미론적 분석, 학습이해평가, 의사를 형성, 표현할 때 꼭 쓰여야 한다.

다음 단계에서는 한국 사람의 사고방식, 그리고 역사와 전통 문화, 한국인의 특징을 지닌 자료들을 교안에 제시해야 한다. 언어는 그 언어 사용자들의 의식이나 사상, 감정, 정신을 나타낸다. 또 역으로 언어가 그러한 사상이나 감정을 지배하고 형성시킨다고 할 수 있다. 따라서 모국어 외에 또 하나의 언어를 습득하기 위해서는 많은 어휘를 암기하고 있다거나 문법적 정보에 익숙한 것만으로는 부족하다. 그것은 해당 언어 사용자들의 문화 역사를 통한 그들의 정신에도 접근해야하는 것이기 때문이다.

특히 근래에 들어와 국제사회 속에서 한국 위상이 높아짐에 따라 한국어를 습득할 때 문화에 관한 자료들을 읽기, 듣기, 말하기, 쓰기 등 국어과정에서 제시해야한다. 그 자료들은 한국의 과학, 기술, 사회, 정치, 문화, 예술 및 일상생활관에 대하여 학생들에게 실제의 정보를 알려주어야 한다. 한국어과 교수들은 대학생들의 한국어 교육 첫걸음부터 언어정세 형성을 위하여 노력하고 있으며 그의 정세의 조직은 말하기 상황에 따라 바뀌어져야 한다.

이것을 달성하기 위하여 수업시간에 간단한 대화를 이용하고 조건이 붙지 않은 상황에서 언어 기능을 발휘하도록 한다. 예를 들면, '생일초대'란 제목에서 각 화자는 자기의 구실에 따라 대화를 짓고, '교통'이란 제목에서는 실제적으로 자기가 사는 도시에서 '어디서, 어떻게, 무엇을, 언제' 등의 의문사들에 대답하면서 이야기를 한다.

언어 기능 신장을 위한 교수의 지도는 학생들의 자발적인 언어사용 경험에서 비롯된다. 그러니까 학생들에게 자신이 말할 수 있는 기회를 주어야 한다. 교수·학습 자료나 교수의 지도는 학생들이 말하고 듣고 읽고 쓰는 과정에서 언어와 의미 사이의 연결이 이어질 수 있는 데에 더 많은 고민과 연구가 있어야 할 것이다.

더 앞으로 나가서는 시청각 자료를 이용한 수업시간을 마련하는데 학습의 조건상에서 벗어나갈 수 있고 자연스러운 장면에서 한국인들이 어떻게 말하고 행동하는지를 볼 수 있을 뿐만 아니라 여러 지방의 사투리도 들을 수 있다. 매우 효율적인 것은 주어진 문장에 따라 짧은 글짓기이다. 자기나 주위 사람들의 실제적 경험이나 상상한 사건들을 글에 옮긴 것을 사할린 주에서 발간되는 《새고려신문》의 '학생 면'에 저자의 사진과 함께 실리게 된다.

예를 들면, "세상에는 슬픈 일도 있고 기쁜 일도 있다.", "어제는 하마터면 큰일 날 뻔 했어요.", "부끄러워서 얼굴이 빨개졌어요." 등 제목으로 매주 한 번씩 나온다. 이 단계에서 우리 과 대학생들은 교육원에 가서 수업도 하고 재미있는 이야기를 한국에서 오신 분들과 나눌 수 있으며 여러 교회에서는 한국어로 예배를 할 기회도 있다. 그 외에 남부 사할린에서 거주하는 학생들은 매일 저녁에 《우리말 방송 KTV》와 사할린 《우리말 라디오 방송》을 청취할 수 있다.

1988~93년도까지는 한국어 열기가 붐을 이뤘다. 그 이후 잠시 소강상태였다가 사할린 한인 1세들이 영주귀국을 함으로써 다시 붐이 일어나기 시작했다. 할머니 할아버지가 한국에 가 있으니 이를 통해 손자손녀들이 한국에 가보고, 그곳에서 공부할 수 있는 기회를 갖기 위함이었다. 하지만 한국에서 공부를 하려고 해도 학비가 없기 때문에 장학금을 받지 않으면 어렵다. 지금 한국에서 유학하는 학생은 연세대, 재외동포재단, 평화복지

대학 봉사활동을 하면서 다니는 학생, 고려대 국제협력학과 등이 있다.

우리는 유즈노사할린스크 사범대 동양학부에서 지난 19년간 약 180명의 한국어 전문가들을 배출했는데 현재 그들은 모스크바, 상트페테르부르크, 하바롭스크 등 여러 대학교들에서 한국어를 가르치고 있다. 2003년에 한국 동서대학(부산)과 자매결연을 하여 양 대학 교환 학생들이 한국어와 러시아어 지식을 현지에서 양성할 수 있게 되었다.

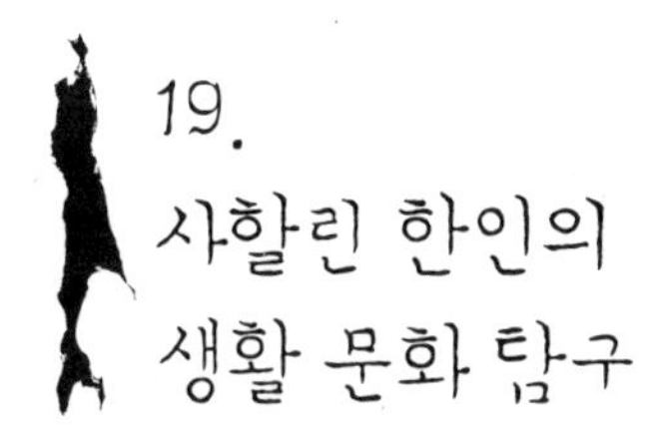

19. 사할린 한인의 생활 문화 탐구

최길성 교수를 만나다

1998년 6월 29일 학기말 시험을 치르고 나는 교무실에 혼자 앉아 있었다. 학기 내에 쌓인 피로를 풀기 위해 잠시 의자에 앉아 쉬는 중인데 누군가 복도에서 교무실 문을 노크했다.

"들어오세요."

"안녕하세요. 저는 일본 히로시마 대학에서 온 최길성입니다. 처음 뵙겠습니다."

"안녕하세요. 박승의입니다. 무슨 일로 오셨습니까?"

이렇게 우리는 처음 만났다. 최길성 교수는1940년 경기도 양주에서 태어났다. 서울대학교 사범대학 국어과를 졸업하고 고려대학교 대학원에서 석사 학위를 받았다. 일본 세이죠 대학원에서 민속학 전공 박사과정을 마치고, 쓰꾸바대학에서 문학박사 학위를 수령했다. 당시 삿뽀로 대학에서 인류학 교수로 재직하고 있었다.

문화인류학자인 최길성 교수는 여러 해 동안 아시아의 여행길에서 보고, 듣고, 경험한 것을 기록했다. 최 교수는 여러 나라를 거치면서 보다 열린 자세로 문화 체험을 받아들였다. 그것을 있는 그대로 기록하려는 몸짓이 그의 책들에 고스란히 담겼다.

최 교수는 모스크바, 상트페테르부르크, 이르쿠츠크Иркутск, 하바롭스크 등 러시아 지역을 다니면서 사할린에 대해 들었다. 짜르Царь 시대에 유배지였고 대개 강제 이주한 한인들이 살고 있다는 것을 알게 됐다. 그래서 그는 무턱대고 사할린으로 여행을 왔다. 나는 자연스럽게 최 교수의 매력에 빠져들었다.

우리는 사할린의 방방곡곡을 다니면서 많은 대화를 나눴고 서로를 알게 됐다. 그리고 나는 많은 것을 배웠다. 인간은 여행을 통해서 자기 문화와 사회를 벗어나 이방인이 되는 체험을 할 때 본질적으로 변화한다.

21세기는 글로벌 시대라 한다. 그러나 예전에 사할린은 '출국금지'를 받은 상태에 처해 있었다고 해도 과언이 아니다. 사할린은 오랫동안 사회주의 국가의 변방에 위치한 국경지대였기 때문에 이동의 자유도 없었고 유통구조도 거의 발달되지 않았으며 아직도 통신시설이 낙후하다. 그래서인지 우리는 우리가 살고 있는 섬이나 마을이 우리의 전 우주인 듯 세계관이 아주 좁았다.

그 후 최교수는 사할린을 방문할 때마다 우리 집에 묵었다. 내 자가용차로 유즈노사할린스크, 코르사코프, 홈스크, 네벨스크를 다녔다. 기차를 타고 알렉산드로브스크-사할린스키Александровск-Сахалинский, 티모브스코예Тымовское, 노글리키Ноглики, 포로나이스크 등 사할린 섬을 거의 다 동행했다.

나는 사할린에서 태어나 성장했다. 일제강점기를 3살까지 살았고 소련시대 사회주의 체제에 공산주의 사상을 습득했다. 공산주의는 자본가 계급이 소멸되고, 노동자 계급이 주체가 된 생산수단의 공공 소유에 기반을 둔 무계급 사회 조직이라고 나는 배웠다. 핵심적인 원칙은 "능력에 따라 일하고, 필요에 따라 받는다."이다. 신분이나 계급에 상관없이 생산물을 공평하게 나누어 가져서 경제적으로 평등한 사회를 목적으로 하는 사상이라고 알고 있었다.

그래서 나는 소련이 세계에서 가장 발전한 나라이고, 소련 사람들은 가장 행복한 사람들이라고 믿었다. 최 교수가 나의 이런 믿음을 깬 것이다. 나는 공산당의 선전에 빠져 눈먼 봉사로 살아왔다. 최 교수에게 사할린 한인들의 역사를 이야기하면서 새로운 시점에서 많은 것을 보게 됐다. 공산주의의 색안경을 벗은 뒤 사실을 사실대로 보게 된 것이다.

광복절 경축행사

2001년 8월 15일에 우리는 광복절을 기념하려고 가가린 공원에 갔다. 사할린 광복절은 1947년 소련 체제 아래서 시작되어 '해방절'이라 불리며 1963년까지 섬 방방곡곡에서 진행된 한인 사회 최대 행사였다. 아침 일찍 학교 운동장에 화려한 옷차림으로 남녀노소가 모여서 준비해온 맛있는 음식을 먹고 달리기, 씨름, 그네뛰기 등 여러 경기에 참가하면서 즐거운 하루를 보냈다. 1964년 이후에 사할린 한인 사회는 소련당국의 규제로 8.15모임을 공식적인 명절로 쇠지 못했다.

1988년 한국에서 서울올림픽이 열리면서 한국의 경제력이 널리 알려지게 되었다. 1990년 사할린에서는 27년 만에 다시 광복절 행사를 지낼 수 있게 되었다. 그 이후로 오늘 날까지 사할린 섬의 한인사회에서 광복절은 도시 차원의 대규모 행사로 지켜져 오고 있다. 다만, 양력 8월 15일에 대부분 한인들은 부모, 조상의 제사를 지내기 때문에 행사는 가까운 주말에 진행된다. 8.15 광복절 행사는 한국의 추석명절과 일본인으로부터의 해방된 날의 두 의미를 가질 뿐만 아니라 한인들의 대중적인 모임의 날로도 의미를 부여할 수 있다.

양력 8월 15일 후 첫 일요일에 유즈노사할린스크 시립공원 내 코스모스Космос 운동장에서 광복절 경축행사를 행한다. 오전 10시에 영예기념광장(2차 세계대전 전사자들의 위령광장)에 시

한인회, 시 노인회, 주 대표들과 시민들이 모여 헌화하고, 인근에 있는 코스모스 운동장으로 이동한다. 때맞춰 200~300여 명의 한인들이 코스모스 운동장에 모인다. 주지사 또는 시장, 시의원, 주 한인회장의 축사로 광복절 경축행사가 개최된다.

행사의 프로그램에는 초청가수 공연, 노래 콩쿠르, 씨름, 육상 등이 있다. 초청가수 공연은 한국 가수 2~3명, 사할린의 예술단으로 이루어진다. 노래 콩쿠르에서는 '날 좀 보소', '도라지', '아리랑', '노들강변'과 같은 전통민요, '금강산 일만 이천 봉'과 같은 가곡, '눈물 젖은 두만강', '백마강', '돌아와요 부산항에', '동백아가씨', '섬마을 선생님'과 같은 한국의 대중가요 등을 부르며 경쟁한다.

씨름은 매트 위에서 하는데, 1등에게 상으로 송아지, 냉장고, 대형 TV 등을 준다. 육상은 아동부, 청소년부, 성인부로 나누는데, 아동부는 30m, 청소년부는 60m, 성인부는 100m를 달리며 병 낚기 등 다른 경기도 한다. 한편 3년 전부터 광복절 경축 행사의 개막을 임금님 행차가 장식하고 있다. 시청 앞에서 운동장까지 조선의 임금과 왕비를 실은 가마가 행렬하는데, 한인들뿐만 아니라 러시아인들도 매우 좋아한다. 광복절 경축행사는 오후 5~6시에 막을 내린다.

사할린 한인의 옷차림

최 교수는 러시아에서 화려한 의상에 놀랐다고 했다.

"박 교수는 참 행복한 사람이에요! 매일 매일 예술 속에서 살기 때문이에요. 저기 보세요, 아가씨들이 얼마나 아름다워요?"

최 교수의 견해에 의하면 러시아 사람은 외모를 중시한다. 사할린 한인들도 옷을 입는 데에 대단히 신경을 쓴다. 한국인들은 아무 옷이나 입고, 걷는 것도 질질 끄는 식이라고 말했다. 러시아 사람들은 잠옷문화가 정착돼 있는데 한국인들은 입던 옷을 그대로 입고 잔다고 지적했다.

여름철에는 키 큰 아가씨들이 허벅지와 배꼽을 내놓고, 젖가슴을 드러내 보이거나 비쳐 보이는 옷을 입은 여자들의 옷차림에 눈이 휘둥그레진다. 남자들은 웃통을 잘 벗고 걷는다. 한국에서는 실례가 될지 모르지만 러시아에서는 습관이라고 내가 설명했다. 한국 동해안 해수욕장에서 피서객들이 옷 입은 채 헤엄치는 것을 보고 깜짝 놀랐다.

한국인의 눈에 멋지게 비치는 옷을 차려입은 러시아여성들과 사할린 한인여성들은 상대적으로 화려한 옷차림을 하고 외출한다. 그들은 높은 구두와 투피스, 양복상의, 화려한 장신구, 세련된 머리 모양, 선글라스 등을 선보인다.

사할린에서는 공식적인 옷과 비공식적인 옷이 상대적으로 엄격하게 구분된다. 여성들의 의생활에서 다른 특성은 노출이 심한 옷을 상대적으로 많이 입는다는 것이다. 여름에 거리에서 아주 짧은 치마와 어깨가 완전히 드러나는 팔 없는 셔츠를 입은 여성을 자주 만날 수 있다.

러시아에서는 평상복을 입고 외출하는 경우가 없다. 시장을 가더라도 외출복을 입고 나온 사람들이 대부분이며, 그 외출복이 바지보다는 치마가 주를 이룬다. 하지만 한국에서는 가정에서 편하게 입는 옷차림으로 시장이나 가게에 가는 사람이 많은 것을 나는 봤다. 현재 일상생활에서 한인 여성들은 여름에는 바지와 블라우스 혹은 티셔츠를 주로 입고 지내며 소련 시대에 많이 입던 할라뜨는 잘 입지 않는다. 할라뜨는 폭이 넓고 긴 원피스인데 집에서 입는 옷으로 오랜 시기에 걸쳐서 여성들에게 사랑을 받았던 의복이다.

남자들은 집에서 체육복이나 작업복 바지, 티셔츠, 낡은 와이셔츠 등을 즐겨 입는다. 특별한 일상복이 있는 것이 아니라 옷이 낡으면 집에서 입고 지낸다. 청소년들의 경우에도 티셔츠나 청바지를 주로 착용하고 있다. 남자들은 여름철에 자주 웃통을 벗고 있다.

사할린 주 향토 박물관

우리의 문화탐방은 사할린 주 향토 박물관부터 시작됐다. 콤무니스치체스키Коммунистический 거리에 위치한 건물은 사할린 주에서 가장 오래된 과학, 연구 및 교육 문화 기관 중 하나다. 1932년 일본은 섬의 자연사 수집을 위해 일본 전통 제국의 왕관 스타일로 건물을 지었다. 1937(쇼와 12)년에 준공한 것으로 당시에는 《가라후토청 박물관》이었다. 가라후토가 소련화된 1945년 이후 이 건물은 향토 박물관으로 계속 이용되고 있다.

현재 《사할린 주 향토 박물관》의 '기구'로 "알렉산드로프스크-사할린스키에 있던 박물관이 유즈노사할린스크의 현재지로 이전했다."라고 돼있다. 알렉산드로프스크-사할린스키에 있던 박물관은 1896년에 개관했다. 이후 제2차 세계 대전이 종료되고 사할린 남부와 쿠릴Курильские 섬이 해방되자 박물관은 유즈노사할린스크에 귀속되었다. 이 박물관은 사할린과 쿠릴 열도

의 자연사 유물 보관소이자 사회 문화적 역사를 지키고 있으며, 러시아 연방 민족의 자연사, 역사 및 문화유산에 관한 20만여 개의 유물을 소장하고 있다. 사할린 원주민의 전통문화(아이누, 울타, 니흐키)와 같은 고대 문화유적과 고생물학 등 희귀한 전시물을 볼 수 있다.

이전에 나는 여러 번 와봐서 최 교수에게 전시품들을 소개했다. 1층 좌측에는 고생물, 자연, 동물, 우측에는 고고학계, 북방 소수민족 관계, 2층의 좌측에는19세기부터 20세기 사할린 전반의 역사, 우측에는 제 2 차 세계대전 종전 이후의 역사를 전시했다. 1층의 한 방에는 사할린 한인의 유품이 전시돼 있었다.

치안 상태

우리는 많이 걸어 다녔다. 1990년도 말 유즈노사할린스크의 겉모습은 너무나 초라했다. 페레스트로이카 이후 소련이 붕괴되었고 새로운 시대가 시작하면서 경제사정은 사유화, 자본주의화가 진행되고 있어서 극히 악화됐다. 페레스트로이카는 자유를 주어서 좋았지만 부정과 나쁜 정치로 인해 사회는 급격히 나빠졌다. 산업의 변화가 가속화됐다. 소련 시대에 잘 돌아가던 공장들과 기업들이 폐쇄되면서 소련의 생산체계가 약화됐다. 많은 젊은이들은 일자리를 잃었고 살아남기 위해서 보따리 장사를 해야 했다.

사할린 한인 사회는 개방 이후 러시아 전체가 겪고 있는 과도기적 징후, 즉 사회주의 가치관과 자본주의 체제와의 부조화, 경제난에 따른 전반적인 의욕 저하, 공권력 부재 등에 시달리고 있었다. 어느 사회나 지배층이 바뀌면 일상생활이 불안정해진다. 그 때의 특성은 좀도둑이 많이 생기는 것이었다. 러시아가 개방화를 추진하면서 자유거래와 자유기업화의 물결 속에서 경제사범이 증가했다. 지금은 많이 나아졌지만 그 당시에 치안상태가 위기였다. 좀도둑이 많다는 것은 수요에 비해 일상생활용품이 부족했다는 것이다. 그것을 해결할 방안이 없었기 때문에 사회가 불안한 틈을 타서 도둑질이 증가했다.

나는 최 교수에게 사할린에서 안전과 도둑을 조심하라고 했고 밤에 혼자 밖에 나가지 말라고 주의를 줬다. 소련 시대에는 비교적 치안이 좋았지만 지금은 혼란기라서 도둑 강도가 많아졌다고 설명했다.

그곳에서 사할린 한인들은 옷이나 꽃 장사를 하여 돈을 많이 벌었다는 소문이 났다. 그래서 외국인과 같이 도둑의 대상이 됐다. 아파트나 개인 단독 집에서 문을 2중 3중으로 잠그고 경보장치도 달아야 했다. 그리고 집집마다 사나운 개를 기르고 있었다. 목제 문을 철창으로 바꾸고 창문에는 철제 격자가 끼워져 있었다. 그럼에도 불구하고 도둑뿐만 아니라 강도 살인 사건도 많았다.

박 씨는 페레스트로이카 초기에 코르사코프에서 장미 2500개로 꽃 장사를 시작하여 돈을 모아 장사 밑천을 마련했다. 10년 후 소문난 부자가 됐다. 낡은 집을 헐어서 리모델링했고 고급형 자동차도 샀다. 텃밭에 6개의 비닐하우스를 지어 대규모의 꽃 장사를 했다. 어느 날 개가 막 짖어 집에서 나갔다. 갑자기 헛간 뒤에서 강도가 나타나 몽둥이로 박 씨를 때렸다. 도둑이 집에 들어와 부인을 밧줄로 묶고 총으로 위협하면서 돈을 내놓으라고 해서 내놓고 겨우 살아남았다. 남편을 집안으로 데려왔지만 끝내 목숨을 구하지 못했다. 유즈노사할린스크에서 홀로 사는 우 씨 할머니가 영주귀국하기 위해 집을 팔기로 내놓았다. 집이 잘 팔리지 않았다. 자주 전화가 와서 귀찮아서 팔렸다고 했다. 그 날 저녁에 강도가 들어와서 돈을 내놓으라고 했다. 집을 못 팔아서 돈이 없다고 하니 할머니를 죽이고 빈 손으로 가버렸다.

나는 시장에서 과일을 사려고 줄 서있었다. 갑자기 내 바지 뒷주머니에서 누군가 지갑을 빼내는 것이 느껴졌다. 그 손을 잡았는데 여자였다. 내가 지갑을 빼앗으려고 덤비니 지갑은 다른 여자에게 건네졌다. 어디선가 남자들이 나타나서 왜 여자에게 손을 대느냐고 나를 막았다. 두 여자는 이미 사라졌고 남자들은 나를 때리려고 했다. 그들은 한 패였다. 옆에 많은 사람들이 이 광경을 봤지만 아무도 나를 도와주지 않았다.

시장에서 장사를 하려면 마피아를 끼어야 했다. 폭력배들이나 깡패들은 장사꾼들을 매일 위협했다. 텃밭에서 재배한 채소를 시장에 가서 팔 때 깡패들이 와서 돈을 내놓으라고 했다. 안 주면 폭력을 당해서 장사를 못했다. 개방 이후 생활수준이 낮아지고 아이들 교육이 무관심해지자 아이들이 마피아에 들어가기 시작했다.

2001년 여름 우리는 노글리키로 기차를 타고 갔다. 사할린의 중북부 지방에 소수민족들이 아직도 살고 있다 해서 최길성 교수가 그들을 만나기 위해 3박4일 알렉산드로프스크-사할린스키, 티모프스코예, 노글리키와 왈Вал을 방문할 코스를 정했다. 저녁 9시에 출발하는 티모프스코예 행 열차 2인용 칸에 들어갔다. 나는 보통 4인용 칸을 선택하지만 최 교수가 비싸지만 안전상 2인용 칸을 이용하자고 했다. 그런데 출발하기 전에 최 교수가 방을 바꾸자고 했다. 이중 잠금장치가 고장 났기에 무서워서 도무지 거기에서 잠을 못 자겠다 해서 여 차장에게 부탁하니 우리 요청을 들어줬다.

길을 떠나면 동행자와 쉽게 친해지는 법이다. 알아본 즉, 옆 칸에서 사할린 원유가스 채취 프로젝트에 참여하러 외국회사에 출장 가는 영국 스코틀랜드에서 온 선장을 만나 이야기를 나누었다. 대화를 하고 있는데 여 차장이 들어와 짐을 칸에 놔두고 차에서 내리라고 했다. 내가 무슨 일이 생겼냐고 물어보니 기차 내에 폭발물이 설치됐다는 전화연락이 와서 조사하기 위해 모두들 밖으로 나가야 한다고 했다. 중요한 서류를 챙겨 역전으로 뛰어 갔다.

그 당시 그런 일이 빈번했다. 술 취한 사람이나 청소년들이 장난 전화를 하면 비상대책근무 요원들이 경찰견을 데려와 건물 구석구석을 조사했지만 아무 것도 찾지 못했다. 요원들이 2시간 20분이나 수색했지만 폭발물은 못 찾았다. 밤 11시 반에 우리는 유즈노사할린스크를 출발했다. 차 안은 무척 더웠지만 냉방 장치가 설치되지 않아 큰 고생했다. 창문을 열어 차량을 식힌 뒤에야 잠을 잘 수 있었다.

이른 아침에 틔모프스코예 역에서 하차하여 사할린의 옛 수도인 알렉산드로프스크-사할린스키로 가기 위해 역전에 나와 버스를 기다리고 있는데 택시운전기사가 다가와서 싼값으로 가겠냐고 물어봤다. 틔모프스코예 역에는 편의시설이 없었고 버스도 몇 시간 후에 출발하기 때문에 우리는 택시로 가기로 결정했다.

달리는 차창 밖에는 넓은 평야가 펼쳐져 있었다. 아름다운 사할린의 자연미를 목격할 수 있었는데 가끔 눈에 띄는 파손된 건물, 불에 탄 나무그루, 텅 비어 있는 촌락들이 눈에 거슬렸다. 많은 기업들이 문을 닫아서 시골 주민들이 일자리를 찾아 도시로 떠났다. 소련 시대 적지 않은 한인들이 농사를 지어 장사하면서 살았지만 지금은 망해서 다른 곳으로 이주하였다.

사할린의 옛 도읍 알렉산드로프스크－사할린스키

알렉산드로프스크－사할린스키에 도착하니 도시 설립 127주년 기념 준비를 하고 있었다. 도시 중앙 광장에서 경축행사를 진행할 무대를 짓고 있었고 주위에 울타리를 페인트칠하는 것이 눈에 띄었다. 알렉산드로프스크－사할린스키는 러시아, 소련 시대의 수도로 역사적 유적지와 유물뿐만 아니라 문화의식도 높았던 비교적 작은 도시였다. 제정 러시아는 유형지로 1869년 이전에 감옥을 지었다. 유배지에 정착한 죄수들과 그 가족이 자연개발 노동을 하였다. 그와 더불어 수렵하는 선주민들을 일정한 곳에 정주시키는 정책을 폈다.

내게는 사할린이 길랴크, 아이누, 니흐키, 오로코, 에밴크인 등의 오랜 삶의 터전이자 러시아와 일본이 식민지 개척을 놓고 영토 분쟁을 벌인 장소이며, 강제징용당한 한인들이 귀국하지 못한 채 한을 품고 눈감은 섬이다.

옛 사할린의 모습은 유명한 러시아 작가인 안톤 체홉Антон Чехов의 여행기와 그의 작품 '사할린 섬Остров Сахалин'에서 볼 수 있다. 사형수와 죄수의 땅, '슬픔의 틈새'라고 부르기도 했던 사할린에서 체호프는 민간인 최초의 방문자였다. 여기서 1890년에 그가 한 일은 유형수와 주민들을 만나고, 실태조사 카드를 만드는 것, 유형지의 환경은 물론, 죄수와 선주민들의 질병에 대해서도 조사했는데, 당시 만든 카드는 무려 10,000여 장이었다. 이렇게 모은 기록물과 자료는 약 3년 동안 정리하고 간추려 여행기이자 현장 보고서라 할 수 있는 '사할린 섬'으로 발표했다. 그리고 이를 통해 당시의 러시아 감옥 제도를 비판하고, 그 책임이 "우리 모두"에게 있다고 주장했다.

이렇듯 죄수들의 강제 노역 유형지였던 사할린에 강제 동원된 식민지 조선인이 유입됐다. 그리고 1945년 해방된 후에 이 땅은 계속 버림받았다. 사할린에 조선인이 처음으로 들어가게 된 것은 1870년대로 추정된다. 1897년 제1차 전 러시아 인구조사 기록에 의하면 조선인은 67명이었다. 두만강을 넘어 연해주를 거쳐 사할린으로 이주한 조선인들은 1920년대 초반에는 러시아령인 북부 사할린에 1400여 명, 일본령인 남부 사할린에 1000여 명이었다. 이 때만 해도 사할린의 조선인들은 식민지 조선에서보다 더 나은 삶을 꿈꾸며 일자리를 찾아 온 자발적 이주민이었다. 이 후에도 조선인 이주자는 조금씩 늘어났는데, 북부 사할린에서 일본의 영향력이 커지는 것을 두려워한 소련 정부에 의해 1937년에 1150여명이 중앙아시아로 강제 이주당하기도 했다.

도시에는 체홉기념박물관과 향토박물관이 있고 미술관도 있어 우리는 전시품을 관람하고 형무소가 있었던 항구로 갔다. 옛날에 그 안에 감옥, 창고, 우체국, 휴게소 등 건물이 있었는데 남아있던 창고마저 5년 전에 불타버렸다. 알렉산드로프스크-사할린스키에는 체홉 동상이 두 개나 있다. 하나는 도시 중심 광장에, 다른 하나는 체홉박물관 앞에 세워져있는데 이것은 작가가 사할린 주민들의 기억 속에 얼마나 깊숙이 자리 잡았는가를 증명해준다. 이런 증거를 사할린 주 여러 곳에서 찾을 수 있다. 체홉 극장, 체홉의 책 '사할린 섬' 박물관, 체홉 거리, 체홉 촌, 심지어 유즈노사할린스크 공항까지 체홉의 이름을 가졌다.

최 교수는 박물관에서 나와 바닷가로 가자고 했다. 우리는 죄수들이 고통을 받던 형무소 안의 엄혹한 풍경이 너무나 우울하여 그 영향에서 벗어나고 싶었다. 가까운 바다에서 '삼형제Триб рата 바위'가 서있는 모습, 죄수들이 바위산을 뚫은 터널을 썰물을 이용해 통과하여 타타르Татарский 해협으로 넘어가 '세자매Трисестры 바위'를 보니 감개무량했다.

우리는 내 조카 올레그Олег의 처갓집에서 하룻밤 묵기로 했다. 나는 최 교수에게 러시아 사람이 사는 실제 모습을 보여주고 싶어서 러시아 사돈에게 연락하여 허락을 받았다. 주인 니콜라이 이바노위치НиколайИванович와 부인 나탈리야 니콜라예브나НатальяНиколаевна는 일본에서 온 교수가 자기 집에서 묵는 것이 처음이라 경사스럽고 대단한 영광이라고 말했다.

주택은 5층 건물의 아파트였다. 입구를 들어서면 계단 중앙에 긴 기둥이나 연통 같은 것이 상하로 연결돼 있는 쓰레기통이 있었다. 주위에 쓰레기가 지저분하게 늘어져있고 전등에 램프가 없어서 어두웠다. 깨진 유리 창문으로 자연스럽게 바람이 불어

들어왔다. 2층 7번 아파트 옆의 초인종을 누르니 철문이 열려서 니콜라이Николай가 우리를 반갑게 맞이했다.

집의 구조는 러시아식이었다. 안으로 들어가면 작은 복도가 있는데 거기서 신을 벗고 겉옷을 벗었다. 거실에 들어가면 거기에 따로 부엌, 침실, 화장실 겸 욕실 문이 있었다. 러시아 사람들은 보통 부엌에서 식사를 한다.

주거 환경

사할린 한인1세들은 대부분 '땅집'이라 불리는 '개인집'인 단층집에서 살았다. 지금은 소수만 남았지만 땅집은 기본적으로 나무와 벽돌로 지어졌고 서로 비슷한 내부구조를 가지고 있다. 집은 나무로 된 울타리로 둘러싸여 있으며 문은 거의 다 양철이나 강철로 만들어졌다. 담장 안에는 사나운 개를 두고 도둑을 경계하기도 한다. 경우에 따라서 개의 사슬을 아주 길게 해서 집으로 접근하는 외부인을 경고한다. 개인집의 내부에는 집의 크기에 따라 차이는 있지만 건물 본채와 창고 등으로 이루어진 부속채, 텃밭, 변소 등으로 집이 구성된다는 점에서는 큰 차이가 없다. 건물 외벽은 여러 색 페인트로 칠해져 있는 경우가 대부분이다.

땅집은 일반적으로 땅을 1m나 1m50cm를 파고 기초공사를 한 다음 그 위에 집을 짓는데, 기초공사는 철근과 콘크리트로 한다. 목재는 주로 낙엽송에서 얻는다. 벽의 내부는 회칠이나 시멘

트로 마감을 하는데 그 위에 도배를 하는 경우도 있다. 난방은 장작이나 석탄으로 한다. 상하수도는 대부분 설치되어 있다고 볼 수 있으나, 없는 집의 경우에는 공동펌프에서 길어 먹어야 했다. 곳곳에 공동펌프가 놓여 있어서 수레로 물통을 가져가서 물을 길어 오는 것을 볼 수 있었다.

나는 1970년 5월 1일 노동절에 분가했다. 리어카에 이삿짐을 싣고 걸어서 유즈노사할린스크 블라지미로프카에 위치한 아주 낡은 집을 사서 이주했다. 그 집에는 한 러시아 노파가 살았는데 오랫동안 수리를 안 해서 거의 허물어진 상태였다. 1950년대 초에 지은 집이라 기초를 통나무로 했다. 내가 입주할 때는 그 통나무가 썩어 구멍이 나서 밖이 환히 보였다. 집은 한쪽으로 기울고 있는데, 마루의 경우에는 완전히 한쪽이 내려앉은 상태에 있었다. 집 내부의 구석구석에 얼음이 붙어있었다.

그 당시 우리 식구는 나, 아내 그리고 6개월짜리 아들이었다. 매우 추운 지방에서 음식을 만들고 방안을 덥히는 실용적인 장치인 페치카(Печка 난로)가 있었는데 너무나 허물어져서 제대로 작동이 안됐다. 아궁이에 장작이나 석탄을 넣고 불을 때면 얼마 후 방이 따뜻해졌다. 우리는 맞벌이 부부라서 퇴근하면 아내가 집에 먼저 가서 페치카에 불을 때어 저녁 식사를 준비했다. 내가 아버지 집에 맡겨둔 아들을 데리고 집에 도착하면 이미 저녁 식사가 준비돼 있었다. 아침에 일찍 일어나 불을 피워 밤새 식은 방을 데우며 아침 식사를 준비했다.

이렇게 우리는 3년을 살고 그 집을 리모델링했다. 문을 들어서면 바로 현관으로 연결됐다. 현관에서 거실로 연결되며 현관에서 신을 벗었다. 신발장도 이 공간에 놓여 있으며 옷걸이도 있었다. 거실은 집의 중간에 놓여 있으며 부엌과 하나의 공간을 형성했다. 꾸흐냐(Кухня 부엌 겸 식당)에는 페치카가 있고 난방은 러시아식으로 하는데, 꾸흐냐에서 방마다 설치된 난방계로 관을 따라서 뜨거운 물을 온 집안으로 돌리면서 집 전체를 따뜻하게 했다. 거실을 지나면 침실이 나오는데 침대에서 생활했다.

집의 토지는 아직 국가에서 소유했고 주택은 사유화되어 있었다. 집에는 300여 평의 텃밭이 있고 방은 모두 세 칸이며 화장실은 바깥에 있는 재래식이었다. 집은 두 번에 걸쳐서 개축했는데 왼편에 있는 부분은 새로 만들었다. 대문 양 쪽으로 두개의 자작나무가 있고 밭 가운데에 비닐하우스가 세워졌다. 그 안에는 토마토, 오이, 마늘, 파, 고추 등 야채들이 자랐고 밖에는 옥수수, 배추, 무, 홍당무, 시금치, 비트, 우크로프(향 Укроп) 그리고 다리야, 장미, 글라디올러스 등의 꽃을 심었다. 변소 옆에 외양간에서 돼지와 닭 10 마리를 키웠다.

최 교수가 오면 늘 묵었던 그 집에서 30년 이상 살았고 여러 번 개축했다. 차고를 지었고 앞마당도 아스팔트로 포장했다. 1974년에 소련의 '모스크비치Москвич-408' 자가용차를 구매해

23년 동안 살림살이에 이용했는데 너무나 낡아져서 1997년에 '도요타'형 일제차를 샀다. 삼형제가 태어나고 자라서 어느덧 대학에 재학 중이었다.

사할린 한인의 의식주생활 중 지속성이 가장 큰 부분은 식생활이다. 해방 후 부모들이 하던 대로 메주를 쑤어 간장, 된장, 고추장과 김치 등을 담가 먹었으며 된장국이나 시루떡, 절편, 잔치국수, 잡채, 찰떡, 두부, 묵, 과줄 등도 만들었다. 메밀묵은 메밀이 생산되지 않아 러시아 큰 땅(대륙)에서 들여오는 재료를 구입하여 가루 낸 후 물을 붓고 끓여서 식히는 방법으로 집에서 만들어 먹었다.

사할린 생활 중 먹거리 문제로 가상 어려웠을 때는 해방 후 곡식이 들어오지 않아 돈을 주고도 구입하기 어려웠던 시절이었다. 감자나 호박 등은 생산됐지만, 쌀이 부족하여 애를 먹었다. 사할린에는 감자가 많이 생산되는데 크고 맛이 있어 많이 활용됐다. 사할린의 긴긴 겨울밤에 감자나 호박을 찌거나 삶아 먹었다. 가정식으로는 한국식의 밥과 반찬으로 끼니를 이었지만 빵과 차이(차), 버터, 보르쉬Борщ 메니(만두 Пельмени), 칼바사(소시지Колбаса), 훈제 송어, 치즈, 우유 등 러시아음식들도 때때로 식단에 곁들였다. 한인들도 직장에서는 러시아인들과 함께 러시아 음식을 먹으며, 때로는 가정에서도 러시아음식을 만들어 먹었다.

개인 주택에는 100평 정도의 텃밭이 있어서 대부분의 가정에서 배추나 무, 파, 양배추, 당근 등의 기본 채소를 재배하여 자가 소비하고 남는 것은 시장에 내다 팔았다. 특히 토마토와 오이는 바자르(시장 Базар)에서 팔아 돈을 버는 주요 작물에 속한다. 배추나 무 등 김장거리도 직접 길러서 사용했다.

사할린 한인들은 산이나 바다에서 나는 산물들을 식료로 활용했다. 산에서는 고사리, 고비, 로푸흐(머위 Лопух), 두릅을 비롯한 각종 산나물을 채취하고, 바다에서는 해조류 외에 빙어나 연어, 송어 등의 물고기도 잡아 부족한 먹거리를 보충했다. 사할린에서는 부지런히 움직이면 반찬거리는 들이나 산과 바다 어디서든지 얻을 수 있었다.

사할린 한인의 선교

니콜라이는 러시아 정교회 신자다. 부엌 입구, 침실, 거실 벽에 이콘Икона들이 걸려있었다. 소형 이콘Икона들은 신자들이 교회에서 사다가 가정에서 모셨다.

공산주의는 마르크스-엥겔스 시대부터 종교에 대해 매우 적대적인 태도를 보였다. 마르크스는 종교가 인민의 아편이라고까지 말했다. 서민들, 특히 농민들은 여전히 하느님을 많이 믿었다. 하느님을 열심히 믿는 사람들이 아주 많았다. 이 입장에서 보면 민중의 마음을 사로잡으려 노력했던 공산주의 사상가들에게 종교는 위험한 경쟁자였다. 당시에 종교가 농민과 서민들의 마음을 잡고 있었기 때문이다. 공산주의뿐만 아니라 거의 모든 좌파

사상가들은 종교를 매우 반대했다.

1930년대 말 들어와 소련에서 종교가 많이 파괴돼 버렸다. 소련 시대에 사회주의 국가가 종교를 인정하지 않았다. 나는 어렸을 때부터 신은 없으며 공산당과 레닌 할아버지만이 러시아 사람들에게 행복을 가져다 줄 수 있다고 배웠다. 우리 사회에서 종교적인 사람들은 극심한 핍박을 받았다. 신앙이 있는 사람들은 직장을 잃고 학교도 갈 수 없었으며 '미친 사람'이라는 꼬리표가 붙었다. 대학에서는 모두 무신론 수업을 필수로 들었고 그 수업에서 우리는 하느님이 존재하지 않는다는 것을 증명했다.

소련시대에 정부가 심한 부종교 정책을 실시했기 때문에 우리들은 종교에 대해 무관심했다. 그냥 하느님에 대해 생각하지 않았다. 그러나 기본적으로 종교심이 사라진 것은 아니었다. 여전히 가정에서는 몰래 이콘을 모시고 예수님을 믿고 있었다.

1990년 소련 붕괴 후 한국 교회들이 사할린에 들어와 선교활동을 실시했다. 대부분 러시아 현지 교회들은 오랫동안 금지된 신앙생활에 자유가 돌아오자 마치 유행처럼 종교에 대한 관심이 불어나면서 기존의 몇몇 지하 교인들과 함께 갑작스럽게 교회들이 형성됐다.

사할린의 첫 교회는1990년 4월29일 유즈노사할린스크 다츠나야Дачная 거리 우원명 씨의 자택에서 이종열 목사, 김영국 장로와 현지 동포신자20여명이 모여서 '예수교 사할린 교회' 창립

예배를 올리면서 세워졌다. 45년 만에 처음으로 목사를 모셨거나 난생 처음 목사의 예배인도를 받은 신도들의 감격과 소련 땅에 처음으로 한국교회가 복음을 전하는 교회를 세우게 되었다는 감회가 어우러졌다.

우원명 씨와 동포신자들은 그동안 우 씨 집에서 지하교회를 열어왔다. 일제말기 종교탄압을 피해 사할린으로 왔던 독실한 신자인 우 씨는 해방 후 고향인 북한으로 갔으나 종교탄압이 심해지자 다시 사할린으로 왔다. 그러나 사할린에서도 개신교에 대한 탄압은 마찬가지였다. 종교의 자유를 찾으려는 그의 행로는 수난의 연속이었다. 조사라는 교회 내 직책을 가지고 있었던 우 씨는 신자들을 집으로 불러 예배를 열기 시작했다. 감옥으로 끌려가지는 않았지만 많은 감시와 박해를 받았다.

고르바초프의 페레스트로이카는 우 씨와 신자들에게 새로운 세계를 열어 주었고 이 목사 등의 방문은 교회의 꿈을 실현시켰다. 내가 처음 이 교회와 접촉한 것은 내 친구 우정부(우원명의 아들)의 어머니가 돌아가셨다는 소식을 듣고 장례식에 갔을 때였다. 우리는 전통적으로 잔에 술을 붓고 절을 하려고 하니 우원명 씨가 고인이 신자이기 때문에 그렇게 하면 안 된다고 해서 매우 당황했다.

코르사코프 시 그와르제스카야Гвардейская 거리에 자리 잡은 만나교회의 김영원 목사는 지난 1996년 10월 선교사로 자원해 사할린에 왔다. 처음엔 그저 복음을 전할 '춥고 가난한 곳'으로만 생각했다. 그러나 교회만 세우는 데 머무르지 않고 '신광농업전문학교'를 먼저 세웠다. 러시아 연방정부와 사할린 주 정부의 인가를 받은 3년제 사립학교다. 컴퓨터 · 한국어 · 영어도 가르치지만 주요 과목은 농업과 농업실습이다.

그곳 러시아 청소년들에게 농사 기술을 가르치기 위해 세운 학교다. 그래서 선교활동에 앞서 노는 땅에 농사를 지어 어려운 이웃을 돕는 것이 시급하다고 생각했다. 그리고 혼자 농사를 지어 농작물을 나눠주기보다는 농업기술도 함께 전수하는 편이 낫다고 판단해 학교설립을 추진하게 된 것이다.

1997년 4월 마침내 학교 개교식을 겸한 1회 입학식을 맞았다. 김 목사는 한국에서 배운 농업을 선교의 목적으로 농업기술을 활용하고 있다. 나는 최 교수와 함께 교회와 온실을 돌아봤다. 김 목사는 러시아 경제의 어려운 문제를 해결하면서 종교적 삶을 가르치는 신앙을 전도하고 있었다.

1992년에 대구대 교수 신부님 5분이 사할린에 왔다. 유즈노사할린스크 랴잔스카야Рязанская거리에 자리를 잡아 성야코브 성당을 설립했다. 나는 1995년 여름에 대구시에서 오신 주교가 사할린희생동포 위령비 앞에서 설교를 할 때 통역을 한 적이 있다.

'사랑누리선교회'는 1995년 사할린의 효과적인 선교를 위해 세워진 선교 법인이다. 늘사랑교회 이종열 원로목사가 극동방송에 날아온 가슴 저린 편지를 접한 것이 사할린 선교의 시초였다. 한이 서린 사할린 땅에서 '사랑누리선교회'는 복음으로 동포들의 눈물을 닦아주는 사역에 힘을 쏟았다. 원로목사가 편지의 주인공을 만난 직후 러시아 최초의 개신교회 유즈노 사할린스크 교회(정운 선교사)를 세웠다.

이후10 여 개의 교회들이 연이어 세워졌다. 소련 붕괴 이후 사할린에는 한국 교회들의 선교활동이 활발하다. 현재 개신교 교회가 25 개 있는데 17 교회가 한국에서 선교로 왔다. 사할린 교회의 특징은 러시아인의 비율이 높은 것이다.

나는 최 교수를 따라 유즈노사할린스크 교회 오찬에 초청돼 참석했다. 나는 무신론자이기 때문에 그런 자리에 가기 싫었지만 최 교수를 차로 모셔야 했기에 별 수 없이 갔다. 몇 명의 목사들과 이미 안면은 있었다.

"교수님은 교회에 다니십니까?'"란 동석자의 질문에 나는 하느님을 믿지 않으니 안 나간다고 했다.

"무조건 나오세요. 그러면 믿음이 올 겁니다."

오늘날 나는 종교에 관심이 없는 사람으로 살고 있다.

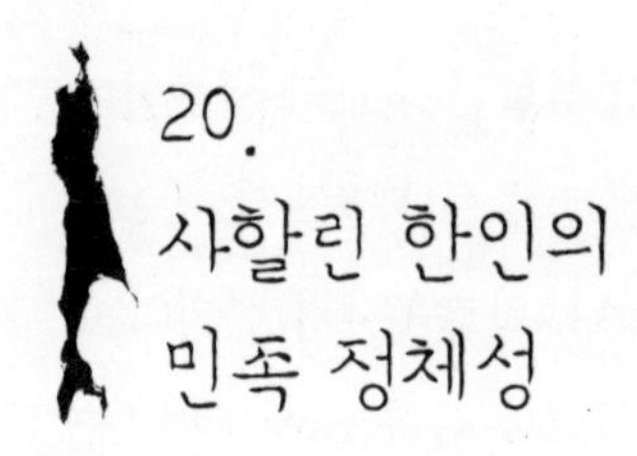

20. 사할린 한인의 민족 정체성

깊어 가는 화창한 가을날의 테이트

조성길

2006. 12. 04 13:06

사할린의 산지식인

성명: 박승의朴勝義, 출생: 유즈노사할린스크 노보예 태생, 학력: 사할린 국립사범대학 물리 수학과 졸업(1967), 연세대학교 한국어학당 수료(1993), 현재 사할린 국립종합대학교 경제 및 동양학 대학 한영과 교수로 재직, 가족관계: 부인과 3남.

세 번의 만남에도 교수님의 업무는 항상 바쁘기만 했습니다. 평일 오전 수업이 없는 시간을 틈내 2층 교수 집무실에서 교수님과 마주 앉았습니다.

염색을 하지 않은 허연 모발로 입가에 환한 미소를 머금으며 교수실로 안내하시는 모습 또한 우리의 교수님과 큰 차이는 없었습니다. 먼저 박승의 교수님을 평가하자면 학생들에겐 늘 자상하시고 무엇이든지 꾸준히 연구하시는 학자풍의 인품을 지녔다고 말씀 드리고 싶습니다. 원래는 과학자나 출세한 사람이 꿈

사할린 국립종합대학교 경제 및 동양학 대학 전경.

이었다는 교수님은 어릴 적부터 부모님의 갖은 고생을 몸소 겪은 바, 그 기대에 부흥하고자 남들 보다 더 많이 배우기를 희망하였다고 합니다.

하지만 그 당시에 공산화의 무국적자로 되어 있어서 좋은 대학 가기에 많은 제약을 받았다고 합니다. 그런 가운데 유즈노사할린스크 국립대학 물리 수학과를 졸업하고 중학교에서 교편을 시작으로 본 대학 교수로 발령된 후로도 연세대학교 한국어학당에 등록하여 오십이 넘은 나이에도 불구하고 밤낮으로 주유소에서 아르바이트를 하시며 향학열을 불태웠습니다.

틈틈이 레닌그라드 대학원을 수료하고 2004년도 국내 한국사회연구소 신춘 호에 동포들의 삶을 분석한 '나는 누구인가?' 라는 글을 싣기도 하였습니다. 현재는 블라디보스톡 극동종합대학에 석사학위 논문을 제출 중이기도 합니다. 특히 해외동포 분이 한국사회와 정치사와 기초 한문 학습을 가르친다는 것이 여간 어렵지 않을 텐데도 꾸준한 노력과 연구로 한글 문법에서 기초 한문까지 가르치고 있었습니다.

어쩜 한국인 보다 더한 한국인으로 교육에 임하시는 저력에서 러시아인이 아닌 러시아인이 된 한국인의 참 모습에 절로 부끄러운 마음뿐이었습니다. 지금도 자신의 정책성에 많은 동질감을 갖고 있으면서도, 남다른 관심으로 후학양성에 열의를 다하고 있습니다. 또 학생들에게 이르기를, "시대의 흐름에 따르는 것이

학생들의 등하교 모습

베베스타(Бя Света) 선생님이 이끄는 한글 초급반(현재 우리말 방송국에 근무하며 작년에 이 학교 졸업생인 전임 강사입니다.)

교수님의 강의 모습(고학력의 강좌인지라 한국의 여느 대학과도 똑같은 분위기였습니다.

대학 로비(출입을 확인하는 경비원의 친절이 유난히 기억에 남습니다.)

좋다는 것과 차후의 경제성을 따진 논리는 우선 의식주가 해결되는 쪽으로 기우는 것이 현명하다."는 말씀이 내내 기억에 남았습니다. 이념의 벽을 극복하기는 어렵겠지만 갈수록 시들어 가는 한국어 무관심에 한글을 지키고자 하시는 사할린 한국어 교사님들과 교수님의 근심 어린 걱정에 왠지 우리가 작아지는 까닭은 무엇인지 모르겠습니다.

자꾸만 "우리는 누구입니까?" 라는 어느 동포 1세대의 울부짖음이 귓전을 맴돕니다.

대학 로비입니다.

출입을 확인하는 경비원의 친절이 유난히 기억에 남습니다.

〈일문일답〉

: 언제부터 교수로 있었습니까?

그때가 언제였나?…1993년 4월부터 유즈노사할린스크 국립사범대학 한영과 교수로 있었지요.

: 한국어과는 언제 개설 되었습까?

1988년에 본 대학의 사학부 내에 한국어과가 설립되었고, 예전 조선 학교 출신의 선생님이 한국어를 가르치고 있었지요.

: 학교의 역사와 현재 학급, 전체 학생 수는 몇 명이나 됩니까?

학교의 역사라… 1949년도 개교하였으며, 1988년 한국어과가 개설, 1991년에는 동양학부로 개칭되어 1998년 경제 및 동양학 대학으로 개명되었습니다. 한국어과 학생 수는 현재 102명이며, 한국어 교사반이 1~5급, 동양학반 1~4급으로 구성되어 있습니다.

: 교수가 되고자 했던 가장 큰 원인은?

1958년 중학교를 졸업했는데 그 당시 무국적자였기 때문에 대학 입학에 문제가 있었습니다. 대륙에 있는 큰 도시의 대학에 가서 입시를 보아야 했는데, 거기 가기 위해서는 내무소에 허락을 받아야 했지요. 그러나 사할린 섬이 국경 지대였기에 그런 허락이 아무한테나 쉽게 나오는 것이 아니었습니다. 모스크바 종합대학교에 입학하기 위해 섬을 떠나야 했는데 내 신청에 허락이 제 때에 나오지 않았습니다. 이미 학교 졸업 후 4년이 지났고 일류 대학 입학이 조건상 불가능했기에 사할린 주 유일한 사범대학에 입학할 수밖에 없었습니다. 대학 졸업 후 교편을 잡아 아이들에게 지식을 주는 것이 마음에 들었습니다.

: 한국어를 가르치면서 가장 힘들었던 때와 가장 보람이 컸던 때는 언제입니까?

크게 어려운 점은 없는 것 같으나 학생들이 어렵게 한글을 깨우치고 배워서 긴요하게 써야 하는데 현실적응에 동떨어진 환경 탓에 외면되어 가는 것이 조금 아쉽습니다. 내면에 깔린 정체성을 떠나 부모님의 바람이 우선이고 한민족이라는 것이 한국어를 가르치는 보람인 것 같습니다.

: 외람된 말씀이지만 공식적인 지원도 없이 박봉의 월급에도 불구하고 한국어를 가르치고 지키고자 하는 이유는 어떤 점이라고 생각 하십니까?

앞에도 말하였지만 부모님이 늘 그리던 조국이 따로 있다는 것과 내가 한민족의 피를 지녔다는 것이 가장 큰 원인인 것 같습니다. 지금도 자라나는 세대들이 전통문화와 모국어

관심에 부족한 것이 안타까울 뿐입니다.

: 요즘의 3~4세 동포 자녀들이 한국어를 잘 모르고 있는 원인과 앞으로의 개선책 또는 강구해야 할 점은 어디에 있다고 봅니까?

현재 사할린에는 한국어 선생들이 30~40명 정도 있습니다. 예전 조선 학교 출신의 선생님과 독학과 현지학교 출신의 선생님들이지요. 그러한 선생님들의 열성에도 불구하고 학생들이 러시아 국적으로 자신의 정체성을 되찾기보다 현지 생활의 유익한 점을 우선 들어 한국어를 사용할 기회가 주어지지 않는다는 것입니다. 그래서 점점 퇴보되어 가는 느낌이며 앞으로의 개선책은 안에서의 체계적인 노력도 뒷받침 되어야 하겠지만 지속적인 고국의 관심이 필요할 것입니다.

: 한국어를 유지 발전시키는 것은 어떤 것이 갖추어져야 한다고 생각 하십니까?

장기적으로 한국이 사할린 경제에 미치는 영향에 따라 한국어의 유지가 계승 발전될 수 있지만, 좀 더 한국정부가 관심을 가져주어 한글 세미나 또는 한글 경시대회를 대폭 개최하여 자라나는 세대들에게 한글의 중요성을 고취시켜 주었으면 하는 바람입니다. 물론 교육연수원의 지원과 교육시스템도 도움을 주고 있지만 아직도 부족한 것이 많다고 봅니다. 자력으로 조국을 심어 주기엔 너무나 이념의 골이 깊고 커서 한계가 있으며 타 동포와는 비교가 안 되는 어려운 실정을 감안할 때 범 차원적 교육의 모태는 되살아나기 힘들지만 부모들의 관심 또한 중요한 덕목이라 생각합니다.

: 학생들에게 꼭 하고 싶은 말이 있다면?

이념의 벽을 헐기 어렵겠지만..,경제성을 떠나 내가 한민족의 피를 지니고 있음으로 해서 모국어는 잊어선 아니 된다는 것을 알았으면 좋으련만…

: 개인적으로 서운한 점이 있다면 무엇입니까?

사할린엔 두 번 정도의 한국 붐이 일었습니다. 88올림픽과 고르비의 개방 물결을 타고 잘사는 나라 한국에 가기 위해 너도나도 한국어를 배웠습니다. 잊고 있었던, 한국이라는 나라가 우리의 조국이었다는 것에 모두가 자랑스러워했습니다. 하지만 국교 수교 이후 한국은 일본정부가 사할린 동포들에게 베풀어 준 것에 비해 턱없이 부족한 느낌을 공공연히 동포들에게 심어 주었습니다. 60년 동안 큰 관심을 가져 주지 않았던 것이 원인으로 작용 하였고 오히려 민간단체의 지속적인 관심만이 따뜻한 동반자로 여겨졌을 뿐입니다.

: 현재 한국어를 가르치는데 어려운 점은 없는지?

매일 학교에서나 집에서나 연구하는 편이라 가르치는 데는 어려운 점이 없습니다.

: 존경하는 위인과 본인의 취미는 어떤 것입니까?

해외로는 아인슈타인(Эйнштейн)과 레닌(Ленин)의 철학을 좋아했지요. 한국의 위인으로는 단연 세종대왕 만큼 훌륭한 분이 없다고 봅니다. 취미는 독서이며 앞으로도 사할린 동포들을 연구하는 글을 꾸준히 써보고 싶습니다.

: 가장 감명 깊게 읽었던 책은?

최근의 책으로는 2차 세계대전 당시 시베리아 수용소 이야기를 다룬 숄로호프 소설 '인간의 운명'입니다. 죽음 앞에서 군인의 품위를 지켜낸 주인공 소콜로프의 행동에 적군이 감동하여 존경을 표하며 목숨을 살려준 이야기였어요.

: 끝으로 학생들에게 일러주고 싶은 말과 교수로서 긍지는 어떻습니까?

한국이 교육열과 경제력 있는 나라로 성장한 만큼 학생들 또한 단순히 이익에만 치우치지 말고 끝가지 한국어를 배워 후손들에게도 일러주는 마음가짐이 있어야 하겠고 학업에도 충실하였으면 좋겠습니다. 평생을 교직에 몸 담아온 것에 전혀 부끄럼이 없습니다. 또 가르침에 이루 말할 수 없이 자랑스럽기만 한걸요.

"바쁘신 와중에도 귀한 시간 내주셔서 대단히 감사드립니다."

"몇 번이나 오시게 해서 제가 더 미안합니다."

"다시 한 번 감사드립니다."

"그럼, 조심해서 다녀가세요."

교수님과 많은 대화를 끝마치고 교정을 나서는 발길엔 떨어지는 낙엽송이 휘날리고 있었습니다.

사할린 한인 제1~2세 : 우리는 누구인가?

나, 사할린 한인 제 2 세 박승의는 2009년 대한민국 경기도 파주시에 영주 귀국했다. 러시아 사할린 국립종합대 교수로서 20년 이상 사할린 내 한국어 교육에 힘써왔다. 한국어뿐만 아니라 한문, 역사, 지리, 경제, 문화, 문학, 민속학 등을 포함해 12여 과목을 강의하다가 2011년에 퇴임한 후 10년 전부터 '사할린 한인 정체성 연구'라는 새로운 프로젝트에 매진 중이다.

강단에서 차세대를 중심으로 많은 한인을 만나다 보니 자연스럽게 사할린 한인 정체성 연구에도 관심이 생겼다. 사할린에서나 한국 내에서나 관련 분야 연구가 거의 없다는 데도 문제의식을 품었다. 사할린 한인 연구는 역사 문제에만 초점이 맞춰져 있었다. 사할린 한인단체에서도 영주귀국, 보상, 우편저금 문제 등에만 집중하고 있었다. 지금 사할린에 남아 있고 앞으로도 그곳에서 살아갈 젊은 세대에 대해서는 논의가 없다.

나는 사할린 한인 1~4세대를 대상으로 설문조사를 실시해 재외한인학회의 학술대회에서 '세대별 정체성의 형성과 변천과정'에 관해 발표했다. 연구 결과 후속 세대로 갈수록 자신이 한국인이라는 생각보다 러시아인이라는 생각이 강했으며 4세대의 경우 한국으로 돌아갈 생각도 거의 하지 않는 것으로 나타났다.

우리 1, 2세대만 해도 조국 한국에 무조건적인 애착이 있었는데 3~4세대들은 '할머니, 할아버지가 살고 계시는 외국' 정도의 생각밖에 없는 것 같다. 결혼 상대도 우리 때는 무조건 한국인만 찾았지만 젊은 세대들은 어느 인종이든 중요치 않다는 생각이다.

이처럼 후속 세대가 점점 러시아 사회에 동화된다면 우리말과 문화에 익숙한 1세대가 점점 세상을 뜨거나 귀국하는 상황에서 사할린 한인 사회가 머지않아 붕괴하지 않을까? 처음에는 그런 걱정을 많이 했다. 한인 정체성 연구를 시작한 것도 이러한 걱정 때문이었다. 그런데 2~3세대도 40세쯤 넘어가면 자연스럽게 한국인 정체성을 깨닫게 되는 경우가 많은 것을 알게 됐다. 최근 한류 열풍으로 젊은 세대가 한국에 많은 관심을 보이는 점도 긍정적이다.

손자손녀들을 러시아에 둔 채 아내와 함께 귀국한 나는 사할린 때와는 많이 다른 한국의 생활방식에 적응하는 중이다. 빠듯한 생계비로는 병원비를 감당할 수 없어 몸이라도 상하면 큰일 나는 나이지만 그래도 후속 세대를 위한 활동을 의욕적으로 이어가고 있다.

지난 날 나는 노글리키에 가는 기차 안에서 보낸 긴긴 밤에 최길성 교수와 많은 대화를 나누었다. 사람은 나이가 들면서 세상에 대한 사고력이 증가하고 발달한다. 어릴 적에는 모르던 자기 인식이 사춘기 이후 인지 능력이 발달하면서 싹트고 한인도 아니고 러시아인도 아닌 자신의 존재를 보면서 스스로 자아 정체성을 모색하게 된다.

사할린 한인들은 소련에 살면서 사람이 자기 이름을 부를 때 그 이름이 달라지고 일본식, 러시아식, 한국식으로 변화된 이름을 들을 때 과연 나는 누구인가? 하는 심리적 갈등을 느꼈을 것이다. 일제 강점기에는 강제적으로 창씨개명 당했고, 소련정권 아래에는 편의상 타의적으로 러시아 이름을 갖게 됐다. 나도 역시 3개의 이름을 얻게 됐는데 다까하라 가쯔요시, 보꾸 다까하라 유리Юрий 알렉산드로비치Александрович와 박승의다.

한국인이라는 자아정체성을 가지고 있던 사할린 1세와 달리 2세들은 명확한 한국인 의식을 가지기 어려웠다. 2 세들은 소련에서 태어났고 한국, 일본, 러시아 이름을 가지고 있다. 이름이 바뀌면서 스스로가 누구인가에 대한 정체성 형성에 문제가 있을 수 있다. 자아 정체성은 스스로의 고유함, 존재의 지속과 불변함에 대한 인식으로서 자아 정체성을 잘 형성한 사람은 사회적 적응에 문제가 없으나, 그렇지 못한 사람은 사회적 적응에 문제가 크다.

근면성실함으로 널리 알려진 한인들은 남사할린의 무역과 경제를 장악하고 있다. 사할린 섬 최초의 5성급 호텔을 비롯하여 건축, 어업, 산업의 기업들 상당수가 한인 소유인 이유에 대해 "한인들은 디아스포라를 형성해 상부상조하기 때문"이라고 설명한다. 사할린에서는 지금 우즈베크Узбеки와 키르기즈Киргизы인들도 상당히 큰 공동체를 구성하고 있는데 그들은 한인만큼 성공하지 못하는 데에는 사할린 한인들의 너그러움과 정직의 정신을 높게 평가하는 동시에 일부 러시아인들이 한인들에게 느끼는 질투심은 '자연스러운 현상'이라고 지적한다.

"우리 사할린 한인들은 어려울 때 잘 뭉칩니다."

2002년 봄, 스스로 네오나치 단체를 대표한다고 주장한 '이반Иван'이라는 자가 모스크바 주재 외국 공관 몇 곳(스웨덴, 인도, 일본 등)에 협박장을 보낸 사건이 있었다. 이 협박 메일은 허위로 판명됐지만, 당시 전국은 공포에 떨었다. 러시아 본토의 스킨헤드Скинхеды들이 '페리Фери'호를 타고 사할린 섬으로 건너와 한인들을 공격하려 한다는 소문이 한인들 사이에 퍼지기도 했다.

"실제로 사할린 폭력배들이 홀름스크 항에 도착한 스킨헤드 한 무리를 잡아 힘껏 패주고 본토로 돌려보낸 일이 있었다"고 사람들이 회상한다.

고향에서 성장한 기억을 가지고 있는 1세나 그 기억을 전해들은 2세와 달리 3세는 자아 정체가 고국과 관련되지 않았다. 러시아를 조국으로 간주하고 있다. 이곳의 한인 3~4세 들은 각계 분야에서 성공적인 모범시민으로 뿌리내리며 한민족의 자부심과 정체성을 잃지 않고 열심히 살아가고 있다.

사할린에는 25,000명의 한인들이 살고 있다. 국회의원과 암센터 원장을 배출했다. 사할린에서 태어난 2세들은 성공을 향해 악착같이 달려왔다. 부모가 국적이 없어서 받는 진학과 취업의 불이익도 이들을 막지는 못했다. 부모는 오로지 자식만을 위해 희생했다. 한인 2세들은 이제 부모가 목 놓아 부르던 고향을 바라보며 분단을 뛰어넘는 꿈을 꾼다.

사할린 주 한인협회 임용군 전 회장, 사할린주 한인여성회 권행자 전 회장은 호텔업 건설업에서 큰 성공을 거두며 사할린 한인들의 위상을 높인 대표적 한인 2세다. 장태호 전 러시아 노보시비르스크Новосибирский대 교수는 1983년 모스크바 국립대에서 공학박사 학위를 받자마자 사할린으로 돌아왔다. 눈물을 쏟으며 부모에게 절했다. 그는 시를 쓴다. 2005년 영주 귀국한 어머니를 보러 한국에 갔다가 지하철에서 눈물을 흘리며 쓴 '멀고도 가까운 한국'은 2010년 상트페테르부르크 국제페스티벌에서 그랑프리를 받았다.

사할린의 유명 동포 시인 허남영 씨는 김소월, 윤동주의 시를 러시아어로 번역해 출판했다. 고향을 그리다 화병으로 세상을 뜬 아버지에 대한 비애가 시를 쓰게 했다. 김춘자 씨가 국장으로 있는 사할린 우리말방송국은 사할린 국영TV 채널을 통해 한국어로 전통 · 대중문화를 알리고 있다.

사할린 한인들이 러시아사람들과 함께 산지 벌써 74년이 됐다. 러시아어를 몰랐던 1세들과 달리 이곳에서 태어나 자란 2세들은 이들과 함께 동거동락하며 살아왔다. 한인들에 대한 법적의 차별은 소련 국적 취득과 함께 해소됐지만, 눈에 보이지 않는 차별이 직장이나 일상생활에서는 여전했다. 버스 안에서 한국어로 말하면,

"왜 소련에 살면서 러시아어로 말하지 않는가? 우리 욕이라도 하고 있는가?"

하면서 구박을 받았고, 시장에서 싸움이라도 할 때면 마지막에

"거지들만 득실거리는 너희 나라로 가버려!"

막말을 들어야 하는 서러움이 있었다. 이웃으로 살면서도 한인들과 러시아인들 사이에는 보이지 않는 가시 울타리가 걸쳐져 있었던 것이다.

러시아는 소련시대부터 모든 민족을 소비에트민족으로 동화

시키는 국제주의교육을 실시했다. 즉, 소련에 거주하는 모든 소수민족을 단일 언어(러시아어), 문화, 풍습 등을 가진 단일 소비에트민족으로 정해 교육정책을 세웠다. 그 결과 사할린 한인 3세는 자기가 한인이라는 의식이 거의 없다. 어떤 젊은이들은 어렸을 때 자기가 한인이고 부모들이 한인이란 것을 부끄러워했고 한국 성과 이름을 가진 것, 검은 머리카락을 아주 싫어했다. 이와 같은 결과를 통해 사할린 한인 3세의 민족의식이 얼마나 부족한지를 짐작할 수 있다. 페레스트로이카 이후 사할린 한인들의 사회적. 경제적 위상은 매우 높아졌고, 이제는 노골적으로 천대 받는 일은 없어졌다.

20세기 한국사와 세계사의 변화의 소용돌이 속에서 사할린 한인들의 이주와 정착은 특별한 역사와 독특한 성격을 가졌다. 사할린은 1905년 이후 남과 북으로 분할되어 러시아와 일본이 점유하게 되었고, 대부분의 한인들이 일본의 점유 하에 있던 남부 사할린에서 노동자로 생활하고 있었다. 그러나 2차 세계대전에서 일본이 패하면서 남부 사할린이 소련의 통치하에 들어가면서 사할린의 한인들은 자신들의 의지와 상관없는 이주자가 되었다.

사할린 한인 1세들은 모국의 품을 떠나 이역만리 타향에 가서 기나긴 50여 년 동안 부모 형제와의 이별 속에서 살아왔다. 그들은 일제의 압박과 천대를 받으며 여러 고통을 견디며 살았고, 공산주의 체제 아래에서는 인종 차별을 당하며 한이 맺힌 채 차디찬 사할린의 땅속에 묻히게 되었다. 사할린 거주 제1세 한인 90% 이상이 자신들의 뜻과는 달리 사할린에 정착하게 되었다. 제2차 세계대전 이전부터 일본사람들과 같이 살아온 '선주민', '엽전' 또는 '반쪽바리'라고 불리어 온 이들은 전시에 일본정부에 의해 강제로 끌려온 노동자들이거나 그들의 가족들이다. 러시아, 일본, 한국, 미국 학자들의 연구와 매스컴 보도에 의하면, 2~6만에 이르는 한인들이 사할린으로 강제징용 당했다.

전후 일본은 이들 징용자들을 내팽개치듯 외면했다. 즉, 사할린에서의 한인그룹 형성은 비인도적인 연유에 의해 시작되었던 것이다. 조국을 자유로이 방문할 수 있는 기타 지역 한인들과는 달리 사할린 한인들은 이러한 자유를 누리지 못했고, 심지어 50여년 이상 일가친척들과 서신 왕래조차 할 수 없었다. 조국과 완전히 고립되어 흘러간 세월, 일가친척들과의 상봉만을 꿈꾸며 기나긴 50여년의 세월을 견디어 왔던 것이다.

해방 후 소련 정부는 사할린에 거주하는 한인들을 노동 자원으로 억류해 조국으로 돌아가지 못하게 했다. 그들 중에는 일제 강점기시대에 일본을 거쳐 돈을 벌기 위해 들어온 사람들과 일제 말기에 조선에서 강제징용 온 사람들이 있다. 이들은 대부분 남한 출신이며, 숫자상으로는 사할린 한인의 주류를 이루고 있는데, 영주귀국, 전후 보상 문제 등과 관련하여 문제의 가장 중심에 있는 사람들이었다. 사할린 한인 제1세는 러시아어를 몰랐고 지식수준이 낮았기에 타국의 생활 조건에 적응하지 못해 주로 힘겨운 노동으로 생계를 유지했다. 홀몸으로 강제징용 돼 조국에 남아 있는 처자식과 만남의 희망을 잃고 사할린에서 러시아 여자나 본토인 여자와 결혼하여 슬하에 자식들을 두고 살다가 이 세상을 떠나간 사람들이 대다수이다. 강제 모집, 강제징용, 자발적으로 사할린에 들어 온 제1세 한인들은 20~30대의 청년 시절에 그리운 고향을 떠나왔기에 모국에 대한 향수와 더불어 영주귀국을 소망하고 있었다. 과거 소련 정부는 국적 선택을 요구했지만, 많은 한인들은 소련 공민증을 가지면 귀국이 불가능할 것이라고 여겨 무국적자로 남았다. 무국적자의 이동이 부자유하고 생활이 몹시 불편했지만 귀국의 희망 때문에 모든 어려움을 이겨내면서 살아나갔던 것이다. 사람들은 누구나 자기 나라에서 살 권리가 있는데 '선주민'들인 한인 1세들은 바로 그 권리를 박탈당했다. 즉, 무국적자들은 소련에서 민족 언어, 문화교육을 받지 못했고 '숨어 있는 민족차별'을 당했다.

같은 일을 해도 임금을 러시아 공민들의 절반 밖에 받지 못했으며 연간 휴가도 훨씬 적었고 직장에서 노동계약을 체결할 수도 없었다. 구소련에서는 공산당원이 아니면 아무리 영리하고 천재라 할지라도 그의 앞길은 막혀 있었으며 출세하지 못했다. 무국적자들의 처지는 더욱더 비참했고 차별대우는 비할 바 없이 많이 받았다.

한편, 제 2차 세계 대전 이후 그다지 크지 않은 사할린 영토에서 하나의 문화를 갖고 한 언어로 말하는 하나의 민족인 사할린 한인들의 통합과정은 복잡하고 모순적인 조건 속에서 진행되었다. 1946~1949년 시기에 구소련 대륙으로부터 450,000명의 이주민들이 왔다. 이들 중에는 1937년에 중앙아시아와 카자흐스탄으로 강제이주를 당했던 고려인, 이른바《큰땅배기》,《얼마우제》또는《니방꼬》(제2종류)들도 있었다.

사할린 지역에 있는 한인들이 러시아어를 모르는 문맹자였기 때문에 고려인들은 통역원, 교사, 한인 주민 노동부서 감독관들로 활동을 했다. 약 2000명이 되는 이들은 소련 정부의 정책에 의해《큰땅》에서 들어온 사람들로서 교육 수준이 높아 관리나 교수로 일하는 경우가 많았다. 소련의 여러 대학들을 졸업한 사람들이 사할린 한인들의 문맹퇴치, 한국어 교육, 민족문화 복귀 및 발전을 위하여 파견되어 왔고 이들은 공산당원으로서 한인사회의 새로운 지도계급으로 등장했다.

그들 중에는 비밀경찰, 비밀첩보원들도 있어서 한인들을 감시했다. 이들로 인해 직업과 민족적 차별, 귀국문제, 처참한 생활고에 집단적 반항을 하거나 시위운동을 주도했던 주모자들이 체포되어 반소 행위란 죄명에 10년형을 받고 시베리아 지역으로 유배되는 경우도 있었다.

그밖에도 1946~1949년 시기에는 소련과 조선민주주의인민공화국 간의 협력과정에서 약 26,065명의 북한 사람들이, 주로 어업을 위해, 사할린으로 동원됐다. 당시 약 14,395명은 고국으로 돌아갔고, 여러 가지 이유로 남게 된 북한 노동자는 이후 사할린 주의 주민들로 합류됐다. 북한 '파견노무자' 또는 '삼방꼬'(제3종류)에게는 직업, 교육에서 소련인과의 평등한 예우가 이루어 졌고, 조국과 서신, 전신, 전화 등의 편의가 제공됐다. 이들은 '큰땅배기'와 더불어 한인들 중 상대적으로 우월한 지위에 있어 심정적으로 '큰땅배기'에 가까웠고, 또 동질성을 가지고 있어서 '선주민'들과 경쟁하기도 하고 암묵적으로 대립관계를 나타내기도 했다.

위에서 지적한 사할린 한인 각 부류의 사회적 지위는 그들 사이의 대립관계의 주요 요인 중의 하나가 됐다. 그러나 이러한 분류는 60년 전에나 가능한 일이었다고 할 수 있다. 세월이 가면서 사할린 한인들은 러시아인들처럼 살아야 했고 점차 서양 문화권에 익숙해졌다. 같은 한인으로서 언어에서 방언적 차이는 있었으나마 동일한 인종 차별 대우를 받으면서 동거해야 했다. 사할린에서의 생활 조건은 부류의 차이를 인정하지 않았다.

다만 대륙에서 온 사람들은 소련 국적자여서 정치적 · 사회적 측면에서 더 나은 직장에 취직할 수 있었으며 대다수 공산당원이었던 관계로 출세도 할 수 있었다. 선주민들은 북한 출신의 파견노무자와 함께 무국적자나 외국인이란 이유로 다수의 물질적··

정신적 곤란과 장애가 수반되는 삶을 지내 왔다. 이들은 같은 동양인이기 때문에 서로 교류하고 친해졌으며, 동질의 부류가 되어 갔다. 또한 의식주 생활에서도 차이가 없어졌으며 의사소통도 러시아어로 하게 됐다.

어느 나라든지 재외동포가 있기 마련이다. 이민의 동기는 여러 가지가 있다. 한국의 경우도 마찬가지다. 743만 688명 재외 한인은 5,147만 국내 공민들과 똑같이 대한민국의 성장을 기뻐하며 조국 분단의 아픔을 느낀다. 성공적으로 진행된 서울 88올림픽 대회, 2002년 서울-도쿄 월드컵, 2012년 여수세계박람회, 2018평창 동계올림픽 대회는 사할린 한인들의 자랑거리라고 하겠다. 해외 현지에서 살면서 한국의 성패는 우리를 기쁘게 하고, 슬프게 한다.

해외 한인들 또한 한국의 국민들과 호흡을 맞추며 살고 있다. 늘 조국은 먼 별빛처럼 해외 한인들을 부른다. 그래서 한인들은 귀향의 꿈을 잃지 않고 자주 모국을 방문하려고 한다. 이것이 한 겨레의 운명이라고 하겠다.

그러나 사할린 한인의 운명은 예외라고 할 수 있다. 일제강점기에 강제로 먼 북쪽 타향에 끌려와 악한 기후조건과 고된 노동으로 수천 명이 죽고 많은 사람들이 불구자가 됐다.

“사할린 한인들은 근 50년 동안 외계와 고립된 조건에서 살면서 초보적 인권, 일가친척들과 서신 거래할 가능성마저 잃고 있었습니다. 전후 일본사람들은 우리 주에서 떠나가고 한인들에 대해서는 강제 모집해 올 때 약속한 국가의 형식적 의무마저 실행하지 않았습니다. 한인들은 고향으로 돌아가지 못하였으며, 아무런 금전상 원조도 받지 못하였습니다…. 전시 때부터 존재하는 불공정성을 제거하기 위한 조치를 취할 때가 되었다고 생각합니다."

이 글은 1992 년에 사할린 주지사 표도로브Фёдоров가 일본 내각 총리 미야자와 키이치에게 보낸 서한의 한 부분이다.

사할린 한인 제1세는 러시아어를 몰랐고 지식수준이 낮았기에 타국의 생활 조건에 적응하지 못해 주로 힘겨운 노동으로 생계를 유지해왔다. 4,300여명의 제1세 사할린 한인들이 영주 귀국하여 안산시 고향 마을을 포함, 한국의 27개 지역에서 여생을 보내고 있다.

한국 사람들은 예로부터 자식 교육에 많은 신경을 썼다. 자신은 비록 무식자로 남아 있을지언정 자식은 대학을 나와 좋은 직장에 취직하여 출세하기를 바랐다. 한인들은 주로 7~8명의 자녀들을 두었다. 식구를 먹여 살리기 위해 모든 노력을 다했다. 지식이 없어서 높은 직위를 차지하지 못했기 때문에 막노동을 했고, 부업을 해야 했다. 편의시설이 없는 단층집(개인집)에서 살면서 텃밭에서 오이, 토마토, 양파, 당근, 무, 배추, 레지스카Редис, 감자 등 여러 농작물을 재배하여 얻은 보잘 것 없는 수입으로 자녀들을 대륙에 보내어 공부시켰다.

또한 비가 오나 눈이 오나 날씨에 관계없이 바자르(시장 Базар)에서 러시아인 구매자들의 갖은 조롱과 모욕을 받으면서도 견뎌내었다. 이른 새벽 아버지는 리어카(수레)에 시장거리(채소나 반찬거리)를 실어 시장에 내어다주면, 어머니는 하루 종일 바자르에 서서 팔고 녹초가 되어 집에 돌아오곤 했다. 이것이 제1세 한인의 일상생활이었다. 하지만 그들은 헐벗고 굶주린 생활 속에서 영주귀국의 희망을 잃지 않았다. 그리고 사할린의 기나긴 겨울밤에 눈보라 소리를 들으며 자식들에게는 한국의 문화, 풍습, 예의와 전통을 가르쳐 주었다.

사할린 한인 제1세들은 한반도에서 태어나서 그 문화권에 익숙한 사람들로서 전후 사할린에 억류되어 러시아 문화에 적응해야 했고, 그로 인해 많은 갈등과 고생을 겪게 되었다. 그러한 고립된 조건 하에서도 그들은 한민족의 풍습과 사고방식, 생활양식을 유지해 왔다. 제1세의 자식들 세대인 제2세 한인들의 경우를 보면 그들은 조선에서 태어나 어린 시절에 부모와 함께 사할린에 들어온 사람, 혹은 사할린에서 태어난 60~70세의 한인들로 구성되어 있다.

사할린 한인 2세는 동양 문화와 서양 문화의 가교 역할을 하고 있다. 2세들 또한 고등지식을 소유하고 조직수완이 높다하더라도 지도적인 위치에 오르지는 못했다. 이런 사실들은 주택 배당이나 정부 표창, 대학 입학, 직장 지도자 선발, 군대 복무 등에서 볼 수 있었으며, 무국적자들은 자유 이동이 금지되어 있었다. 소련국적을 가지고 있었다 해도 한인이라는 이유로 공청동맹이나 공산당에 입당하는 것도 제한되어 있었다. 나도 역시 2번 공청동맹과 공산당에 입당을 시도했지만 실패했다. 선진 노동자였지만 다만 무국적자인 탓에 받아들이지 않았다.

한인 2세는 현재 사할린 한인 사회의 주류를 형성하고 있다. 2~3세들도 역시 1세로부터 한반도의 문화를 전승받아 지켜 왔지만 어렸을 때부터 이중적 문화권에서 일생을 보내야 했다. 자연 조건과 생업, 언어적 차이 하에서 가정에서는 조상의 전통을 받아들여야 했고, 사회주의 치하에서는 '소비에트 인민화' 과정을 거쳐 러시아 문화에 적응해야 했다. 2세들은 제1세와 달리 러시아어를 습득해야 했고, 모든 어려움을 극복하면서 고등 지식을 얻어서 직장 생활을 했다. 사회 활동에도 적극적으로 참여하여 어느 정도 출세 길에 들어설 수도 있었다.

나는 여러 해 동안 사할린 주 한국어 경시대회에서 심사를 봤다. 유즈노사할린스크 시 교육부가 동양 언어(한국어, 일본어)의 웅변대회를 진행하였다. 사할린 한국 교육원에서 개최한 대회는 한국어 중심으로 하여 기초, 중급, 고급반으로 나누어 진행했다. 한국어를 배우고 있는 학생들의 능력 수준이 매년 늘어가고 있지만 한국어를 가르치는 학교들의 수가 점점 적어지는 점이 가

장 안타깝다. 또한 사할린한국교육원에서 진행한 사할린 주 한국어웅변대회가 없어져서 지역 학생들의 언어 능력을 확인할 수 없게 됐다.

사할린 한인 제3~4세 : 그들은 누구인가?

사할린 한인 제3~4세의 경우, 이들은 1~2 세들의 손자손녀들로서 '겉으로는 조선 사람인데 전체적으로는 러시아 사람'이라고 할 수 있다. 이들은 모든 생활면에서 러시아인들과 거의 같다고 할 수 있다. 그들은 사할린에서 인종 차별은 느끼지 않는다고 한다. 이하 필자의 수업을 듣는 대학생들의 생각을 한 번 살펴보도록 하겠다.

“사할린 한인 1세와 3세를 외면적으로 비교해 보면 1세들은 키가 작았고 다리와 눈이 아시아적이었으며, 제3세 젊은이들은 주로 유럽적이라고 할 수 있다. 키도 크고 다리는 반듯하고 길며 눈도 크다. 이것은 아마 흘레브 (러시아의 빵Хлеб)와 감자를 많이 먹기 때문인 것 같다.”

(유 카리나Карина, 22세. 대학생)

“러시아에서 살면서 러시아 공민이지만 우리는 조상의 뿌리를 잊지 않는다. 제3세 젊은이들은 한민족 전통을 지키고 있고 전통적인 한민족 음식을 먹는다.”

(최 알리나Алина, 22세. 대학생)

“우리는 100% 러시아 사람이라고 부를 수 없다. 왜냐하면 우리는 동양적 사고방식을 가지고 있고, 우리를 기르는 것이 러시아 아이를 기르는 것보다 좀 다르니까. 한인들이 러시아에서 살아도 자기 예절과 풍습을 가지고 있다. 다른 편으로 보면 우리 교포들이 한국에 가면 러시아 사람의 사고방식을 가지고 있다는 소리를 듣고 있다. 그러나 나는 미래에 나의 가족에게 한국 풍습을 유지하도록 하고, 또 아이들을 가르칠 것이다.”

(최 옐레나Елена, 21세. 대학생)

"나는 사할린에 와서 처음 한국(한인) 음식을 접하게 되었다. 대륙에서 살았을 때 사할린 사람들은 김치, 고사리, 우엉 등을 먹는다고 이야기 들었는데 나는 어떻게 풀을 먹을 수 있는지에 공포감을 느꼈다. 그러나 지금은 무엇인가를 더 알게 된 느낌을 갖고 있다. 한국인(현지 한인)들과의 교제는 나의 내심을 충족시켰다. 그리고 한인들의 단결성에 놀라지 않을 수 없었다. 그들은 항상 서로 도와준다."

(알레예바Алеева 웨. 21세. 대학생)

"오늘날 3세는 한국(한민족) 문화를 잊어버릴 뿐만 아니라 러시아 문화도 잃고 있다. 아이들은 처음부터 컴퓨터 등에만 관심을 갖는다. 내 생각에는 몇 세대 후 사할린에서 살고 있는 한인들은 러시아 사람들처럼 동화될 것 같다. 그런데 우리가 러시아에서 살지만 자기 뿌리를 잊어버리면 안 된다. 우리는 자기 조부모들을 존경해야하고 기억해야 한다."

(이영순. 20세. 대학생)

"나는 3세라서 청소년의 세계에서 일어난 변화를 실감하게 되었다. 많은 젊은이들은 자기 조상들의 역사도 모르고 있고, 그것을 알고 싶어 하지도 않고 있다."

(김 옐레나Елена. 20세. 대학생)

"나의 남편은 한국 사람이다. 나는 남편의 부모님과 같이 살고 있는데 시부모님을 친부모님처럼 대하고 있다. 우리 시대의 청소년들이 조상의 풍습을 잊어버리고 있다."

(오가르코바Огаркова 이리나Ирина, 21세, 대학생)

위 사례는 사할린대학교 경제 및 동양학대학 한영과 4~5학년생들에게 '사할린 한인 동포 3세'란 제목을 제기했는데 그들의 작문에서 뽑은 대목들이다. 한인 학생들의 생각 속에서 사할린 한인계에 대한 염려가 느껴지기도 하지만, 반면 희망이 느껴지기도 한다. 제3~4세대들이 러시아 문화권에서 태어나서 살지만 한민족의 전통과 정신적 측면들이 여전히 제1세에서 제2세에, 제2세에서 제3~4세, 그리고 그들의 후손들에게 전해지고 있음을 알 수 있었다.

사할린 한인 3세는 부모(2세)와는 달리 한국의 높아진 국력을 보며 어른이 됐다. 버림받고 차별받던 무국적자의 기억 속에 갇혀 있기를 거부한다. 1세대는 고향에 뼈를 묻고 싶어 했다. 3세는 세계 속의 한인으로 도약하려 한다.

2015년6월 30일 유즈노사할린스크 국제교류재단, 농어촌희망재단 주최로 '광복 70주년 농어촌 청소년 희망 나눔 사할린 연주회'가 열렸다. 한인 가야금 연주자들은 금난새 씨가 지휘하는 오케스트라와 멋진 앙상블로 애국가, 아리랑, 그리운 금강산을 들려줬다. 사할린 에트노스Этнос 아동예술학교 한민족과 신 율리야Юлия 과장의 제자들이었다. 신 과장은 1995년 사할린에서 북한의 개량 가야금(21현) 연주를 보는 순간 매력에 빠져들었다. 2005년 한국 국악단이 사할린에서 공연한 전통 가야금(12현)은 또 다른 매력으로 다가왔다. 그의 학생들은 지난해 러시아 소치 겨울올림픽 문화 프로그램에서 사할린을 대표해 사물놀이와 전통 무용을 공연했다.

"북한 가야금은 기술이 중요하고, 한국 가야금은 한민족의 느낌(혼)이 중요해요."

어린 시절, 한인이라는 사실이 부끄러웠다. 하지만 북한 개량 가야금이 인생을 바꿨고 한국 전통 가야금이 한민족의 혼을 깨닫게 했다. 그는 남북 가야금을 모두 연주한다.

임 엘비라Эльвира 씨는 사할린 국립 종합대 한국어과 학과장이다. 그가 1992년 1회로 입학할 때만 해도 한국을 몰랐다.

"어렸을 때 3세들은 까만 머리에다 김치를 먹는다는 사실이 부끄러웠죠. 지금은 완전히 달라졌어요."

한국의 경제 성장 덕분이다. 한류의 영향도 크다. 한국어과 학생의 85%가 비非한인이다. 유즈노사할린스크에서 열린 '사할린 한국 요리 콘테스트' 참가자 18명 중 12명이 러시아인일 정도다. 한국의 인기가 높아지면서 3세들은 자녀들에게 사할린 한인 역사와 정체성을 자랑스럽게 가르친다. 3세들의 이름은 대부분 러시아식이지만 자녀들에겐 한국 이름을 지어 준다. 임 학과장이 묻는다.

"1세 영주 귀국이 올해로 끝난다지요? 귀국이 끝나면 사할린 한인의 역사도 끝인가요? 사할린에 남은 더 많은 한인이 새로운 미래를 일구는 게 안 보이시나요?"

사할린 한인들은 사할린에 들어와서 러시아사람들이 먹지 않는 나물과 해산물을 먹었을 때 러시아사람들은 해산물을 먹는 한인들을 이상하게 봤다. 하지만 현재 한인들의 식문화가 러시아 사람들에게 많은 영향을 미쳤다. 얼마 전까지 못 먹는 음식이라 생각했던 미역이나 다시마가 러시아 사람들에게 익숙한 음식이 되었다. 그전에는 사할린 한인 1세들이 나물과 해산물을 시장에 갖다 팔면 러시아사람들이 사먹었는데, 이제는 러시아사람들이 직접 나물이나 해산물을 잘 먹고 팔기도 한다.

현재 사할린에서 한국 음식을 자기가 직접 만드는 러시아인들이 많아졌다. 산모가 아기를 낳은 뒤에 미역국을 먹는 것이 좋다고 아는 러시아사람도 있다. 많은 상점이나 시장에서 김치와 한식 나물을 팔고 있다. 일반 식당에서도 한식이 메뉴에 올려 있다. 현재 사할린에 10개 이상 한식 식당이 있다. 대부분 사할린 한인 2세들이 운영하고 있는 식당이다. 다시 말하면 한식은 러시아인 음식습관에 자연스럽게 동화됐고 큰 호응을 얻고 있다고 해도 과언이 아니다. 러시아사람들이 한인의 문화를 잘 아는 이유는 반세기 이상 한인들과 이웃하며 지냈기 때문이다.

사할린의 여름은 곰과 연어의 계절이다. 매년 7~8월이 되면 태평양으로 떠났던 연어가 산란을 위해 사할린 섬의 작은 하천으로 돌아온다. 사할린에 거주하는 주민들은 물론이고 이곳을 찾는 여행객들에게 '연어의 귀향'은 여름철 여행의 특별한 볼거리다. 주민들은 바다와 하천이 만나는 연안에서 주로 연어를 잡는다.

최근 사할린에서는 초대형 곰이 민가에 자주 출몰한다. 과거보다 연어가 줄어든 탓이다. 산란을 위해 강으로 돌아오는 연어의 남획濫獲으로 인해 여름철 먹이 사냥에 어려움을 겪는 곰이 적지 않다. 사할린에서도 연어 알은 귀한 대접을 받는다. 빵 위에 연어 알을 발라 먹는 간단한 요리도 호텔 레스토랑에서 먹으려면 비싼 값을 지불해야 한다.

사할린은 요즘 건설 붐이 한창이다. 2014년 미국과 유럽이 러시아를 상대로 경제제재를 하지 않았다면 러시아의 자본주의가 한층 더 뿌리내렸을 것이라고 현지 사업가들은 입을 모았다. 지난 3~4년간 루블Рубль화 가치가 절반으로 추락하면서 해외 수입에 의존해온 산업 전반이 크게 주저앉았다. 물론 여기에는 석유와 가스 가격 하락도 적지 않은 영향을 미쳤다.

그 후 러시아 정부는 농산물의 자급자족에 높은 관심을 보였다. 블라디미르 푸틴ВладимирПутин 대통령은 원유와 가스 이외의 제품과 원자재를 해외에 의존해온 체질을 바꾸겠다고 선언했다. 유즈노사할린스크 시 내부에는 아파트와 상가 건설로 도시 전체가 건설 현장을 방불케 했다. 이 도시는 과거 20여 년 동안 개발이 멈춰 있었다. 푸틴 체제 이후 사회주의 시스템 위에 자본주의가 접목되기 시작했는데, 그로 인해 자본을 축적하는 사업가들이 속속 등장했다. 사할린은 관광업에 대한 기대치 또한 높아졌다. 자작나무 등을 이용한 휴양지 개발과 꽃사슴 방목, 바이오농법 개발 등에 따른 외국인 유입이 꾸준히 늘고 있기 때문이다. 가스전 개발을 확대하는 정책도 서구 선진국을 유혹한다. 유즈노사할린스크 시에는 대형 쇼핑몰이 속속 개장하고 최근에는 초대형 실내 워터파크도 오픈을 목전에 두고 있었다.

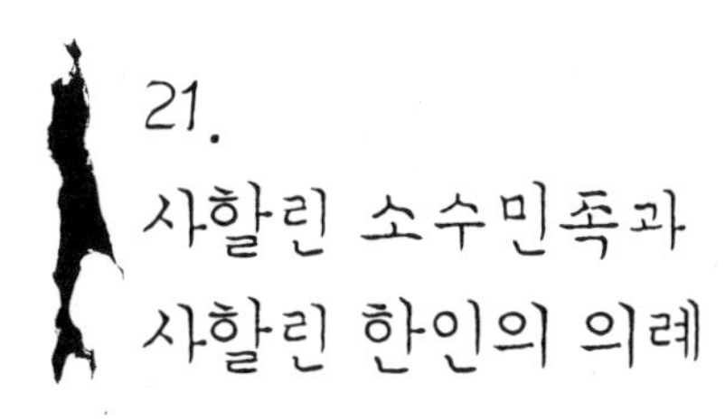

21. 사할린 소수민족과 사할린 한인의 의례

사할린의 원주민족

원래 사할린에는 선주민족이 살았다. 섬 남부에서는 아이누, 북부에서 니흐키, 중부에서 오로코(우일타), 애벤키 등 소수민족이 살고 있었다고 전해져 왔다. 안톤 체홉은 1890년에 아이누, 길랴크, 한인 등이 일본사람과 사할린에 있었다고 지적했다. 현재 사할린의 인구 구성은 러시아인, 한인, 우크라이나인과 소수의 선주민, 대륙에서 이주한 100여개의 민족으로 형성돼 있다. 소련 시대에 그들은 공산당의 민족정책에 의해 러시아화됐다. 공산주의 정권은 소수민족들의 자주의식을 버리게 하고 소련으로 동화시키려는 정책을 폈다.

최길성 교수는 사할린의 소수민족의 생활문화를 연구하기 위해 섬의 중부 지방에 가자고 권했다. 우리는 2002년 여름에 유즈노사할린스크에서 유명한 니흐키Нивхи 작가 블라지미르Владимир 산기Санги를 만났다. 그는 소련시대 사할린의 중부지방 작은 촌 나빌에서 태어나 자연환경에서 성장했다. 대학 졸업 후 공산당에 입당했고 브레즈녜프Брежнев 제1서기장의 고문이 되어 소수민족에 대해 자문했다. 소련 붕괴 후 그는 사할린 주지사의 고문이 됐는데 소련과 일본이 선주민의 영토권을 무시하고 식민화했다고 주장했다. 러시아는 '짐승과 같은 소수민족 약탈자'라고 규탄하면서 소수민족들은 스스로 민족의식을 갖고 자신들의 권리를 되찾아야 한다고 말했다. 한인들도 소수민족이니 러시아에 대해 함께 투쟁해야 한다고 했다. 나는 인사를 나눈 다음 그에게 말했다.

"지금 유즈노사할린스크 시 건립 120 주년을 맞이하는 작업이 한창이네요!" 라고 말하자 산기는 나에게 욕을 했다.

"이봐요, 어떻게 한인으로서 그렇게 말할 수 있습니까? 여기서 수 백 년 전에 원주민들이 살기 시작했는데 러시아인들이 무슨 도시를 건립했단 말이요?"

나는 산기 씨를 처음 뵈었고 아무 생각 없이 눈앞에 보이는 사실을 말했는데 이런 비난을 받을 정도로 잘못한 것이 없다고 말했다. 산기 씨는 공산주의의 교육을 받고 소련시대에 출세했다가 페레스트로이카 이후 출세 길이 막히자 소수민족주의자로 변신하여 소수민족의 권한 부활운동에 나선 것이다.

우리는 오후에 노글리키에 도착해 한국어 교사인 이삼자 씨의 자택에 홈스테이했다. 이삼자 씨는 남편 김덕보 씨와 딸, 3 식구와 같이 살고 있었다. 집은 이층이고 130 제곱미터의 크기며 넓은 텃밭이 딸려있었다. 집안으로 들어가니 현관에 이층으로 올라가는 계단이 있었고 거실에서 부엌을 겸한 식당, 목욕실, 보일러실로 들어갈 수 있었다. 이층에는 넓은 홀을 사이에 두고 사방으로 침실 여러 방이 있었다. 난방은 24시간 가스보일러를 가동하였다. 라디에이터로 물을 데워 방마다 설치된 난방장치에 돌렸다.

소수민족의 마을을 찾아 '왈'이란 촌에 김덕보 씨의 자가용차로 1 시간 만에 도착했다. 이 촌에는 60명의 오로코인이 살고 있었다. 우리가 갔을 때 여름 사냥철이라 집에는 노인과 여자들만 있었다. 오로코 족은 예로부터 노글리키와 인근 지역에 주로 사슴을 사육하면서 집단적으로 이동하며 사냥을 생업으로 삼았다. 소련시대 그들은 어로자원의 풍부함에 힘입어 물고기를 잡아서 생계를 유지했다. 어로방식은 러시아 짜르 시대부터 원시적이었으나 현재 전진기지로 변형해 자급자족할 뿐만 아니라 좋은 질량의 수산물을 건어물로 시장에서 팔고 있었다. 소련 정부는 촌락에 집을 지어 정착시켰다. 러시아 어느 곳이나 마찬가지로 사할린의 시골에는 일자리가 없어서 젊은 세대는 도시로 이주했고 전통의 어촌에는 노인네들만 살고 있었다.

우리는 미헤예프Михеев란 오로코인의 집을 방문했다. 집안에는 소수민족의 주거문화의 특징을 찾을 수 없었다. 이 집에는 딸 둘이 있는데 큰 딸 아냐는 내가 근무하는 사할린대학교 경제 및 동양학 대학 일본어과에서 재학 중이고 둘째 딸 왜라는 노글리키에 있는 중학교 기숙사에서 살고 있었다.

마을의 유일한 마트에서 도시락과 몇 가지 한국 식료품을 팔고 있었다. 한인이 운영하는 가게라서 들어가 보니 한인 판매원이 한국말을 전혀 못했다. 최 교수가 오로코인의 촌 주민들이 무엇을 가장 많이 사는지 질문했는데 대답은 러시아 보드카Водка였다.

보드카 예찬?!!

보드카는 러시아 주민에게서 빼내려 해도 빼낼 수 없는 술이다. 슬플 때나 기쁠 때, 평일에나 경사에나 상관없이 가장 반갑게 맞이하는 인생의 동반자다.

술을 마시면서 지켜야 할 예절을 술 문화라고 할 때 과음하고 일탈적인 행동을 부리는 것은 술버릇이라고 말한다. 버릇은 사람마다 다를 수 있지만 문화는 사회 구성원들이 다 나누고 받아들이는 것이다. 술버릇의 원인이 그냥 빨리 취하고 싶은 욕구라면 술 문화는 무엇일까? 단체로 즐겨 마시는 술 문화의 원인은 바로 집단주의적인 의식에서 기인한다고 볼 수 있다. 한국처럼 심하지는 않지만 러시아에도 개인주의가 좋지 않은 시선을 받는다. 그런 면에서 볼 때 술은 새로운 구성원이 그 단체에 빨리 적응하기 위한 방법이라고 보면 틀림없다. 또한 서로 잘 모르는 사람이라 할지라도 동성이나 이성을 떠나 술을 마시면서 술에 취하면 담화가 쉬워지기 때문에 쉽게 접근할 수 있다.

가장 눈에 띈 차이점은 술을 마시는 장소다. 러시아에는 한국과 같이 술집을 다니는 사람들도 있기는 하지만 집에 손님들을 초대해서 술을 마시는 사람들이 더 많다. 학생들의 경우에는 기숙사에서 술을 마시는 것이 보통이다. 그리고 야외(소풍이나 국내여행)로 나가서 술을 마시는 사람들도 많다. 도시인들 중에는 별장(다차)이 있는 사람들이 많기 때문에 친구들과 별장에 가서 술을 즐겨 마시는 사람들도 있다.

러시아 사람들은 한국 사람들과 달리 술자리를 잘 바꾸지 않는다. 그 대신에 한 자리에서 밤을 지새우고 새벽까지 마시는 사람들이 대부분이다. 야외의 경우에는 보통 서로 잘 아는 사람들이 가지만, 집에는 이름이나 얼굴만 아는 사람도 가끔 초대된다. 그럴 때 주인을 아주 잘 모르는 손님은 이런저런 구실로 일찍 그 집에서 떠난다. 사이가 가깝지 않은 사람이 집에 오래 있는 것은 예의가 아니라고 생각하기 때문이다. 가까운 사이지만 술을 더 이상 못 마시는 사람은 그냥 자면 된다.

한국 술 문화를 약간 체험해 본 적이 있는 나는 장소 바꾸기의 장점을 알게 되었다. 다른 구성원들 사이에 거리가 있거나 술에 쉽게 취할 수 있는 사람이 1차를 끝낸 뒤에 어떤 핑계를 대고 집에 가버릴 수 있는 것이 얼마나 편한가?

러시아에서는 술을 따라주는 순서가 있다. 여자들 그리고 나이가 많으신 분들에게 먼저 따라주고 자기 잔에 맨 마지막으로 따른다. 상대방은 잔을 들 수도 있고 안 들 수도 있다. 러시아 사람들도 술을 마시면서 여러 가지 놀이를 할 때 한 잔씩 잔을 돌리면서 나누어 마시지만 한국식 잔 돌리기는 하지 않는다.

"술잔 다 받았어? 그럼, 뭘 기다려? 빨리 마시자!"

"건배 없이 술 먹는 게 어디 있어?"

러시아 사람들은 그냥 술을 마시는 것보다 건배를 하고 마시는 것을 좋아한다. 러시아에서는 "당신의 건강을 위하여 За здоровье!"라는 말이 자주 쓰인다. 그리고 생일 파티이면 생일을 맞은 사람은 물론, 그 사람의 부모를 위해 마시자는 건배가 있고, 남자들끼리만 술을 마실 경우 건배 내용이 좀 지저분할 수도 있지만 여자들에 관한 내용일 수도 있고, 맛있는 음식을 요리하신 주인의 부인을 위한 건배도 꼭 나온다. 상황에 따라서 건배의 내용도 다르다. 또한 운명하신 사람에 대한 추억을 위해 술을 마실 경우 술잔을 마주치지 않고 조용히 마시는 풍습이 있다.

외국인들의 가장 큰 문제는 술을 마시면서 안주를 들지 않는다는 것이다. 보드카 두세 잔을 들이키고 나면 벌써 그들과는 대화가 불가능해진다! 러시아인이 보드카를 즐겨 마시는 것은 사실이지만 그것은 몸을 덥히기 위해서, 그리고 러시아 음식과 잘 어울리기 때문이다. 보드카를 마실 때는 기름진 안주를 꼭 같이 먹어줘야 한다. 안주로는 찌거나 튀긴 감자, 빵, 소시지, 치즈, 기름기 많은 생선이 좋다. 러시아에는 술에 취하지 않기 위해 구할 수 있는 비싸지 않은 안줏감들이 많다.

외국인들은 보드카를 다른 음료와 섞어 마시거나, 보드카를 마실 때 조금씩 홀짝대며 마시는데 이건 잘못된 방법이다. 보드카는 단숨에 잔을 비운 후 입이 아니라 코로 숨을 내쉬어야 한다. 러시아인이 보드카를 많이 마시고도 멀쩡한 이유는 바로 이것이다. 러시아에는 "4000km가 못되면 먼 거리가 아니고, 영하 40도가 아니면 추위가 아니며, 40도 이하는 술도 아니다"라는 속담이 있다. 속담이 얘기하듯이 추운 지역의 러시아인들은 알코올 도수가 높은 보드카를 마시며 기나긴 겨울 추위를 이겨낸다.

러시아인이 술을 마시는 것이 아니라 술이 러시아를 먹고 있다고 할 수 있다. 러시아인들은 시도 때도 없이 마신다. 게다가 폭음이 가장 큰 문제다. 부서진 공원의자에 앉거나 기차역에 앉아 담배를 피며 술에 취해 있는 사람. 그는 다른 생각은 전혀 없다. "다음 술을 언제 마시고 돈은 어디서 구하지?" 러시아 남자는 그 생각뿐이라는 것이다. 레닌이 1917년 러시아 혁명을 한 후 술을 통제했다는 기록이 있다. 레닌 사후 스탈린이 바로 통제정책을 폐기했다. 그 후 1985년에 고르바초프Горбачёв가 술을 통제해 봤지만 또 실패했다.

소련시대 보드카를 아침 11시부터 특별한 가게에서 팔았다. 그날 가게 앞에 몇 백 명의 '목마른 사람'들이 한 시간 전부터 줄 서있었다. 그 당시 가장 싼 반 리터 병의 술값이 2루블 82 코페이카였다. 한 사람에게 술 2병밖에 안 팔았다. 보통 알코올중독자들이 술가게 앞에서 얼쩡거렸다. 어디선가 1루블을 구해서 같은 술친구를 찾아 헤맨다.

"너 세 번째 안 할래?"

두 술친구가 나에게 다가와서 나의 1루블을 보태서 보드카 한 병을 같이 사자는 것이다.

"미친놈들! 사람 잘 못 봤어! 저리 가!"

그들은 내게 욕설을 퍼붓고 '세 번째'를 찾아 다른 사람에게 간다.

그런데 보드카 구하기가 힘들어진 것은 소련 붕괴 후 생산량이 푹 떨어졌을 때였다. 다른 식료품도 마찬가지로 배급권을 받아야 구매할 수 있었다. 모든 상점의 판매대는 텅 비어 있었다. 제 2차 세계 대전 이후처럼 식량 배급 제도가 도입된 것이다. 아무리 돈이 많아도 배급권이 없으면 굶어야 했다. 도둑이 증폭했고 조직 폭력이 증가했다. 알코올중독자들은 배급권을 보드카로 교환했고 심지어 상점에서 줄 번호를 팔기도 했다. 밤에는 택시기사들이 보드카를 3~4배 비싸게 팔았다. 러시아인의 우스갯소리가 있는데 이 때 가장 잘 산 사람은 대통령이 아니라 식료품 가게 직원이었다. 그 당시 보드카가 가장 중요한 금전이었다고 해도 과언이 아니다.

우리가 알렉산드롭스키-사할린스키에서 내 사돈집에 머무를 때 처음 저녁 식사를 보드카로 시작했다. 식단에는 러시아 음식이 푸짐하게 차려졌다. 빵, 삶은 돼지고기, 훈제한 연어, 소시지, 버섯과 오이절임, 감자프라이 등 다양한 메뉴였다. 전통적으로 식전에 먼저 술을 마셨다. 술 마실 때마다 잔을 부딪치고 축원을 했다. 주인 니콜라이가 손님들인 우리의 건강을 위하여 건배를 해 시작하여 여러 번 술을 마셔야 했다. 최 교수는 술을 못하신다 해서 내가 주인에게 상대를 했다. 술 마실 동안 우리는 이 이야기, 저 이야기를 하게 되었는데 러시아말을 모르는 최 교수가 피곤해 보여서 그만 잠자러 들어갔다.

사할린의 북한 노동자들

나는 2002년 여름에 일본 히로시마 대학에서 사할린 한인 역사를 연구하러 온 최길성 교수와 같이 북한노동자들을 만난 적이 있다. 그들은 회사가 임대한 집에서 살았다. 한방에서 15명이 사는데 높은 마루처럼 널판으로 만든 넓은 침대에 끼어서 잠을 잤다. 박 모 씨(34세)는 1년 전에 돈 벌러 사할린에 왔다. 기간은 3년인데 1년에 한번 11월에 조국에 다녀왔다. 11학년을 마치고 전문학교를 나오고 시험치고 나왔다. 한 달에 500달러 벌면 100달러를 회사에 바쳤다.

그들은 일을 찾으면 책임을 지고 열심히 일하여 돈을 벌었다. 2~3명이 일하는 장소에 같이 다녔고 시내에 절대 혼자서 다니면 안 됐다. 주로 개인이 집수리를 했다. 전문가가 아니어서 처음에는 많은 실수를 했다. 그럴 때 먼저 온 형들이 도와줬다. 매일 오전 6시부터 밤 11시까지 무려 16시간 동안 고된 노동을 했다.

2015, 북한노동자들이 아파트 건물의 토대 설치 작업 중. (유즈노사할린스크)

주로 임대한 아파트에서 여러 명이 같이 사는데 집세 50달러를 냈다. 돈은 회사에 맡겨서 조국에 갈 때 가져갔다. 점심은 주로 일터에서 간식으로 먹지만 종종 개를 잡아서 개장국을 끓여 모두 다 보드카를 마시고 쌓인 피로를 풀기도 했다. 북한 노동자들은 주로 미장, 목공, 도로공사, 용접, 토목 일을 했다.

조국에 왕래할 때는 주로 철도를 이용했다. 주말이나 공휴일에 박 씨는 자주 우리 집에 와서 바깥일을 해주며 점심도 얻어먹고 돈도 벌고 옷이나 신발도 받아갔다. 가끔 한국 비디오테이프도 숙소에 가져가서 한국 영화를 봤다. 우리와 대화를 하면서 향수를 달랬다.

내가 살았던 집근처에는 고층 건물을 짓는 공사현장이 있었는데 북한사람들이 밤새 일하는 모습을 자주 볼 수 있었다. 저 사람들은 잠도 안자고 일하는지 의아스러웠는데 러시아 사람한데 들으니 공사기간을 미리 정해놓고 언제까지 마쳐야 되기 때문에 밤새 일할 수밖에 없다고 했다. 대체로 그곳에서 일하는 북한 노동자들은 한 달에 약 600달러 받아서 대부분은 조국에 바치고 실제 자기 손에 들어오는 돈은 얼마 안 된다고 했다.

대체로 체격이 왜소하고 얼굴이 까맣고 남이 보면 눈을 얼른 다른 데로 돌리고 절대로 대화를 하지 않으려고 했다. 그리고 혼자 돌아다니는 법이 없었고 언제나 서너 사람 이상이 그룹을 지어서 다녔다. 현지 한인들은 북한 노동자를 만나면 우선 반갑기도 하고 궁금하기도 하여 말도 붙이고 싶은데 거의 응대를 하지 않으려고 했다. 아마 해외에서는 그렇게 행동하라는 본국의 지시와 교육을 받아서 그런 것이라 생각이 들었다.

북한과 러시아와 관계가 밀접해지면서 러시아로 들어가는 북한 노동자들이 크게 늘었다. 러시아 노동부가 내놓은 외국인 고용허가증 발급 현황에 따르면 2013년 1~3월 러시아에서 고용허가를 받은 북한 노동자는 4만7364명이다. 이는 2012년 같은 기간보다 27% 증가한 규모다. 러시아의 루블화 가치가 떨어져 전체 외국인 노동자들이 12% 줄었지만 북한 출신 노동자들은 오히려 증가했다는 것이다.

최근에 러시아에서 만난 북한 노동자들은 예전에 비해 판이하게 달랐다. 카키색 인민복 대신 현지에서 구입한 겨울 점퍼를 입고, 러시아에서 벌어들인 루블화로 가전제품도 구했다. 이들은 "해외 노동은 우리에게 상당한 자유를 줬다" 고 입을 모았다. 또 "지금도 보위대의 감시를 받기는 하지만 과거처럼 매달 돈을 뜯기지 않는다." 고 털어놓았다.

사할린 한인의 가정의례 생활

사할린 한인사회에서 생일이나 회갑연, 아이의 돌잔치는 일생의례 중 지속성이 강한 문화요소 중의 하나이다. 부모 세대에 이어 우리 세대에서도 회갑잔치를 열었다. 친한 사람들을 초청하

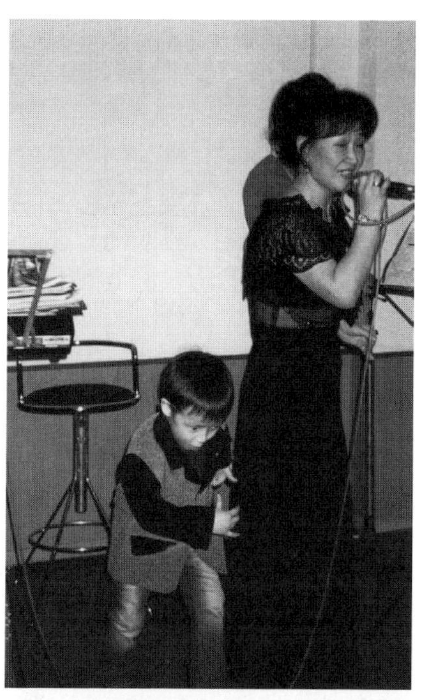

2003.03.01. 손자 지마가
윤민자의 노래에 맞춰 춤을 춘다

2003.03.01. 박승의의 진갑연,
유즈노사할린스크

여 음식을 나누고 장구를 치면서 춤도 추며 하루를 놀았다.

2003년 3월 1일 저녁 7시, 유즈노사할린스크 시내 유라시아Евразия 조그마한 레스토랑에서 잔칫상을 차리느라 분주했다. 그날은 나의 61번째 생일이어서 가족들과 친한 친구, 직장 동료들 160여명을 초대해 진갑연(회갑연)을 열었다.

'ㄷ'자 모양으로 놓아진 상의 중앙에 나와 아내 김소자가 나란히 앉았다. 맨 먼저 맏아들 명화와 며느리 나타샤Наташа가 붉은 장미 꽃다발을 우리에게 선사했다. 모두가 자리에서 일어나 술잔을 높이 들어올리며 "빠즈드라브랴-유!(축하합니다 Поздравляю!)"라고 소리쳤다.

이때 바이올린 연주가 시작됐다. 1시간에 200달러를 주고 자그마한 악단을 불렀다. 음악이 있으면 반드시 따르는 것이 춤. 모두들 가운데로 나와 신나게 춤을 췄다. 어깨춤을 추는 사람, 발을 차며 팔짝팔짝 뛰는 사람, 허리와 엉덩이를 형식 없이 마구 흔들어대는 사람. 이렇게 춤도 가지각색. 그저 흥이 나는 대로 몸을 흔들어댔다. 때때로 왈츠곡이 흐르면 자연스럽게 주인공 부부가 껴안고 원을 그리며 춤을 추었다. 짓궂은 친구들이 그 주위를 둘러싸고서는 "고~리꼬! 고~리꼬!(쓰다! 쓰다! Горько! Горько!)" 하며 소리를 질러댔다. '키스의 달콤함'이 필요하다는 뜻이다. 우리는 '못 말려!'하는 표정으로, 그러나 싫지 않은 듯 입을 맞췄다.

나의 진갑연도 여느 집 잔치 못지않게 흥겹고 떠들썩하게 치러졌다. 상 위에는 보통 한인들 잔치와는 달리 일식과 러시아식 요리가 올라와 있었다. 스시류, 사시미, 샐러드, 훈제 연어 등. 앙꼬떡(팥이 들어간 찹쌀떡)과 과줄(쌀가루로 만든 전통 튀김 과자)이 한인 잔치 음식 대표로 올라와 있었다. 술은 보드카와 코냑Коньяк X.O.이다.

사할린 한인 1세들은 생일잔치를 자택에서 치렀다. 며칠 전부터 친척들과 동네 친우들이 모아서 음식을 장만했다. 당일 거실에 잔칫상을 차려놓고 집안 식구는 화려한 옷차림으로 고객들을 기다렸다. 오후에 손님들이 보드카 한 병과 과일 통조림을 선물로 가져와 주인공에게 축하문과 함께 전했다. 어떤 사람은 부조

1986. 강순예의 회갑 기념사진

금을 가져왔다. 보통 남자들과 여자들은 따로 앉았다. 술잔을 몇 번 부딪치면 기분이 좋아져 상에 놓여 있는 그릇을 젓가락으로 두드리며 노래를 부른다. 젊은 세대들은 잔칫상에 동석하지 않았다. 그리고 여자 생일이나 환갑은 아예 치르지 않았다. 소련 말기에 접어들어 남편이 별세한 집안에서 모친의 환갑이나 고희연을 치르기 시작했다.

내 어머니 강순예는 1982년에 60세였었는데 환갑상을 4년 후인 1986년에 차렸다. 자식들이 그렇게 오랫동안 어머니를 설득했다. 어머니가 말했다.

"니들 아부지도 없는데 무슨 낙으로 내가 환갑상을 받겠니?"

그래서 잔치 대신 집에서 친척들 사이에 회갑상만 받고 간단히 마쳤다.

손자손녀 돌잔치 때는 색동옷을 입히고 여러 가지 음식 외에 실과 돈, 학용품 등도 돌상에다 올렸다. 최근에 젊은 세대는 어린이들의 백일이나 돌잔치를 카페나 레스토랑에서 한복을 입혀 성대히 차린다.

사할린 한인들은 혼례, 장례, 제례 등의 의례생활에서 보통 한국 전통을 따랐지만, 상당한 문화변용이 나타났다. 혼례 시 신부는 한복을 착용하고 족두리 대용으로 천을 머리에 썼지만, 신랑은 양복을 착용했다. 초례상을 차리고 양가 부모나 친지, 지인들이 상호 오가며 축의금도 냈다. 장례 시에는 망자에게 수의 대신 양복이나 치마, 저고리 혹은 드레스를 입히고 공동묘지에 매장했다. 가정 혹은 병원 장례공간에서 보통 3일장이나 5일장으로 했는데, 초기에는 한국 유교 전통대로 간혹 3년 상을 치르기도 했다. 현재 한인들은 가까운 사람들끼리 조문하며 부의금을 봉투에 넣어 내지만, 러시아인들은 꽃을 사와 조의를 표한다. 상호간에 문상을 다니지만, 가정형편이 힘든 경우에는 부조금 때문에 문상을 꺼리기도 한다.

장례 시의 상여문화는 러시아 당국의 간섭으로 비교적 이른 시기에 소멸되었다. 해방 후 2~5년까지는 많은 사람들이 참여하여 상여를 메고 선소리꾼과 만장까지 동원됐으나, 이를 못마땅하게 생각한 러시아 당국에서는 금지시켰다. 나는 러시아 당국이 장례의식에서 노래까지 한다는 등 부정적 인식을 했던 것으로 생각한다. 그리하여 사할린 한인들은 오래 전부터 상여 대신 장의차를 이용하여 운구했다. 러시아 사람들이 와서 한 5년 그렇게 했다. 그런데 러시아에서는 "이거 뭐야. 사람 죽었는데 노래 부르며 간다. 아~ 깃발은 무슨 의미로 가져가나? 저거 뭐입니까?" 라고 당국 관리자들이 못마땅해 했다.

기제 시에는 망자의 기일을 따라 제물을 장만하여 진설하고 절을 했다. 사할린에서의 전통 명절은 8월 15일이 '해방절'이라 하는데 가족들이 모여 차례를 지내고 성묘한다. 구정은 공식적인 휴일이 아니므로 그냥 보내는 편이며, 대신 신정에 개인 사정대로 차례를 지낸다. 제사도 한국보다 더 크게 한다. 기제忌祭를 식구끼리 밤에 지냈다.

사할린 한인들은 대부분 홀몸으로 이주해왔기 때문에 친족관계는 약한 반면, 한국의 태생 지역이나 성씨 등의 연고를 따져 이른바 '친한 관계' 혹은 '사회적 유대'를 형성해 나갔다. 종씨宗氏끼리는 '집안사람'으로, 그리고 동일 지방 태생의 사람끼리는 '고향사람'으로 심리적 친연성을 가지고 의사 혈연관계를 유지했다. 이들끼리는 이웃하며 일거리 알선이나 혼처 소개를 비롯하여 개인 대소사에 오가며 유대를 형성해 나갔다. 단신 이주자의 경우 더러는 가정이 있는 집에 기숙하며 상호 부조하다가 자립하거나 때로는 혼인관계를 맺어 가족구성원이 되기도 했다.

우리 아버지가 산판에 홀아비 몇 십 명을 데리고 벌목, 유송 일을 하셨다. 해방 후 우리 집에도 같은 박 씨 성의 한 남성이 아버지를 형님이라 부르면서 이웃하며 한 식구나 마찬가지로 친밀한 유대관계를 맺었다. 그는 1960년대 북한으로 건너가 장가들었다. 우리 아버지, 어머니의 중매로 재혼했고 한국에 남겨온 가족과 다시는 못 뵈어 차디찬 사할린 동토에 파묻혔다.

현재 사할린의 한인 젊은 세대는 모든 행사를 전문가에게 맡기는 추세다. 러시아 문화에 동화된 셈이다.

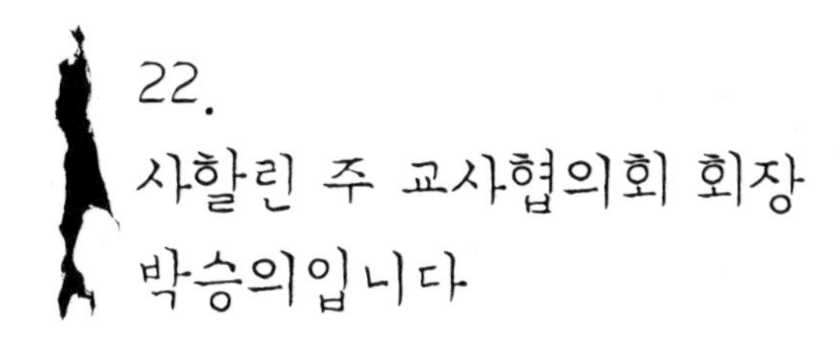

22. 사할린 주 교사협의회 회장 박승의입니다

한국어교육을 발전, 활성화시키는데 지금 활동하고 있는 한국어 교사들이 자기 자격을 향상시키고 그것을 확인하는 자격증을 받았으면 합니다. 우리 대학에서 한국어 교사연수 프로그램도 준비해 놓았습니다. 잘 아시겠지만, 거의 해마다 사할린한국교육원에서 한국어교사들을 위해 연수를 개최하거나 아니면 우리 교사들을 한국에 연수하러 보냅니다. 이건 아주 좋은 일이고 교사에게 큰 도움이 되고요. 그러나 한국 교육기관 연수 수료증은 러시아에서 인정하지 않아요. 공식 교육기관에서 한국어교사로 활동하려면 꼭 러시아 자격증이 필요합니다. 또 급자격증을 계속 재확인해야 합니다. 많은 지방 선생들에겐 그런 자격증이 없습니다. 우리 대학에서 그런 연수를 금년 6월 초에 실시하려고 했었는데 교사들을 모집하지 못했기 때문에 취소됐습니다. 오직 세분만이 신청을 했거든요. 그래도 그런 연수를 실시하게 노력해보려고 합니다.

(박승의, 코르네예바 회장과의 인터뷰에서, 2012년 09월 16일)

1992년에 사할린 주 한국어 교사협의회가 조직되었다. 이 협의회(회장으로 이옥자, 공노원, 김순희, 박승의, 코르네예바 이.브.КорнееваИ.В.)에서 한국어 지도에 필요한 교재 구입과 공급 그리고 한국어교사 연수회를 주관하고 일반 학교 학생들의 한국어 경시 대회를 매년 조직 진행하였다. 그리고 한인단체와 연합하여 대한민국 교육부에 건의하여 사할린에 교육원을 설립하도록 힘썼다.

대한민국 교육부는 3만 여명에 이르는 사할린 한인동포들의 정체성 교육과 동포들의 건의에 따라 1993년 12월 10일에 사할린한국교육원을 개원하였다. 한만희, 류종균, 김윤수, 전창윤, 김인숙, 박덕호 전 원장들과 장원창 현 원장을 비롯하여 여러 교육원 직원들의 사할린 한국어 발전의 노고가 크다. 교사협회와 사할린한국교육원이 공동으로 조직 진행하는 한국어 연수는 매년, 최근에는 2년에 한번씩, 한국교육원이 한국에서 교수들을 초대하여 현지에서 한국어를 가르칠 때 생기는 여러 문제들을 풀어나가기 위해 진행되었다.

현재 사할린의 7 지방 학교에서 한국어를 가르치고 있다. 유즈노사할린스크를 제외하고 각 학교에서 교사 한명이 한국어 교육을 진행하고 있다. 사할린에서 4200 여명의 제1, 제2세 한인들이 한국으로 영주 귀국한 뒤로 한국어를 배우는 학생들은 가정에서 말할 기회조차 잃게 되었다. 학교에서 한국어 수업의 가치가 더욱 높아졌다. 중요한 한글교육에 관심을 끌기 위해 교사협회가 꼭 존재해야 한다. 독립적으로 활동하던 교사협회는 현재 주한인협회 산하의 한 부로 가입했다. 한국어 교사들이 자주 서로 만나지 못하고 있지만 1년에 한번이라도 교사들을 위해 세미나를 조직하는 것이 아주 큰 도움이 된다.

사할린 국립종합대학교 경제 및 동양학대학 한영과 출신 코르네예바 인나 블라디미로브나Корнеева Инна Владимировна1974는 1996년에 졸업한 후 강춘지 과장의 추천으로 바로 동 대학 한국어교사로 취직해서 젊은이 교육에 종사하고 있다. 코르네예바 교수는 2009년 7월에 사할린한국어교사협회 회장으로 선발됐다. 현재 사할린주한국어교사협회 회원이 약 20명이다. 협회 부회장으로는 유즈노사할린스크 제9호 동양어문학교 김 나탈리아 교사가 뽑혔고, 운영위원들로는 사할린국립대학교 임 엘비라 동양학과장과 동 대학교 박승의 교수, 유즈노사할린스크 제30호 중학교(루고워예) 안학용 교사가 선발됐다. 돌린스크 홍신숙 교사는 감사위원이 되었다.

교사협회는 사할린한국교육원과도 밀접히 사업하고 있으며, 한국교육원은 한국 측에서, 협회는 러시아 측에서 사할린에서의 한국어 교육 활성화를 추진하고 있다.

지방학교 한국어수업이 걱정입니다. 지방학교들을 돌아보았으면 합니다. 현장에 나가 실태를 파악하는 게 좋다 싶은데 문제는 자금이죠. 그래서 한인사회단체장들과 손잡고 일해 볼 생각입니다. 제가 이미 주한인협회 박해룡 회장님과 만날 약속을 했습니다.

물론 사할린한국교육원(원장 정창윤)과도 밀접히 사업할 것입니다. 한국교육원은 한국 측에서, 우리는 러시아 측에서 이 일을 추진하고 있습니다.

—한국어에 대한 관심을 키우려면, 또 학생들이 재미있게 공부하게 하기 위해서라도 여러 콩쿠르, 경시대회 같은 것을 자주 개최해야 하지 않을까요?

—그럴 생각은 있는데 우리 힘이 약하니 혼자 행사를 개최하지 않고 여럿이 같이 추진하는 것이 좋을 것 같아요. 제가 한국어교육문제로 교육 관리국 관계자와도 만나보려고 합니다. 경시대회에 대해서도 알아보려고 합니다.

[출처] 2009년11월13일(음력9월27일)새고려신문

(사할린 새고려신문) |작성자 bplus7

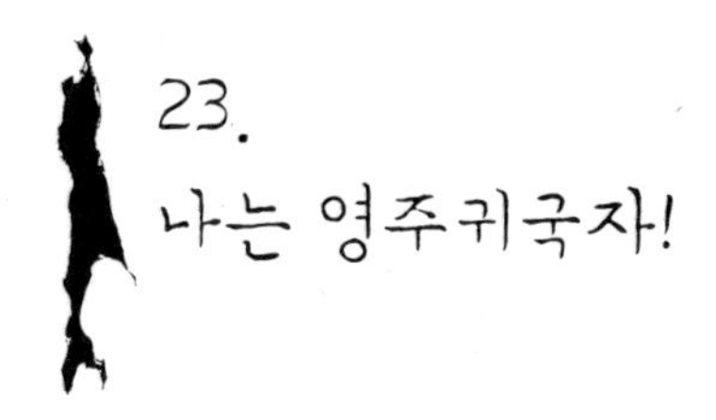

23. 나는 영주귀국자!

2009년 12월3일, 나는 파주시 문산읍 당동리 주공임대아파트에 입주했다. 머나먼 이국에서 고국을 그리던 사할린 동포 50세대 102명과 함께 영주 귀국해 입주민으로 새로운 삶의 보금자리를 꾸렸다. 낯선 고국생활이 아직 서툰 우리에게 대한적십자사 파주시협의회 회원들이 팔을 걷고 나서서 도왔다.

우리들은 1945년 이전 출생자와 배우자이므로 사할린 강제이주 1세대에 해당한다. 그러나 우리들이 수십 년 넘게 그리워했던 고국은 이국땅에서 이방인으로 힘겨운 생활을 해왔던 동포들에게 어떤 관심도 아무런 힘도 보태주지 못했다. 사할린 강제징용 노무자로 갔던 아버지를 따라 사할린에서 태어나고 성장한 우리들에게 "고향으로 돌아가야 한다." 라고 늘 입에 달고 살았던 고국으로 돌아온 데 후회는 없다.

나는 이 세상에서 76년을 살면서 6번이나 국적을 바꾸었다. 그것도 자의가 아닌 타의로! 일제강점기시대 1942년에 태어나서 해방까지 3년은 일본 국민으로, 1945년 해방 후에는 무국적자로, 1958년에는 북한 공민으로, 1970년대에는 소련 국적자로, 1990년 소련 붕괴 후에는 러시아 연방 국민으로, 2010년 영주귀국하여 마침내 대한민국 국민으로 삶을 이어간다.

사할린 강제징용 가족으로 태어나 어린 나이에 일본 아이들과 놀면서 일본말과 더불어 일제 사상을 무의식적으로 섭취했고, 1948년 조선 학교 1학년에 입학하면서 소련 공산주의 사상을 획득했으며, 2009년부터 대한민국 자본주의 현실을 받아들여야 했다. 제도가 바뀌면서 이름도 변해야 했다. 다카하라 가쯔요시에서 박승의로, 박승의에서 박 유라Юра로, 다시 박승의로 변하는 동안 의사소통도 일본어, 러시아어, 한국어 세 개의 언어로 변하였다. 그래서 '나는 누구냐?'란 질문에 대답할 때 머리가 터질 지경으로 혼란스럽다.

그러나 타국에 살면서 우리 민족의식을 잃지 않기 위해 우리 부모들이 많은 노력을 했다. 이것이 바로 '한국 사람의 특성'이라 할까? 사할린 영주귀국자들은 대다수 결혼도 같은 동포끼리 했으며 러시아에 남아있는 자녀들도 러시아인과 결혼한 사람은 거의 없다. 또한 우리들은 '한국 사람의 특성'에 따라 강한 학구

열을 가지고 대부분 대학을 졸업한 고학력자이기도 하다. 평생 러시아 사람들과 어울려 살면서 한국 음식을 고집해 먹는가 하면 다른 민족들에게 한국요리 조리법도 가르쳐 주었다.

사할린 한인들이 러시아인들과 이웃하며 산지가 70여년이 되었다. 러시아어를 몰랐던 1세들과는 달리 이곳에서 태어나 자란 2세들은 이들과 함께 공부하고 일하면서 이웃으로 살아왔다. 한인들에 대한 제도상의 차별은 러시아 국적 취득과 함께 해소되었지만, 눈에 보이지 않는 차별이 직장이나 일상생활에서는 여전했다. 버스 안에서 한국어로 말하면, "왜 러시아에 살면서 러시아어로 말하지 않는가? 우리 욕이라도 하고 있는가?" 하면서 구박을 받았고, 시장에서 싸움이라도 할 때면 마지막엔 "거지들만 득실거리는 너희 나라로 가버려!"하는 말을 들어야 하는 설움이 있었다. 이웃으로 살면서도 한인들과 러시아인들(물론 민족은 다양하지만 주류는 슬라브계) 사이엔 보이지 않는 가시 울타리가 걸쳐져 있었던 것이다.

페레스트로이카 이후 사할린 한인들의 사회적 · 경제적 위상은 매우 높아졌고, 이제는 노골적으로 천대를 받는 일은 없어졌다. 그러나 차별의식은 여전히 남아 있음을 느낀다. 바로 이런 감정들로 인해 좋았던 나빴던 우리를 '작은 고향'으로부터 떠나게 한 것이 아닐까?

수십 년 기반을 잡고 살던 살림을 정리해 꿈에 그리던 고국에 정착하기까지 '자식과 가족을 두고 어떻게 떠나느냐?'하는 속마음의 반대도 있었지만 인터넷으로 화상통화를 하기도 하며 보고 싶으면 언제든 비행기 표만 사면 세 시간 만에 만나러 갈 수 있는 현실이 너무 좋았다.

일본 정부와 한국 정부는 양국의 적십자사를 통해 재정을 지원하여 사할린 한인 1세들의 모국방문사업을 추진하였다. 초기에는 일시방문사업이 주가 되었으나, 1992 년부터 영주귀국사업이 본격적으로 추진되었다. (개별적인 영주귀국은 1990년부터 있었다.) 이후 1994년 한-일 정상회담 시 사할린 한인문제에 대한 포괄적 해결방안의 조기 마련에 합의하고, 사할린 한인 1세 대상의 '영주귀국 시범사업Pilot project'으로 '100명 수용 요양원' 및 '500세대 아파트' 건립 추진에 합의하였다.

이를 위하여 한국 정부는 1997 년 9~10월 사할린 잔류한인 4만2천 명 중 3만 명을 대상으로 영주귀국에 대한 대규모 설문조사(한국정부가 예산 1억6천만 원 투입, 러시아정부가 조사 대행)를 실시했다.

이렇게 하여 사할린 한인 1세들의 평생의 꿈이었던 고향방문과 친척방문이 이루어지게 되었다. 1989~1995 년까지 연인원 7천여 명이 일시방문을 하였고, 1991년~2018년까지 경북 고령 대창 양로원, 인천 사할린동포복지회관, 안산 '고향마을', 전국에 산재한 임대아파트 등으로 총 4,370 명이 영주 귀국하였다.

서울 올림픽 및 한 · 소 관계 개선 이후 한 · 일 적십자사를 통해 사할린 한인의 모국방문과 영주귀국이 활성화됐다. 영주귀국의 대상자 범위는 초기 사할린 한인 1세(1945년 8월 15일 이전 사할린 이주 또는 사할린 출생자)에 한정하였다가 2008년부터 1세의 배우자와 장애자녀도 동반귀국을 허용하고 있다.

그러나 여전히 직계비속의 가족도 동반할 수 없어 자녀 및 손자손녀들과 또 다른 이산가족이 되어야 하며, 또 2인 1세대를 이루어야 하기 때문에 독신자나 부부가 함께 영주귀국을 하지 못하는 사정이 있는 사람은 영주귀국을 포기하거나 낯선 사람과 부부로 만들어 와서 살아야만 했다.

사할린 한인 영주귀국자 지원 문제와 해결책

사할린 한인 영주귀국자 가구 지원 한계 혹은 문제, 영주귀국자 지원 사업의 내용이나 방식 중에서 특히 문제가 되는 것과 그 해결 방안을 간추려보면 다음과 같다.

ㅇ 영주귀국자 대상자는 '1945.8.15 해방 당시 사할린 거주 또는 출생자',

ㅇ 인도주의 차원에서 2008년부터 1세의 배우자와 장애자녀도 동반 귀국 허용,

ㅇ 영주귀국 시 한 세대는 2~3인으로 구성, 1인 거주 불가,

—남·남, 여·여 동성 거주, 또는 남·녀 부부거주 형식,

ㅇ 영주귀국자 대상이 되기 위해 형식적으로 부부가 되거나 동성(여·여) 짝을 맞추어 거주하는 경우가 많은데 성격차이로 갈등과 충돌이 잦음,

ㅇ 대부분 자녀와 손자, 손녀를 러시아에 두고 왔으니 그들과 떨어져 생활하면서 가족에 대한 그리움이 큼,

ㅇ 경제적인 측면에서 국민기초생활보장 수급권자로서 정부지원금에 의존하고 있으며, 지원금이 충분치 않음,

ㅇ 사할린을 자주 방문하지 못하는 것, 경제적 문제가 가장 불편함,

ㅇ 이런 점을 해소하기 위해 연금지원과 가족 친지 방문기회 확대(2001 년부터 사할린 친지방문을 실시하여 2010 년까지 3,484 명),

ㅇ 어려운 문제 중 하나는 2 년 만에 한 번씩 무료로 러시아로 갈 수 있는 기간이 영주귀국자들에게 맞지 않다는 것이다. 학생들, 대학생들의 러시아 지역 방학기간은 6월 1일부터 8월 31일까지이다. 할머니, 할아버지가 자녀, 손자손녀를 방문하는 기간은 방학기간이어야 한다. 9~10 월에 왜 갔다 와야 하는지? 영주자들은 한국 여름 날씨가 매우 더울 때, 사할린에서 자녀/손자들이 집에 있을 때 가서 가족과 함께 있으려는 소망을 이루어 주기를 바라고 있다.

영주자들이 필요할 때 갔다 올 수 있게 표 값을 주면 해결될 문제가 아닌지 궁금하다. 정

부차원의 도움이 절실하게 필요하다. 역방문 지원 사업 방식 개선 방안으로는 지원 1 세 한인 당사자만 지원되고, 그 배우자인 8.15 이후 출생자, 비한인 배우자는 지원되지 않으므로, 비지원 배우자 항공권 비용부담으로 인해 부부가 함께 역방문을 포기하기도 한다고 한다.

이러한 상황에서 지금의 특정 항공사 티켓(아시아나) 구입 대신, 역방문 용도 일정액 계좌입금 혹은 전자 바우처 형태로 비용 지급을 희망하기도 한다. 그럴 경우, 보다 저렴한 항공사 이용으로 배우자 항공료 추가 부담분이 줄어들어 경제적 이유로 역방문을 포기하지 않을 수도 있으며, 또한 역방문 시기 역시 가족 상황에 맞추어 자유롭게 선택할 수 있어 더 큰 기쁨을 맛 볼 수 있다고 생각하기 때문이다.

방문희망자가 원하는 시기에, 그리고 가급적 배우자가 같이 가는 것이 최선의 방법인데, 국적기 이용이 원칙이라면, 아시아나 항공권을 사할린 항공 수준으로 할인되도록 정부가 협상, 또는 지원을 통해 가급적 배우자도 같이 갈 수 있도록 하는 것이 바람직하다고 생각한다.

사할린 동포 관련 예산은 매년 5월경 한일 적십자사 회의에서 결정, 일본 적십자사의 예산집행으로 한국 적십자사에 예산이 들어오기 전까지는 역방문 등의 사업실행이 어려운 것이 현재 실태다.

ㅇ 영주귀국자들 중 앓고 있는 사람들이 많다. 그러나 건강 상태가 괜찮은 어르신들에게 할 만한 일을 마련해준다면 하루하루를 보람되게 살 것이다.

ㅇ 일을 할 때 차별 없이 현지인들만큼 주면 좋겠다. 현재 3~4세대가 이주하는 일이 종종 생긴다. 아이들이 유치원에 다니게 되면 외국인으로서 차별받는 일이 생기지 않도록, 아이들이 차별을 모르게 다닐 수 있게 어른들이 해결할 수 있도록 해야 한다. 다문화, 여성단체에서 해결하도록 도와주면 한국에서 계속 살면서 공부할 아이들에게 큰 도움이

될 것이다. 정신적 타격을 덜 받으면 나라에도 좋을 것이다.

ㅇ 한국정부가 사할린 한인 동포의 자녀, 손자가 조부모를 찾는데 왕복 항공료를 지원,

ㅇ 한국어 교육 방안 실시,

ㅇ 체류 동안 한국 문화와 역사 탐방을 지원,

ㅇ 사할린 3~4세대가 한국어교육을 받고, 한국문화를 체험하고, 한국사회를 이해하면서 조국에 대한 자부심을 가질 수 있도록 하는 것이 한국지역사회가 할 일이라고 본다. 한국의 많은 도시에 사할린 영주귀국자들이 거주하고 있고, 사할린에서 이미 한국어교육을 지도하다 영주 귀국한 교사들이 있다. 국내 여성, 다문화지원센터들이 전 사할린 한국어교사들, 다문화강사들과 좋은 교육프로그램을 작성해서 연수기간을 정해놓고 정기적으로 서로 배워가면서 3~4 세대를 교육 시키는 것이 적당하다.

24. 사할린 한인 귀환운동 펼친 고故 박노학 씨 기린다

영주귀국자 중심으로 기념사업 추진위 발족

(서울=연합뉴스) 고미혜 기자 사할린 동포들의 고국 귀환을 위해 힘써온 고故 박노학(1912-1988) 사할린 억류 귀환 한국인회 회장을 기리는 기념사업이 펼쳐진다. 국내로 영주 귀국한 사할린 한인들과 사할린 동포 지원 단체 관계자 등은 '고故 박노학 회장 기념사업 추진위원회'를 결성하고 지난 10일 첫 발기인 모임을 열었다.

박승의 전 러시아 사할린국립종합대 교수가 추진위원회 회장을 맡았으며 영주귀국 한인 외에도 임용군 사할린 주한인협회 회장, 윤상철 사할린 주한인노인협회 회장, 박순옥 사할린 주한인이산가족협회 회장, 배덕호 지구촌동포연대 대표 등이 발기인

명단에 이름을 올렸다. 추진위원회는 앞으로 박 회장 동상 및 기념비 건립, 기념 전시회와 세미나 개최 등을 통해 박 회장의 업적을 기릴 예정이다. 충주 출신의 고故 박노학 회장은 1943년 사할린으로 징용됐다가 1956년 일본으로 건너갔다. 해방 후 사할린에 남은 한인들은 모두 발이 묶였지만 일본인 아내와 결혼한 그는 일본의 자국민 귀환 정책에 따라 사할린을 떠날 수 있었다. 이후 박 회장은 사할린에 남아 있는 동포들을 위해 1958년 '사할린 억류 귀환 한국인회'를 조직해 1988년 세상을 뜰 때까지 30년간 사할린 한인 귀환에 헌신했다.

사할린 억류 귀환 한국인회는 나중에 가라후토(樺太 · 사할린의 일본식 명칭) 귀환 한국인회로 명칭을 바꿨다. 특히 사할린에

〈고(故) 박노학 회장 기념사업 추진위원회〉 발기인들. (2013)

거주하는 한인이 편지를 일본으로 우송하면 하나하나 한국 주소를 쓴 봉투에 새로 담아 한국에 있는 가족과 지인에게 전달하는 '우편배달부' 역할을 자처했다. 박 씨를 통해 오간 편지들과 박 씨가 직접 작성한 7천여 명의 '가라후토 한국인 귀환 희망자 명단'은 '대일항쟁기 강제동원 피해조사 및 국외 강제동원 희생자 등 지원위원회'로 전달돼 강제동원 피해를 규명하는 소중한 자료로 쓰이기도 했다.

박승의 회장은 "사할린 한인의 영주귀국이 실현된 데는 고故 박노학 선생의 희생과 노력이 결정적이었다."며 "사할린 한인의 역사를 올바로 조명하기 위해서라도 잊힌 박 선생을 다시 한 번 기리는 일에 힘쓸 것"이라고 밝혔다. 국내에서 고故 박노학 회장을 도와 편지 전달에 나서기도 했던 장남 박창규(76) 씨는 "30년 동안 한 가지 일을 위해 헌신했으나 소외된 채 잊혀가던 아버지를 다시 한 번 조명할 수 있게 돼 기쁘다"며 "아직도 해결되지 않은 사할린 한인 현안이 많은데 정부 차원에서 관심을 가져줬으면 좋겠다."는 희망을 피력했다.

일시 2012년 1월 10일(목) 오후 2시~5시
장소 KIN(지구촌동포연대) 사무실

1. 일제 강점기 사할린에 강제 동원되어 해방 이후에도 고국에 돌아올 수 없었던 사할린 동포들을 위해, 일본에서 1958년부터 '사할린 억류 귀환 한국인회'(이후, '화태 귀환 재일 한국인회'로 명칭 변경)를 조직하여 1988년까지 '우편배달부' 역할을 했던 고故 박노학 회장의 뜻을 기리고 그 역사를 후세들에게 널리 알려나가기 위해 <고故 박노학 회장 기념사업 추진위원회>를 추진하기로 하고 아래 인사들이 발기인으로 참여하기로 하였다.

2. 발기인 명단: 한혜인(박사), 이강수(국가기록원), 허광무 (대일항쟁기강제동원피해조사및지원위원회), 배덕호(KIN 대표), 신윤순(사할린(Сахалин) 국내 유족회 회장), 성점모(영주귀국자, 안산 고향마을 노인회 고문), 안명복(영주귀국자), 이국진(영주귀국자), 박승의(영주귀국자, 파주, 교수), 허남훈(영주귀국자, 김포), 김수영(영주귀국자, 김포), 전학문(영주귀국자, 김포), 박노영(영주귀국자, 김포), 김진희(영주귀국자, 오산), 이태엽(영주귀국자, 오산), 강동수(영주귀국자, 아산), 조풍일(영주귀국자, 아산), 이충광(영주귀국자, 서천), 박창규(故박노학씨 아들), 김태익(모스크바), 김기춘(영주귀국자, 아산), 임용군(사할린 주한인협회 회장), 윤상철(사할린 주한인노인협회 회장), 박순옥(사할린 주한인이산가족협회 회장), 김복권(사할린), 박일섭(영주귀국자, 김포), 이팔봉(중소이산가족회 회장) (이상 무순)

3. 오늘 모임을 바탕으로, '전국 사할린 영주귀국자 단체 협의회'(권경석 회장) 등에 이 내용을 제안하고 내용을 널리 확산시키기로 하였다.

4. 발기인 모임 임원으로 박승의(회장), 박노영, 전학문(부회장), 이태엽이 맡기로 하였다.

5. 향후 모임의 활동을 구체적으로 논의하기 위해, 다음 모임을 2월 13일(수) 12시, KIN(지구촌동포연대) 사무실에서 갖기로 하였다.

6. 박승의 회장이 한국의 노영돈 교수와 방일권 교수를 발기인으로 섭외하기로 하였다.

'사할린 한인의 망향가' 특별 전시회

2015.09.21.-12.31. '사할린 한인의 망향가' 특별 전시회, 한국이민사박물관.

2015년9월21일 한국이민사 박물관(인천광역시)에서 《사할린 한인의 망향가》 특별 전시회 개막식이 있었다. 이 전시회는 나의 오래된 꿈이었다. 나는 '고故 박노학 회장 기념사업추진위원회'의 회장으로서 KBS라디오, 사할린과 대한민국 언론인들과의 만남에서, 여러 국제 학술대회의 발표에서 사할린 한인의 비참한 역사에 대해 많이 이야기했다.

주민들과 대화하면서, 대학생들을 위한 특강을 진행하면서 한국에서 사할린 한인의 문제를 거의 모르고 있다는 것을 깨달았다. 그래서 나는 한국과 남 사할린의 일제강점기에 한인의 강제연행, 일제의 조선민족 몰살 정책, 소련시대 사할린에서 한인의 권리 비밀 침해, 사할린한인의 귀환운동의 선구자들(박노학, 허조, 도만상, 박수호, 박해동 등)에 대해 사할린과 대한민국 언론을 통해 널리 홍보하고 싶었다.

'고故 박노학 회장 기념사업 추진위원회' 회원들, 공노원, 허남훈 사할린 영주귀국자들, 박노학 회장의 장남 박창규, 방일권, 이재혁, 노연동 한국역사가들, 한성수 조각가, 사할린 사회활동가들, 심지어 현지 사할린 한인들이 적극적으로 내 아이디어를 받들었다.

우리는 한국이민사 박물관에 박노학 흉상을 세우기로 결정했다. 대한민국국회, 대일항쟁기강제동원피해조사및국외강제동원희생자등지원위원회와 행정안전부에 탄원서를 보냈는데 긍정적 답변을 받았다.

처음 회의에서 대한민국 안산시 고향마을, 사할린 코르사코프시의 망향의 언덕, 고故 박노학 회장의 고향인 충북 충주시, 유즈노사할린스크 중 어느 한 곳에 흉상을 설치하기로 결정지었다. 최종적으로 추진위원회 회원들은 한국이민사 박물관 내에 세우기로 동의했다. 또한《추진위원회》와는 연계되지 않았으나《전국 사할린영주귀국자 단체 협의회》가 2014년 7월 4일 안산에서 단체장 회의를 소집하여 故박노학 회장의 동상 건립 준비 위원회를 창립하여 모금운동을 벌인 결과, 사업을 진행하여 2014년 11월8일 경기도 안산 '고향마을'에 고故 박노학 회장 동상을 세웠다.

고故 박노학 회장 추진위원회는 인천광역시《한국이민사박물관》을 선택했다. 나는 2014년 11월 김상열 관장님에게 사할린한인 이민사에 대한 전시회를 제의했다. 내가 제공한 자료들을 연구 • 조사한 결과 박물관 내에 박노학 흉상 설치, 사할린 한인 특별전시를 진행하기를 결정했다. 준비사업에 인하대학교 교육연구소가 동참하기로 결정했다. 김상열 관장의 2차례 현지 탐방, 사할린주 한인협의회(임영군 회장), 사할린주 이산가족회(박순옥 회장), 사할린주노인회(김홍지 회장), 우리말방송(김춘자 국장)과 새고려신문(배 빅토리아 사장) 등 다른 여러 사람의 도움으로 많은 유품들을 소집했다. 나도 역시 250부의 전시품들을 제공했다.

신동식 회장을 비롯 인천 논현동 사할린 영주귀국자들이 이 사업에 적극적으로 나섰다. 이들의 열정, 관심과 적극적인 참여 없이 소집, 조립, 제조와 준비가 짧은 시간에 가능 하지 않았을 것이다. 나는 특전 개막식에서 다음과 같이 축사를 했다.

안녕하십니까?

'고故 박노학 회장 기념사업 추진위원회' 회장 사할린 영주귀국자 박승의입니다.

광복 70주년을 기념하여 〈사할린 한인의 망향가〉 특별전시의 개최를 위해 애써주신 한국이민사박물관과 인하대학교 교육연구소 여러분께 감사의 말씀을 드립니다.

이 전시회는 사할린 한인의 일제에 의해 강제동원, 소련의 억류와 조국으로의 영주귀국 실태를 대한민국 국민들에게 알리기 위해 마련됐습니다.

며칠 전에 천안 망향의 동산에서 제3차 사할린강제동원한인희생자 유골13위의 봉환 추도와 안치식이 있었습니다. 그러나 수만 명의 사할린 동토에 묻혀있는 희생자의 영혼은 여전히 타국의 하늘을 떠돌고 있습니다.

그들은 일제 강점기에 강제로 끌려가 강제 노역을 해야 했습니다. 징용된 한인들은 탄광, 벌목장, 군사기지 건설장에서 혹독한 노동에 시달렸으며 1945년에 해방된 조국에 돌아오지 못한 채 이 세상을 떠났습니다.

아직도 정당한 대가도, 피해 보상도 받지 못하였으며 일본과 소련의 비인도적 처사로 인해 24,000명의 사할린 한인들이 조국으로 돌아오지 못하고 있습니다.

이번 전시회가 역사적 비극과 교훈을 되돌아 볼 수 있는 기회를 제공할 것이라고 믿습니다.

감사합니다.

25. 류춘계의 고향을 답사하다

나는 춘계 류시욱의 '산중 반월기山中 半月記'를 여러 번 읽고 러시아어로 번역했다.

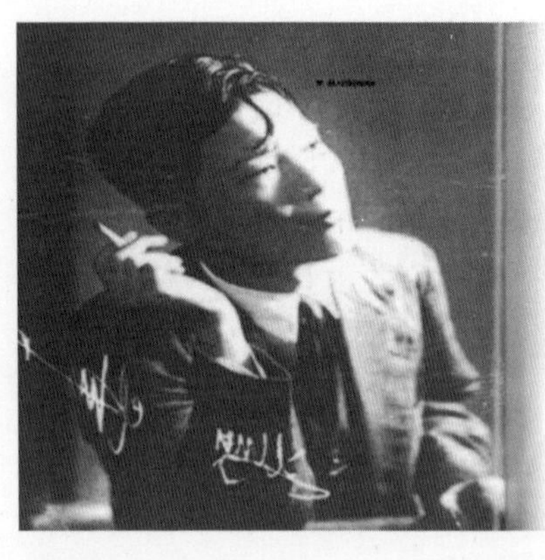

2013년 한국에서 발행된 '오호츠크(Охотское)해의 바람' 중 한 쪽, 류시욱(춘계)

춘계 류시욱은 1920년 5월 14일 경상북도 의성군 단밀면 속암동 고실촌 류성룡 선생 집안에서 13대 장손으로 태어났다. 류시욱은 젊은 시절에 문예창작과 사상활동을 벌이다가 서대문형무소와 사상범 교화보호소에서 옥중 생활을 경험했다. 당시 사상범으로 출옥한 조선인들에게 강요된 징병을 피하기 위해 류시욱은 가라후토(현 사할린)로의 동원을 택할 수밖에 없었다. 처자를 고향에 남겨두고 산업보국대원으로 찍혀 마을 사람 20여명과 함께 사할린으로 끌려가게 되어 가라후토 나이부치 탄광에 도착한 때가 1941년 2월이었다. 1945년 8월 15일에 해방을 맞았으나 귀국하지 못했다. 조선 학교의 교사로 류춘계 선생은 돌

1948.08.03. 븨코브.
1회 교원동화방식협의회기념. 앞줄 오른 쪽에서 4번째 류시욱(춘계).

린스크 구역에서와 돌린스크 시에서 교원생활을 하였다. 조선학교 폐교 후 "세월은 흘러가고 과거의 꿈은 사나운 폭풍에 갈가리 찢겨 쓸쓸한 유폐의 암흑" 속에서 류시욱의 시절은 무의미하게 지나갔다. 희망도 기대도 없이 그는 인생의 반 이상을 이국땅의 노동자로 살다가 1962년에 노동 현장에서 눈을 감았다.

'산중 반월기'는 춘계 류시욱이 1957년 9월 1일부터 15일까지 15일간 사할린 "크라스노고르스크 임산 사업소 직속인 임동화林東樺 브리가다(조)가 새 풀 치러 가는 곳에 식모(食母, 밥을 해주는 사람)로 따라가 쓴 일기다."(저자의 자서에서) 저자가 1957년 9월의 보름을 지낸 사할린 크라스노고로스크의 산속은 외부와 100리 고립된 곳이었다. 사람들의 숨소리와 단절된 허술한 풍막은 고향과 수천 리 떨어진 사할린 섬에서 무국적자로 살아가고 있는 자신의 갇힌 삶과 닮아 있었다. 목적 없는 삶 속에서 하루살이하는 매일 매일의 끝없는 외로움 때문에 그는 일기를 들었을 것이다.

동료들이 새 풀을 치러 나간 후 혼자가 되면 구멍 뚫린 천막 앞으로 나와 소통에 대한 소원을 페이지마다 채워 나갔다. 자신의 감정을 토의하며 일제의 강압과 이데올로기의 장벽으로 생이별하게 된 가족과 이른바 내적 대화를 나누는 공간이 되었던 그 일기장을 펼칠 때마다 고향의 '한오리 신작로'가 뻗어 나왔을 것이다.

어느 날인가 사랑하는 사람들이 자신의 일기를 읽을 것이라는 희망이 그에게서 떠나지 않았을 것이다. 그래서 그는 정직하게 사할린으로 끌려가 소련 체제에 갇혀버린 평범한 조선인들이 수없이 우물거렸을 속생각을 털어놓았다. 그리하여 일기는 개인적 회고를 넘어 자신이 동원되었을 시기를 전후한 시대와 인물들에 대해 날카롭고도 풍부한 정보들을 제공해 주는 가치 있는 사료가 되었다.

………………

《Без гражданства》(무국적자)

류춘계

얼마나 천대스럽던 이름이냐
자, 이제 누가 나를 부모 없는 자식이라 할 터이냐
헐벗고, 못 먹고 빼앗기던 굴욕의 나날
8.15는 영원히 씻겨갔고
조국은 다시 따뜻한 품으로
나를 불러 안아 주었으니…
비록 길거리에 핀
이름 없는 한 포기 꽃에도

뿌리박은 터전이 있고 은혜로운 생명 있거늘

조국 품에서 먼 사할린에 있다고 하여

붉은 공민증 가슴에 간직한 나를

그 누가 이방인이라 할 것이냐

....

고향

박승의

내 고향은 어디일까?

이 세상에 태어난 고장

어린 시절 친구들과 소꿉장난한 고을

학교를 다녔고 사랑을 만났지

그런데 왜 마음이 불안할까?

우리 부모 고향은 어디일까?

따뜻한 남쪽나라

물 맑고 달 밝은 삼천리 금수강산

가고 싶어도 못가는 대한민국

나무를 심고 집을 지었지
자식들을 낳아서 키웠지
나라를 위해 몸 바친 사할린 땅
그런데 왜 마음이 불안할까?

나는 2016년 모스크바 '부키 베지Буки Веди' 출판사에서 '산중 반월기'의 한국어, 러시아어 판을 한 책으로 묶어 발간했다. 이 일기를 읽으면서 나는 비록 사할린에서 태어났지만 조상의 고향을 가보고 싶었다. 마침내 '아리랑 연합회' 기미양 사무총장과 '아리랑 샘터' 김명기 대표를 만나 '사할린 한인 문학의 시원을 찾아서'란 제목으로 다큐멘터리를 제작하자는 제안을 받았다. 김명기 대표의 안내로 무주, 상주, 의성 및 문경을 답사하기로 했다.

2019년 3월 19일 아침 일찍 파주 문산을 출발해 '사할린 한인 문학의 시원'을 찾는 답사를 시작했다. 우리 일행은 기미양 사무총장, 김명기 대표, 스쵸핀 사할린 한인 3세 대표, 나의 아내 김소자와 나로 이루어졌다.

먼저 내 아버지의 고향인 전라북도 무주군 안성면 공진리 257번지를 찾았다. 1939년에 아버지는 이곳에서 사할린으로 강제징용을 떠나야 했다. 몇 년 후 거의 모든 친척이 고향과 이별해야 했다. 1945년 우리 부모는 해방을 맞았지만 귀국을 못하고 무국적자로 이국땅에서 삶을 마감했다. 80년이 지난 지금 그 자리

2019.03.19. 박승의의 조상이 대대로 살았던 집터 (공진리 257번지)

에는 아버지 고향의 아무 흔적도 남지 않았다.

사실 나는 27년 전인 1992년 6월, 어머니와 함께 한국에 처음 방문했다. 그 때 아버지 고향 공진리에 왔었다. 그 때도 역시 우리 조상들이 대대로 살았던 집은 사라지고 없었다. 집터는 울타리로 둘러싸였고 그 안에서 염소 한 마리가 풀을 뜯어 먹고 있었다. 울타리 옆에 작은 개울이 흐르고 건너편에 한옥이 있었다.

이 한옥에는 아버지와 같이 1939년에 강제 연행된 리 니무라 두 형제가 살았었다. 리사연과 리기연 형제는 사할린에서 아버지와 같이 니토이 산판에서 벌목 일을 했는데 해방 직전 큰 형은 고향에 다녀왔다가 그만 주저앉게 됐다. 이렇게 두 형제는 영원히 이산가족이 되어버렸다. 아우 리기연은 차후 장가들어 상하 딸과 두 아들을 낳고 사할린 땅에 묻혔다. 나는 집터에서 흙을 가져다 사할린에 누워 계신 할머니, 아버지, 고모의 묘에 뿌렸다.

이번 방문은 안성면사무소부터 시작했다. 점심시간이라서 한 여자 직원 밖에 없었다. 나는 그 직원에게 우리 가족의 제적을 찾아 달라고 부탁했다. 여자 직원은 우리에게 아주 친절하게 대했다. 증조부의 호적에서 나의 호적까지 떼어주었다. 이기수 안성면장님과 대화를 나누고 공진리로 떠났다.

공진리의 현재 모습은 나를 실망시켰다. 지난번에 내가 봤던 모습과 너무 달라져 있었다. 바로 집터 옆에 20년 전에 통영-대전 고속도로가 신축됐고 개울과 촌내 길들은 아스팔트로 포장됐다. 강 건너 한옥도 사라졌고 옆집들도 새로 지은 건물들이었다. '십년이면 강산도 변한다.' 라는 말의 진실을 몸소 느꼈다.

잠시 눈을 감고 80~100년 전의 공진리를 상상해봤다. 아버지

2019.03.19. 박승의의 조상이 대대로 살았던 집터 앞에 흘러가는 개울

의 형제자매들이 개울가에서 장난하는 모습, 할아버지와 할머니가 밭에서 농사일을 하는 모습, 아버지와 어머니의 결혼잔치, 강제모집으로 머나먼 이국땅 가라후토로 끌려가는 모습들이 눈앞에 아리송하여 마음이 아팠다.

공진리의 현지 주민들 몇 명을 만나 이야기를 나누어 보았지만 누구도 우리 조상의 공진리 옛 모습과 밀양 박 씨의 가문을 기억하지 못했다. 같이 살았던 이웃 사람들과 어린 시절 친구들은 인생 소용돌이에 전 세계로 뿔뿔이 흩어졌다.

우리들은 아쉽고도 흐뭇한 마음으로 무주를 떠나 경상북도 의성으로 출발했다. 도중에 나의 어머니(강순예, 1922년생)가 태어났고 18세에 일하셨던 충남 금산 인삼시장을 방문하였다. 나는 1992년 여름에 금산을 처음 찾았고 그 후 한국에 갈 때마다 갔었다. 어머니가 어린 시절을 보낸 집은 이미 없어졌고 그 자리에 고층 건물들이 들어섰다. 인삼시장에서도 옛 모습을 찾을 수 없었다.

김명기 대표의 고향인 상주시에 도착했을 때 이미 날이 저물었다. 한우고기 식당에서 저녁식사를 마치고 '휴'모텔에서 숙박을 했다. 다음 날 아침 9시에 모텔을 떠나 한 식당에서 조식을 하고 경북 의성군 단밀면 속암1리 고실촌 마을 답사를 본격적으로 시작했다.

사실 '사할린 한인 문학의 시원'을 찾는 답사가 우리의 기본

2019.03.20. 경북 의성군 고실촌 류시욱의 집터에서 자라는 마늘

목적이었다. '산중 반월기'를 읽고 번역하면서 주인공의 고향인 고실촌을 찾아가보고 싶었다. '한오리 신작로', 연자방아, 느티나무가 옛 모습 그대로 남아 있을 리 없겠지만 마음속으로 80년 전의 그 주위를 상상해 보고 싶었다. 그러나 모든 것이 너무나 변해버렸다. 류성룡 선생 집안 13 대가 살아왔던 집은 없어졌고 그 자리에는 마늘이 자라고 있었다.

따스한 봄 햇살이 무심코 자라는 이 마늘을 내리쬘 때 나는 옛날의 상황을 마음속으로 그려봤다.

"고향 – 조선 경상북도 의성군 단밀면 속암동 고실촌 – 여기가 내 어린 시절을 자라게 해주던 고향 마을이다. … 이 고실촌은 불과 백 여 호 밖에 되지 않는 마을이다. 뒤로는 볼뫼산(봉묘봉)이라는 조그만 산이 있고, 앞으로는 낙동강의 지류 위강이 흐른다."

김명기 대표와 기미양 사무총장이 류시욱에 대해 처음 알게 된 것은 2019년 2월 17일, 파주 우리 집에서 나와 인터뷰를 할 때였다. 나는 류시욱의 'Полмесяца на полевом стане 산중 반월기'를 그들에게 선사했다. 며칠 후 사할린에서 체류 시 블라지미르 스쵸핀Владимир Стёпин 가이드가 그런 책을 주도서관에서 빌려 와서 읽어 보라고 권했다.

김명기 대표는 일기를 읽고 깊은 감동을 받았다. 그래서 책의 많은 주인공들이 태어나서 자라고 활동한 장소인 고실촌을 답사하기로 결정했다. 2019년 3월 초에 그는 고실촌을 방문했고 몇 명의 주민들과 만났다. 그 중에 류시욱의 장남인 류종하의 동창생을 찾아 연락처를 얻었다. 현재 서울에서 살고 있는 류종하와 연락해 차후 만남을 약속했다.

2019.03.20. 고실촌 입구에 설치된 표지판

2019년 3월 20일(수) 10:53분 우리 일행은 고실촌 입구에 도착했다. 83세의 한 촌 주민을 찾았다. 그 할아버지는 류시욱의 이웃이었다. 그는 오래 전부터 고실마을에 살고 있었다. 류시욱의 집은 초가집이었다고 했다. 이웃 아이와 류종하는 같이 학교에 다녔고 지금도 통화한다고 했다. 류 씨 집

안은 고실촌에 한명도 안 남았다. 집도 허물어져서 흔적마저 사라졌다.

평일 아침이어서 마을은 조용하고 지나가는 사람이 한명도 없었다. 경로당에 들렀는데 텅 비어 있었다. 일제강점기 수만 명의 조선 사람들이 강제로 고향을 떠나게 됐다. 세월이 흘러서 그들은 머나먼 이국땅에서 조국을 그리워하면서 살다가 생을 마감했다. 고실 촌에도 수십 명의 강제연행당한 주민들의 영혼이 맴돌고 있었다. 세상은 변했고 사람들의 기억에 과거는 남지 않았다.

"…조국아!!! 정신적 빈혈증의 환자가 되기는 내 죽어도 싫다. 어떤 일이 있더라도 내 살아 있어서 내 육체의 한 부분인 그대들을 꼭 찾고야 말 것이리라! 만나보고야 말 것이리라!!!"

고실 마을을 떠나 위강의 강변에 잠시 머물렀다. 다리 밑에 내

2019.03.20. 위강의 하상 갈대밭

려가서 마른 갈대로 덮인 강 하상을 걸어가면서 "임진년 왜란 때 팔공산에서 왜군과 격전이 있은 후 이 강물은 일주일 동안이나 새빨간 피가 흘렀다"는 류시욱의 글을 기억했다.

나는 우리들의 조상에 대한 기억이 짧았다고 생각한다. 류시욱의 '산중 반월기'를 통해 일제강점기에 제국주의의 혹독한 식민정치로 인해 우리 민족이 고난을 겪었다고 뼛속 깊이 느끼게 됐다. 그래서 이런 책들을 발간하여 반드시 번역해서 세상에 널리 알려줘야 한다고 생각한다.

우리는 의성을 떠나 귀가 중에 문경 '아리랑 샘터'에 들렀다. 이곳에 아리랑 고개의 실제 고개가 있는 문경새재에 자리 잡은 아리랑 보존회가 있으며 '아리랑 샘터'에서 여러 행사를 조직할 것이라고 김명기 대표가 소개했다.

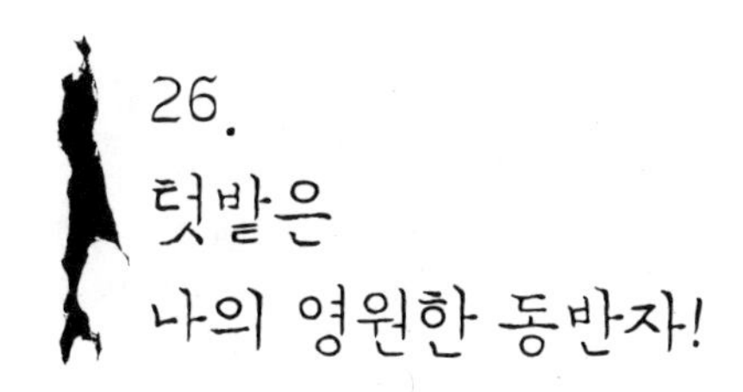

26. 텃밭은 나의 영원한 동반자!

어린 시절 부모의 텃밭

내가 텃밭을 처음 본 것은 '이 세상에서 태어난 첫날'의 일이다. 나는 농촌에서 살았기 때문에 자연적으로 단층집과 천 평의 밭으로 둘러싸여 있었다. 아버지는 산판에서 유송 일을 했기에 집안일은 어머니와 장남인 내가 했다.

사할린의 기후조건은 북태평양의 몬순과 시베리아의 혹독한 추위의 영향으로 형성된다. 그래서 겨울은 8개월 동안 계속되고 땅은 1미터 이상 얼어붙으며 최저 기온은 영하30도로 내려간다. 봄은 5월에 시작되는데 2미터 이상 쌓여있는 눈이 녹아야 비로소 농사일을 할 수 있다.

농사는 매우 힘들었다. 기계화라는 것은 그 당시 상상도 못했

감자를 캐고 잠깐 휴식(1968)

다. 주 농기구는 삽과 괭이였다. 그리고 사람의 힘으로 모든 일을 해냈다. 우리는 감자, 야채를 재배했는데 특히 감자를 많이 심었다. 지금처럼 비닐이 없어서 채소는 방한하지 않은 차가운 땅에 심었다. 가을에 몇 백 평의 밭에서 다 익은 감자를 손으로 캐야 했다. 그 다음 말린 감자를 포대에 넣고 그 포대를 등에 짊어져 땅굴 헛간에 갔다 쟁여야 했다. 겨울과 봄에는 우리 식구가 먹고 남은 감자를 200리 되는 포로나이스크나 마카로프 시의 시장에 마차에 싣고 가서 팔아야했다.

내가 중학교를 졸업하고 우리 식구는 1960년에 사할린 주 중앙도시인 유즈노사할린스크의 변두리에 자리 잡은 블라지미로프카란 자그마한 마을에 이주했다. 아버지의 고향 사람이 새로 지은 집을 우리에게 팔고 틔모브스코예 촌으로 이사했다. 이 집에도 그리 크지 않은 텃밭이 있었다.

그때 우리 식구는 아버지, 어머니와 4남4녀 8남매였는데 나보다 나이 두 살 위의 누나가 체호브 시로 시집갔다. 도시에는 산판이 없기 때문에 아버지는 잡일을 했고 나는 사할린 사범대학에서 공부했다. 나머지 동생들은 중학교 학생들이었다. 아버지가 번 돈으로 9식구가 도저히 먹고 살아나갈 수 없었다. 그래서 텃밭에서 재배한 토마토, 오이, 다른 야채를 시장에 리어카(수레)로 실어가서 어머니가 팔았다.

그 시기 사할린 한인들은 거의 다 농사로 생계를 이루었다. 비가 오나 눈이 오나 추우나 더우나 우리 어머니는 장거리를 리어카에 싣고 시장에 꼭 나갔다, 장터에서 러시아 사람한테서 "마다마! 빠체무 도로가? 띄 스뻬꿀랸까!Мадам! Почемудорого? Тыспекулянтка!"(아줌마! 왜 이렇게 비싸? 너 투기꾼이야!)란 모든 모욕과 조롱을 들어야했다. 그렇게 고생해서 번 돈은 보잘것없이 적었다. 그래서 우리는 명절에도 고기는커녕 뼈다귀도 실컷 못 먹었다. 우리 집 근처에 고기공장이 있었는데 거기에서 살이 거의 안 붙은 돼지, 소 뼈다귀를 내다 주민들에게 팔았다. 한 시간 반 이상 줄서서 2~3 킬로그램을 사와 푹 고아먹으면 얼마나 맛있는지 모른다.

결혼 이후 보금자리의 텃밭

1969년에 나는 장가를 들었다. 내 아내는 시네고르스크 탄광 출신이고 그녀 역시 단층집에서 살았기 때문에 텃밭 일에 익숙했다. 우리 내외 둘과 4개월 된 아들은 1년 2개월 동안 부모 집에서 2평 밖에 안 되는 방 한 칸에서 살다가 분가했다.

집살 돈이 없어서 여기저기에서 빌린 금액으로 허물어진 땅집을 샀다. 그 집에 한 러시아 노파가 살았는데 몇 년 동안 가꾸지 않아서 못살 정도로 낡아 있었다. 러시아식으로 집 한 가운데에

신혼부부 박승의와 김소자 (1969)

페치카, 벽돌로 쌓은 난로)가 있고 부엌은 난로 앞쪽에, 침실은 페치카 뒤 쪽에 얇은 널판으로 가로막은 방이 있었다.

1970년 5월 1일에 우리는 살림을 리어카에 싣고 이사 갔다. 이삿짐은 이불, 주전자와 아기용 요강이었다. 30분쯤 걸어가니 우리의 새 보금자리에 도착했다. 집 내부는 형편없었다. 아침 8시에 집안으로 들어갔는데 방바닥은 얼음장이었고 창문은 얇은 얼음이 붙어 있었다. 페치카에 불을 피우니 조금 따뜻해져서 살맛이 났다.

집에 딸린 텃밭은 스케이트장이었다. 사할린의 5월은 한국의 3월 초순과 흡사했다. 밤에는 영하권이고 낮에는 햇빛이 땅을 녹였다. 온실과 비닐하우스에 비닐을 덮고 봄 파종을 했다.

우리는 맞벌이 부부로 열심히 살았다. 평일에는 직장을 지키고 저녁마다 텃밭에서 20여종의 야채를 재배했다. 언제든지 밭에서 싱싱한 채소를 뜯어와 샐러드, 수프 같은 요리에 넣어 먹었다. 늦은 가을에는 건조한 야채를 냉동고에 저장해놓고 감자, 양배추, 당근, 무, 비트 등등은 지하창고에 보관했다.

김치는 10월 말부터 동짓달 초순(사할린은 동짓달이 11월)에 담갔다. 사할린의 기후가 매우 나빠서 가을배추의 재배는 대단히 힘들었다. 교외에서 처녀지를 손수 일궈 밭을 만들었다. 밭 옆에 큰 구덩이를 파서 인분이나 닭똥, 쇠똥을 장만했다. 그리고 그 거름에 물을 탔다. 밭에 둔덕을 지어 골을 팠다. 그 고랑에 거름을 부어 며칠 말렸다. 그 다음 고랑을 흙으로 덮어 그 위에 씨를 뿌렸다.

소련시대 사할린에는 배추씨를 씨 가게에서 팔지 않았다. 일제강점기 시대에 누군가가 조선에서 씨를 가져왔다. 잘 여문 배추 몇 개를 거두지 않고 이랑에 그냥 둔다. 늦은 가을에 배추꽃이 피어 열매를 맺는다. 그 열매를 말리면 씨가 된다. 이런 식으로 사할린 한인들은 배추씨를 자급했다.

그런데 왜 하필이면 인분을 써야 되는가? 사할린에서는 겨울이 8개월이나 계속되기 때문에 6월에야 얼어붙은 땅이 녹는다. 7월 초에 씨를 뿌리는데 땅이 너무 차갑다. 땅에 묻힌 인분이 숙성할 때 열이 나서 땅을 덥힌다. 이런 거름을 줘야 배추가 제대로 알차다. 문제는 그런 거름을 구하기 쉽지 않은 것이다. 옛날에는 화장실이 집 외에 별도로 있었는데 아파트가 들어서면서 인분이 매우 '귀한 보물'이 돼버렸다. 밭 흙도 손으로 비벼 부드럽게 해야 배추 싹이 잘 자랐다. 그리고 김치 담그는 날, 보통 영하권에 배추를 따서 마차에 실어 시내 집으로 가져왔다.

현재 우리는 주로 아파트에서 살기 때문에 김치 담그는 일에 문제가 있다. 60~80 킬로그램 이상 되는 배추를 어디서 소금에 절이고 그 배추를 어떤 수로 물에 3번 씻느냐 등등. '궁하면 통한다.'고 욕조에 배추를 절이고 씻고 약간 건조해지면 양념을 버무려서 김치를 담근다.

겨울에 돼지와 닭들의 먹이와 바닥에 깔아줄 풀치기(1975)

1905년 명칭 거리 37동. 이 집에서 우리 식구가 32년(1970 - 2001)동안 살았다. (1987)

해방 후 김치는 우리 부모들이 조국에서 하던 대로 해봤지만 자료가 부족해서 필요한 성분들을 넣지 못하고 마늘, 고춧가루와 짠 송어만 첨가했다. 그런데 내 아내가 준비한 김치 맛이 부모집의 김치 맛과 달랐다. 황해도 출신인 장모는 배추에 또 빻은 생강, 조개젓 국물과 연어(절여 가지고 썰어서) 등 다른 첨가물을 넣었다. 그 당시 김치냉장고가 없었기 때문에 나무통에 꼭꼭 눌러서 담아 땅에 파묻고 위에 눈으로 덮었다. 그러면 겨울에 땅의 열을 흡수하여 김치가 서서히 숙성돼서 아주 맛있었다.

꽃이 자랐고 구즈베리, 산딸기 같은 관목도 키워 맛있는 열매를 먹었다. 열매와 과일을 따서 설탕에 절인 찜(꼼뽀트 Компот), 잼 등을 장만했다.

돼지우리에는 어미돼지와 새끼 11마리가 먹이를 달라고 고함지르고, 닭장에는 수탉과 암탉 20마리가 달걀을 낳았다고 소란을 피웠다. 이런 '부유한' 우리 집을 셰퍼드 개가 지켰다. 그 개는 아주 영리한 놈이었다. 누가 외부에서 집으로 들어 갈 때는 무사히 통과하는데, 반대로 밖으로 향할 때에는 주인 없이는 마당을 지나치지 못했다. 개가 길을 막았기 때문이다.

가끔 이웃 친구들은 우리 개를 보고 '주인이 바보니까 개도 머저리다.'라고 비웃기도 했다. 그들은 개가 주인과 같이 나오는 손님한테 아무런 관심을 나타내지 않았기 때문에 안심하고 개집을 지나가곤 했다. 그러나 그런 상황은 항상 있는 일이 아니었다. 내가 미처 나가지 않았는데 친구는 먼저 밖으로 나가 버렸다. 잠시 후 비명이 들렸다. 개가 그 사람을 도둑으로 취급해 장딴지를 물은 것이었다.

우리가 이사 가서 거의 30년 가까이 살았던 집은 유즈노사할린스크 시 1905년 명칭 거리 37동에 위치했다.

300여 평의 대지에 단층집이 있고 앞마당에는 두 개의 큰 자작나무가 서있었다. 집 뒤편에는 텃밭이 있는데 한 가운데에 비닐하우스가 있었다. 비닐하우스 안에는 오이, 고추, 파프리카, 토마토가 자랐고 밖에는 양배추, 빨간 무, 파, 오이, 옥수수, 시금치, 가지, 호박, 마늘, 우크로프(Укроп향), 킨자(Кинза고수), 비트, 다른 종류의 호박Cucurbita Pepo, 콩, 팥 등 다양다색 식물들이 눈길을 끌었다. 밭가로는 다리아, 장미, 카네이션, 글라디우스, 백합꽃과 딸기가 향기를 풍기고 산(나무) 딸기, 구즈베리, 마가목, 라일락 같은 관목숲이 울타리를 따라 이어지고 있었다. 집 앞 마당에는 자그마한 저수지가 있었는데 무성한 아스파라거스, 우엉Arctium Lappa과 여러 가지 잡초들이 둘러싸고 있었다.

길가에 석탄 창고와 차고가 있고 전통식 화장실이 세워져 있었으며 돼지우리와 닭장으로 쓰이는 외딴 건물이 있었다. 건물 벽에 붙은 그물로 막힌 공간이 있는데 낮에 거기서 닭들이 먹이를 먹고 놀았다. 보통 우리는 거의 텃밭에서 재배한 채소로 식생활을 하였다. 고추, 야채나물, 닭고기 수프, 돼지고기 김치구이 등등 음식이 푸짐하였다.

40대 출신 사할린 한인들은 정말 열심히 살았다. 결혼 후 부모님과 같이 지내거나 분가해서 새둥지를 지을 때 그들은 맞벌이를 하였다. 우리 가족도 예외가 아니다. 아내는 맏아들이 4개월이 되자 출산 전에 다니던 직장에 나갔다. 우리는 분가 후 아들을 부모 집에 데려다 주었다. 소련시대 아이들을 1년 반이 돼야 유치원에 받아들였다. 그것도 출생 전에 신청해야 했다.

나는 비가 오나 눈이 오나 사계절 평일 아침마다 7시에 아들을 데리고 아버지 집에 맡기러 가고 아내는 집안일을 하고 출근 준비를 했다. 몇 년 후 아들이 유치원에 다닐 적에도 바뀐 것이

유즈노사할린스크 시장에서 (1966, 이예식 소장)

없었다. 봄에는 채소 파종에 바쁜 나날을 보냈고 여름 철 하순에는 텃밭에서 농작물을 거둬 시장에 나가서 팔아야 했다.

나는 퇴근하여 싼값으로 산 중고차 '모스크비츠'에 미리 준비해 놓은 시장거리를 트렁크에 싣고 아내의 직장으로 갔다. 아내는 차안에서 헌옷으로 갈아입고 시장에 갔다. 아내가 바자르(시장)에서 물건을 파는 동안 나는 유치원에서 아이들을 데려왔다. 그리고 집에 가서 저녁준비를 했다. 준비를 마치면 돼지, 닭, 거위 등 가축에게 먹이를 줬다. 그런 다음 시장에 아내를 데리러 갈 시간이 됐다.

주말에는 새벽 4시에 홈스크로 출발했다. 그 도시의 시장에 가는 것이었다. 유즈노사할린스크 시장에는 주말에 자리가 없기 때문이었다. 장사꾼들은 저녁부터 자리를 잡으니까 아침에는 아예 들어갈 틈이 없었다.

가장으로서 나는 아내 앞에서 항상 미안했다. 내 월급이 쥐꼬리 만했기 때문이다. 장가들 때 '아내의 손에 물 안 묻히게 하겠다.'는 약속은 하지 않았지만 사랑하고 행복하게 해 주겠다는 약속에 어긋났기 때문이다. 이것이 우리 청춘의 행복한 삶일까? 나는 그 당시 라디오텔레비전수신기 수리소에서 일했다. 아무리 열심히 노력해도 한인이라는 이유로 승진하지 못했다.

영주귀국 후 노년의 텃밭

2009년 12월 3일에 나는 아내와 함께 대한민국 경기도 파주시에 영주 귀국했다. 한국 정부가 우리에게 제공한 17평 주공아파트는 편의시설이 잘 갖추어진 생활공간이었다. 두 칸의 침실과 주방에는 가스레인지가 설치되었다. 우리는 국민기초생활보장법상의 특례 수급권자로 지정되어 생계비를 지원받았다. 그래서 지상낙원에 온 느낌이었다. 혹독한 사할린의 추위에서 벗어났고 한국의 발달된 생활 조건에 만족했다.

그런데 시간이 가면서 무엇인가 부족하다는 것을 깨달았다. 평생직장을 지켰는데 지금은 너무나 한가하다. '습관은 제2의 천성이다'란 속담이 있다. 그 지긋지긋한 텃밭노예 상태에서 벗어났지만 마음 한 구석에는 농사짓던 기억이 꿈틀거렸다. 텃밭에서 채소와 과일들이 무럭무럭 자라는 모습을 볼 때마다 얼마나 기뻤던가?

노는 손발이 간지러웠다. 그래서 영주귀국자들은 베란다에서 플라스틱 상자에 흙을 담아 토마토, 파 등 몇 종류의 씨를 뿌려 채소를 재배했다. 여러 개의 화분을 사서 알로에, 제라늄, 진달래 등 화초를 길렀다. 그러나 베란다 재배는 새발의 피였을 뿐 농사의 욕구를 만족시키지 못했다. 수확량이 너무나 적을 뿐더러 두서너 종류의 식물들만을 키울 수 있었다.

그러던 어느 날, 문산읍사무소의 한 직원이 찾아왔다. 자신이

경작해온 밭(친구의 밭)이 한 30분 거리에 있으니까 우리에게 텃밭으로 쓰라고 했다. 처음 한 3년은 봄에 땅을 개간해주었고 소방대가 천 리터짜리 물탱크에 물을 제공했다. 영주귀국자 10 가구가 거기서 채소를 재배했다. 그러나 점점 농사를 하려고 하는 사람들이 줄어들기 시작했다. 거리가 너무 멀었기 때문이었다.

게다가 최근에 정권이 교체되면서 문산읍사무소에서 우리 일에 관심을 끊어 버려서 모든 일을 자기 힘으로 해결해야 했다. 특히 물 공급이 중단돼서 심어놓은 식물들이 말라 죽기도 했다. 결국 몇 명을 제외하고는 다 농사를 그만두었다.

2017년에 나는 '파주시 사할린영주귀국자협회' 회장으로 선

파주 문산 당동 3단지 인근 텃밭 (2017, 박승의 소장))

출됐다. 우리 협회 회원들을 위해 가까운 데서 텃밭을 얻기로 결심하고 계획을 세웠다. 나는 자원봉사단을 결성해 파주시 자원봉사단체1365에 가입하였다. 문산 거리청소, 수세미뜨개질, 어울림 아파트 인근 녹색 교통 봉사활동을 하였다. 우리는 아침 8시15분에서 9시까지 어울림 아파트에 살고 있는 학생들이 통일로 교차로를 건너는 데 도움을 주었다.

마침내 우리는 임대아파트 근처에 경작지를 얻게 되었다. 학생들을 위한 농업 식물 재배 시험장으로 자유초등학교가 지정되었을 때 학교지도부가 일부 경작지를 우리에게 넘겨주었다. 나는 그 땅을 22부로 나누어 회원들에게 제공했다. 이제 텃밭은 아파트에서 도보 3분 거리에 있다. 비록 각 식구에게 아주 작은 2,5평 밖에 안 되는 땅 조각이지만 노년의 우리에게는 기쁨과 먹거리를 안겨주는 소중한 텃밭이 되었다.

그러나 최근에 임대아파트 근처 우리들의 경작지가 팔렸다는 소식을 전해 들었다. 그곳에 건물이 들어서면 우리의 2.5평 경작지는 사라질 것이다. 나는 70대 후반의 나이로 언제까지 텃밭을 일구게 될지 모른다. 하지만 사는 동안에는 우리 부부의 손으로 직접 텃밭을 일구며 여생을 보내고 싶다. 일제강점기 내 땅을 잃어버린 채 타국에서 떠돌던 사할린 강제징용 가족의 노년은 고향에 왔어도 여전히 허전하다. 하지만 차가운 땅에도 민들레가 피어나듯 새봄에는 새로운 텃밭이 생길 것이라 믿는다.

조국의 가을

강순예(1922~2006)

조국의 가을 철 몇 해만에 보게 됐나?
한해 두해 헤아려 보니 반세기 넘었네
내 고향 들판에는 벼이삭 익었고
농부들은 반기며 풍년가를 부르네
농기계로 가을걷이하는 그들의 모습
울긋불긋 국화꽃 향기 풍기며
아, 그리워라 조국의 가을

먼 아동시절 어린 동생 등에 업고
벼이삭 익어서 고개 숙인 들판에서
온 종일 새를 쫓기 그렇게도 싫었건만
지금은 그때 그 시절이 그립구나
꿈에서라도 다시 한 번 보고 싶은 이 마음

웬일인지 눈물이 저절로 흐르네
아, 그리워라 어린 시절

여자의 몸으로 태어나서인지
때를 잘 못 만나서인지
집 밖을 나가지 못하고 자랐으니
배운 것도 본 것도 없었노라
늙어서 조국의 명승지를 돌아보니
내 조국 발전 모습 한 눈에 안기네
아, 참으로 아름답구나. 내 조국

(새고려신문 1997년, '무궁화' 문학 최우수상)

박승의 생애 연표

연도	나이(만)	사회사	개인사	가족사
1939		일제강점기 '국민징용령' 공포		아버지, 결혼 한 달만에 전북 무주에서 사할린 남부 가라후토로 강제징용됨, 어머니 맏딸 임신하여 화태로 이주함
1942	0		2월26일 사할린 니또이촌 출생, 박승의-다카하라 가쯔요시(조선-일본이름)	시댁 가족들 사할린 가라후토로 이주해 옴
1945	3	해방, 일본인은 귀국, 조선인은 사할린에 버려짐. 조선인은 무국적자로 지냄	보꾸 다카하라 유라(소련이름)	
1948	6	조선학교 개교.	1학년 입학	
1952	10		포로나이스크 시 제4번 칠년제 중학교 입학	
1958	16		소련중학교 10학년졸업	아버지, 목재유송일
1959	17		대학입학을 위하여 북한 국적 취득	누나 결혼
1960	18		모스크바국립대학교 낙방	
1962	20		유즈노사할린스크국립사범대학 입학	
1963	21	조선학교 폐교		
1967	25		사범대학 졸업, 물리수학 교사 임명	
1969	27		김소자와 결혼	첫아들 태어남
1969	27		라디오텔레비전수신기 수리소 이직	

연도	나이(만)	사회사	개인사	가족사
1973	31			둘째 아들 태어남
1976	34			셋째 아들 태어남
1977	35			아버지 박득수 별세
1985	43	페레스트로이카		
1988	46	서울 올림픽개최		
1989	47	사할린한글학원 개설	한글학교 교사	
1992	50		연세대 한국어학당 입학	
1993	51		유즈노사할린스크 사범대학 동양학부 한국어교수 됨	
1994	52	한일정상회담-사할린한인거론,한인1세 영주귀국사업추진		
1997	55	영주귀국에 대한 대규모 설문조사		
2006	64			강순예 어머니 별세
2009	67		박승의 부부, 파주 문산으로 영주귀국함	사할린 가족들과 이별
2019	77		디아스포라 문화원장	

박승의, 나는 누구입니까?

사할린 강제징용 가족의 수난과 극복
박승의 역사에세이

초판인쇄, 발행일 2019년 9월 10일

발행인 박인애
편 집 고운해
디자인 여현미

발행처 구름바다
등록일 2017년 10월 31일
등록번호 제406-2017-000145호
주 소 파주시 노을빛로 109-1 301호
전 화 031-8070-5450, 010-4301-0736
팩스 031-5171-3229
전자우편 freeinae@icloud.com
인쇄 한영문화사

ISBN 979-11-962493-3-5(03810)
값 15,000원

「이 도서의 국립중앙도서관 출판예정도서목록(CIP)은 서지정보유통지원시스템 홈페이지(http://seoji.nl.go.kr)와 국가자료공동목록시스템(http://www.nl.go.kr/kolisnet)에서 이용하실 수 있습니다.(CIP제어번호: CIP2019034597)」